儒生文丛 第三辑

月窟居笔记

范必萱/著

本书由新加坡南洋孔教会资助出版

知识产权出版社

全国百佳图书出版单位

图书在版编目（CIP）数据

月窟居笔记 / 范必萱著. —北京：知识产权出版社，2016.5

（儒生文丛 / 任重主编. 第3辑）

ISBN 978-7-5130-4066-2

Ⅰ.①月… Ⅱ.①范… Ⅲ.①散文集—中国—当代 Ⅳ.①I267

中国版本图书馆 CIP 数据核字（2016）第 032530 号

责任编辑：江宜玲　　　　　　　责任校对：谷　洋

封面设计：张　冀　　　　　　　责任出版：刘译文

儒生文丛（第三辑）

月窟居笔记

范必萱◎著

出版发行：知识产权出版社 有限责任公司		网　　址：http：//www.ipph.cn	
社　　址：北京市海淀区西外太平庄 55 号		邮　　编：100081	
责编电话：010-82000860 转 8339		责编邮箱：jiangyiling@cnipr.com	
发行电话：010-82000860 转 8101/8102		发行传真：010-82000893/82005070/ 82000270	
印　　刷：北京科信印刷有限公司		经　　销：各大网上书店、新华书店及 相关专业书店	
开　　本：787mm×1092mm　1/16		印　　张：17.5	
版　　次：2016 年 5 月第 1 版		印　　次：2016 年 5 月第 1 次印刷	
字　　数：210 千字		定　　价：48.00 元	

ISBN 978-7-5130-4066-2

"儒生文丛"总序

　　儒生者，信奉儒家价值之读书人也。"儒生文丛"者，儒家读书人之心声见于言说者也。近世以降，儒家斯文扫地，儒学几近中绝。国人等儒学于土苴，士夫视孔道为寇仇，遂使五千年尧舜故国儒家读书人渐稀，亿万万中华神胄儒生难觅！然则，所谓儒生者，儒家价值之担当者也；儒家价值者，神州中国之传承也；中国不复有儒生，是儒家价值无担当，中国之价值有所欠缺也。悲乎，痛矣！寅恪翁之言也！

　　今日中国，儒道再兴。儒生之见于神州大地，数十载于兹矣。今日中国文化之复兴，亦需今日儒生之努力，而儒家价值之传承，亦端赖今日儒生之兴起也。

　　"儒生文丛"主编任重君，儒生也。倾一己之力，编辑"儒生文丛"，欲使国人知晓数十年来儒家回归、儒教研究与儒学复兴之历程，进而欲使今日之中国知晓当今儒生之心声。故"儒生文丛"之刊出，不特有助于中国文化之复兴，于当今中国之世道人心，亦大有裨益也。

　　壬辰夏，余山居，任重君索序于余，余乐为之序云。

　　　　　　　　盘山叟蒋庆序于龙场阳明精舍俟圣园之无闷居

　　　　　　　　　　　　　　　　　（吹剑修订于 2015 年）

自 序

1999 年年初，我回故里探亲，偶然遇见阳明精舍山长蒋庆先生。蒋先生是海内外知名的儒学专家，而我当时还站在儒门之外。出于好奇，我跟随蒋先生和他的朋友们一同上云盘山，并在阳明精舍这所不大的书院小住了几天。不料此行竟成为我人生的一次重大转折，促使我提前离开仕途，向传承中国传统文化的路走去。

阳明精舍是自 1905 年中国书院制度消失后，中国大陆建立的第一所民间书院。它位于贵州省修文县龙场境内，距离明代大儒王阳明先生"龙场悟道"的胜迹仅有十余里地。阳明精舍作为儒家文化的象征，屹立于群山环抱的深山老林之中，成长在中国文化风雨飘摇的寒冷季节里，通过山长蒋庆先生多年的坚持和守护，不仅成为海内外儒生们的精神家园，还迎来了中国文化复苏的春天……

从走进阳明精舍的那一天开始，世界为我开启了另一扇生命之门。我走近儒家文化，涵泳于儒家思想的氛围之中。在这里，我看到一群忧国忧民的儒者，感受到他们"无轩冕肆志、有家国关情"的高尚情操；在这里，我目睹了蒋庆先生和其他许多儒家学者为复兴中国文化所做的不懈努力，感受到他们"不以物喜，不以己悲"的人格力量；在多年协助蒋先生整理文稿和管理精舍事务的日子里，我深深体会到一所民间书院在建设和发展过程中的种种艰难与辛劳，与此同时，我也感受到他们生命信仰中蕴含的超凡意志力。在阳明精舍，我还亲临了许多重要的学术场面，加深了对儒家思想的理解和认同；在阳明精舍举办学术活动的日子里，我与来自全国各地的同道们一起闻素琴、听洞箫，一起观星赏月、谈学问道，充分享受人与天地万物之间的精神往来，体悟"天人合一"的和谐与愉悦……

在阳明精舍学习和服务的十余年里，我一直居住在月窟居。月窟居是精舍的一间普通居室，寓意是"月亮居住的地方"。在阳明文化中，许多学者将月亮比喻为"良知"。我素来喜欢月亮的洁净与纯美，所以也喜欢"月窟居"这个名字。在月窟居，我挑灯夜读，不知疲倦。儒家文化滋养了我，拓展了我的生命宽度。于是，我用手中笨拙的笔记下了许多鲜为人知的真实场景与感人片断，也记下了自己的学习心得和所感所悟。

我将这些笔记整理出来，献给读者，献给关心和支持阳明精舍的同道，希望能有更多的人了解当代的儒家书院，了解儒家书院在当代社会的真精神！

是为序。

二零一五年元月十五日范必萱序于合肥静心斋

目　录

随笔散记篇

走近阳明精舍

1999 年初春的一天，我随蒋先生一行来到阳明精舍。

我们坐汽车从贵阳到修文县城，在城关镇（后恢复古名龙场镇）吃午饭。县里一位领导听说蒋先生路过此地，特意赶来看望。席间，那位领导举杯对蒋先生表示敬意，说："现在从修文到贵阳的公路修好了，王阳明纪念馆也动工了，修文的阳明文化受到上级重视，这些都是蒋老师您的功劳啊！我代表修文人民感谢您！"

蒋先生笑了笑，低声回答："不能谢我，如果要感谢，应当感谢阳明先生，是阳明先生四百多年前来到修文龙场，在这里悟道，使阳明文化闻名于天下。这一切，是阳明文化带来的，我只不过为弘扬阳明文化做了一点自己该做的事……"

是的，龙场镇今天发生的变化，应该感谢王阳明先生。是阳明先生四百多年前的"龙场悟道"，才使世界知道了贵州的修文，知道了修文的龙场镇。

但是我也知道，这些年修文县弘扬阳明文化取得的成效，确实与蒋先生的努力分不开。近百年来，中国文化花果飘零，阳明文化也随着儒家文化的衰微而衰微。蒋先生为国际阳明文化研究及龙场阳明铜像的落成，付出了极大的热情与心血。他的行动不仅感动了国内阳明文化学者，也感动了国际阳明学研究的权威。

冈田武彦先生就是其中的一位。他是日本当代儒家，是中国哲学专家、阳明学专家。他在 1996 年《龙场阳明铜像落成记》中写道："看了蒋庆先生的祝辞，深深感到蒋先生对阳明先生的崇敬之情。……在贵阳机场同蒋庆先生道别时，看着他眼中隐含的泪水，我的心被打动了……"在以后的日子里，这位老先生与蒋先生成了忘年之交。

我们从修文县城出发，经过一段弯曲的山林小道，来到平地村。过村口小石桥后，道路变得越来越窄、越来越陡。偶然与放牛的村民相遇，淳朴的村民便会吆喝自己的牛群紧靠路边，让客人的车先走。

小路四周的山崖，有的像肃立的老人，有的像静卧的雄狮，有的什么也不像，黑乎乎地耸立在你面前，俨然要堵住你的去路。坐在颠簸摇晃的汽车里，我想起阳明先生当年形容这里"连峰天际兮，飞鸟不通"的诗句，想象阳明先生当年路过此地的情景，猜想蒋先生如今将阳明精舍建在这里，是不是为了远离城市的喧嚣，守护"龙场正脉"的纯正呢？

蒋先生出生于筑城贵阳，从小喜爱读书习文，待人真诚，办事认真，不惧困难。他曾经在工厂当过工人，在云南边陲当过军人，大学毕业后在南方一所大学当过教师。不论走到哪里，他总是以读书为最大乐趣，总是关注家国天下，怀抱远大理想，对未来充满信心。几年前，他从繁华的深圳来到龙场，立志要在这里建立一所儒家书院。他的想法当时无人理解，周围的朋友都劝他到交通方便的风景区选址，可是他坚持"学在民间，道在山林"，没有动摇自己的主张。之后，他身背军用水壶，怀揣干粮，手持一份当地地图，徒步走在龙场镇周边的群山峻岭之中，一处又一处地考察选址。为此，他走破了几双运动鞋。几经周折，他终于选定了这依山傍水的云盘山。

当时的云盘山很寂静，没有公路，鲜有人烟。阳明精舍破土动工时，举目四顾，荒山一片。没有水和电，蒋先生和他的几位好友就在露天搭起帐篷，以面包充饥，以矿泉水解渴。白天，他们参与施工、运料；夜里，他们用手电筒照明，看护工地……

他们的行为感动了周围的许多人，后来在社会各界阳明文化爱好者的支持下，在当地政府、村民和众多有识之士的热心帮助下，他们克服了常人难以想象的困难，终于在1997年建成了这所规模不大的书院，取名"阳明精舍"。

我一路沉思，不觉已接近阳明精舍。我们乘坐的吉普车冲上一个斜坡，隆隆的马达声戛然而止。我回过神来，向窗外望去，一泓清澈的湖水展现在眼前。湖对面便是阳明果园，阳明精舍的屋顶已隐约可见了。真是"山重水复疑无路，柳暗花明又一村"！

我们在堤坝上停了下来。一位同行的朋友对我说："这是鉴性湖！"鉴性湖原来是一个水库，是附近村民们灌溉和生活的水源。几年前，一位外来的养殖户在这里搞"肥水养鱼"：为了节省饲料成本，每天将大量猪粪倒入湖中，造成湖水严重污染，周围臭气熏天，不仅人畜不能饮用，就连长年栖居在这里的水鸟也不知去向。面对遭到严重破坏的生态环境，蒋先生十分焦虑。他四处呼吁，筹措资金，最后倾囊而出接管了这个水库。以后，他又采取种种措施还原水质，使湖水一天天清亮起来，村民们又可以放心地使用湖水了。几个月以后，飞走的水鸟又陆陆续续飞了回来，云盘山水库四周的生态渐渐恢复了原状。后来，有人把这个水库称作"鉴性湖"。同是一泓湖水，有人为自身利益置生态环境和他人利益于不顾，有人却为保护生态环境竭尽所能。不同的选择，体现出不同的价值取向。清澈平静的湖水，如良知，如明镜，映照出不同的价值观。在人类与自然的种种关系面前，人

阳明精舍初期全景

随蒋先生一同上山的朋友们

（右三为蒋庆先生，左四为作者）

类需要更多的"鉴性"，需要更多地唤回"良知"。感谢鉴性湖，在我走进阳明精舍之前，为我上了儒家思想的重要一课！

经过一片果园，我们来到精舍门前，冈田武彦先生题写的"阳明精舍"牌匾端正地悬挂在大门上方。进了门，我看到的是一个不大的庭院，简朴、雅致。我已隐隐感受到儒家文化的气息：仿古建筑，雕花木门、木窗，石板地面，园中有杉树、柏树，还有一个不大的池塘。池塘中央被一道"S"形的石壁隔开，犹如太极图中的"两仪"。有人告诉我，这叫"两仪池"，我猜想这或许含有象征天与地的寓意吧。

院内坐东朝西的主厅名为"感物厅"，内有三个房间。北面一间名为"松风馆"，是蒋先生的卧室。南面是厨房，中间是客厅。客厅中央的墙壁上挂着一块木制方匾，上面写着"归寂证体"四个大字。原木的素色，字体的浑厚，使刚从滚滚劳尘中走出的我，有一种肃穆与清静的感觉。

"感物厅"门前的抱柱上悬挂着蒋先生撰写的一副楹联："万物有恩于我，此身回报难，唯惜之诚惶诚恐；圣人无执乎私，天下感通易，宜致其仁术仁心。"读罢，令人顿生敬畏。

庭院北侧有三间厢房，廊檐下也有一副楹联："山月出时，清箫一曲乾坤静；松风过后，浊酒半杯天地宽。"细细品读，昔日儒者闲适淡泊的心境，尽在其中。

我走进厢房屋内，推开花窗，一股清新的空气扑面而来。远处是朦胧的湖光和山色，近处是空旷的庄稼和草坪，好一派田园风光！我想起唐代诗人孟浩然的诗句："开轩面场圃，把酒话桑麻"，这不正是自己多年来踏破铁鞋无觅处的"世外桃源"吗？

庭院内有一条不太规整的石径，通向南面围墙的小侧门。围墙西北角有两间小平房，叫仰山房（大概是因此房坐西向东，开门便能见山而得名），"月窟居"是仰山房中的一间。

鉴性湖畔望阳明精舍

阳明精舍初期的小侧门

石径通向仰山房（右下为两仪池）

开轩面场圃

　　当时阳明精舍还没通电，夜里照明靠的是蜡烛和手电。那天吃罢晚饭，蒋先生的学生周北辰向蒋先生请益。夜幕降临，蒋先生点燃蜡烛，我们围坐在一张矮桌旁。他们谈儒家文化，我在一旁倾听。他们讲的内容有许多我听不明白，即便能听懂一点，也似是而非。但在闪烁的烛光下，看着师生二人专注的神情，我被他们的精神深深打动了！

　　在以后的几天里，蒋先生带着我和北辰走遍了阳明果园的每一个角落，边走边向我们介绍阳明精舍的建设情况。有一天从果园回来的路上，蒋先生停住了脚步，神情凝重地对北辰说："国内有学者说儒家在大陆已经'死'了，我要让他们知道，儒家在大陆没有死，阳明精舍的建立就是一个例证！"说此话时，蒋先生声音高昂，显得有几分激动。此刻，我才明白蒋先生在这荒山野岭建设书院的真实用心，才理解他为什么吃了那么多苦也从不退缩的动因。蒋先生是一直在坚守着心中的那份信念啊！

　　也就是从这时开始，我渐渐走近阳明精舍，走近儒家文化。

上山的路

　　山路盘旋在山与山之间，将山与山相连；蜿蜒在村寨与村寨之间，将村与村相连；从城市延伸到云盘山，将现代城市与儒家书院阳明精舍相连。

　　阳明精舍建在离王阳明先生成道的龙场镇不远的云盘山。这里原是一片荒野，罕有人烟，没有公路。阳明精舍建成后，到这里学习访问的人多了，阳明精舍才修了一条可以通汽车的简易山路。可是，这条路走起来并不容易。

　　从贵阳出发到阳明精舍，路途不算遥远，不过几十公里的路程，却要经过四种不同等级的路面：先是省级高速公路，再是县级柏油路、村级土石路，然后是阳明精舍自己修筑的简易砂石路。此外，在阳明精舍的院墙外，还有一条坑坑洼洼的泥路，是由经过这里的牛群长年累月踩踏出来的，当地人称之为"牛路"。

　　当年在没有路的山林里建设书院，遇到的困难常人难以想象。从城里买回一车建筑材料，一路要更换好几种交通工具。卡车从修文县城出发，经过县级柏油路到与村级公路的交叉口，汽车停下来，将材料装到拖拉机上（因为村级公路十分逼仄，还要经过一片树林，汽车无法通行）。过了村级公路，前面的山路更为崎岖陡峭，拖拉机有时也无能为力，只得改用马车。马车的运载量有限，一卡车建材得用马车来来回回跑好几趟。再往前走，到了

阳明精舍围墙外的"牛路"

蒋庆先生在路上

山边的羊肠小道，马车也无法行进了，只好又将材料卸下，靠人肩挑手抬，一点儿一点儿地搬往建筑工地……

阳明精舍建好后，山门里面是一片果园。果园里原来没有路，后来开辟了一条小路，用山上新开采的砂石铺就。石子还带着棱角，有的很锋利，车辆行驶在上面总是小心翼翼。有的驾驶员怕划伤车胎，见此情况就干脆不往前开了，叫车上的人统统下来步行。不过，来访者倒也高兴，因为步行在石子路上，可以领略路旁的果园风光。

果园道路两旁堆放着一堆堆乱石，是铺路用剩的。蒋先生舍不得将它们运走，说以后可能派得上用场。蒋先生很节俭，不仅是用剩的石头，就是精舍的一砖一瓦、一草一木，他都十分爱惜。因为这里的一切都倾注着他的心血和感情，都饱含着各界朋友的支持。阳明精舍是民间书院，没有稳定的经济来源，从基本建设到开展学术活动都离不开朋友们的支持。要维持书院的正常运转，不精打细算怎么行呢？

为寻找维持精舍的经济来源，蒋先生也做过不少尝试。精舍曾经种过果树、蔬菜、莲藕，还养过鸭，但都因为需要投入的人工、材料成本太大，无力支撑而告终。我对此有些沮丧，但是蒋先生却保持乐观态度："比起阳明先生当年在龙场的情景，我们不知要好多少倍呢！现在既然开不了源，我们就节流吧！"到过精舍的客人都知道，这里不论用水、用电以及笔墨纸张，都坚持"厉行节约"的原则。

说到阳明精舍的建设过程，蒋先生向我讲述了1993年在龙场凭吊阳明先生的那段经历。蒋先生为在龙场建立阳明先生铜像筹款，特地到龙岗书院考察。到了龙岗，虽然能够见到洞奇树幽、山色依旧，但龙岗书院的故址却使他深感悲凉。由于"文革"浩劫，龙场凋敝，古物零落，门楣冷清。最可悲的是，原龙岗书院讲堂的堂柱遭白蚁侵蚀，摇摇欲坠，另用一根木柱才勉强支撑。阳明画像虽置于龛中，但风浸雨湿，盒身断裂，画像倾斜；祭台空空荡荡，碎石杂陈，蛛网积尘遍布。祠堂因长年无人祭祀，形同虚设。蒋先生历来崇敬阳明先生的博大精神和伟大人格，见此情形，不禁悲从中来。返回贵阳后，他心情沉重，枯坐帐中，泪如泉涌……

数日之后，他与好友张建建、张秋林、危开建、王良范等一行十六人乘车前往修文，专程到龙岗书院祭拜阳明先生。他们沿街请购了祭品，在阳明祠堂的祭台上燃香烛、上供果，按祭祀仪轨设祭，列队于祭台前，恭敬肃立。由张建建先生主祭，蒋先生代表众人致祭词。蒋先生在祭词中写道："吾公英灵，浩浩长存；惺惺良知，昭昭灵明；……天道往复，衰极必盛；良知不死，传薪有人。"这是修文县自民国初年以来八十年间第一次有人祭奠阳明先生！门外围观者众多，都被这庄严肃穆的场景所感染，四周俱静，只闻鼻息，真有"天地闭气，万物凝神"之气氛！

1994年，蒋庆先生在贵州修文筹办"阳明心学国际会议"期间，又住龙岗书院旧址。一夜，月朗风清，他独自徘徊在庭院中。他思绪万千，情不自禁地写下一首《龙岗夜吟》。面对院中危栏残碑，他感叹"斯文未振""露满荒阶"。他回顾儒学千百年来兴衰的历史，立志要重振儒家价值，恢复儒学尊严！他发心要建一所书院，为往圣继绝学。1996年，蒋先生便开始了实施他理想蓝图的行动。经过几年努力，他终于在云盘山建起了阳明精舍。

我想，这些年蒋先生为振兴中国文化所做的一切努力，都是缘于他的真性情，缘于他对古圣先贤精神人格的真崇敬，缘于他对中国文化的真感情。

蒋先生用他生命的实践铺就了一位儒者为实现自己人生价值的理想之路。在这条路上，他努力为后学修筑了一个可以相依相托的精神家园——"精舍"。"精舍",本义是指儒家的修学道场,而按照管子的另一种说法,是指心,即精神所居之所。现在,阳明精舍已逐渐成为儒生们的心灵居所、儒家的精神家园。

在碌碌尘世中,我们有许多人也立志、发心、勾画各种各样的理想蓝图,但是由于理想的目标距离现实太远,没有现成的道路可走,因此有许多人放不下利益的牵绊,没有勇气和毅力脚踏实地地建筑那条通向理想之路,因而他们的"发心"被搁浅、"理想"被闲置。他们心中的那条理想之路,永远停留在远方。

在云盘山,我目睹了蒋先生修筑的"路",这崎岖的道路就在脚下。同时,我也看到了这条通向远方的路。

鉴性湖畔的月光

晴朗的月夜，我喜爱守望月光。那清淡若水的柔光向大地洒来，缓缓从窗前移过，凭栏时，只感觉它轻轻披撒于肩，一阵隐隐的空灵感从心中升起，仿佛远离了尘世的喧嚣。思绪翱翔在天地之间，浮躁的情绪慢慢沉静下来。然而，这样的时刻多么短暂，林立的高楼挡住了视野，都市的夜空极为模糊和狭窄。

终于有一天，我有机会在开阔的山野湖畔，沐浴了一次圣洁的月光！

—

1999 年初春，天气刚刚回暖。我来到阳明精舍，在这里帮助山长蒋庆先生管理果园。

在书院已居住多日。一日晚饭过后，我照例回到月窟居准备挑灯夜读。无意间，抬头看见一轮明月从窗外松峰岭上空冉冉升起，湛蓝的夜幕下，闪烁的星星依稀可见，郁郁葱葱的松林摇曳在山岭上，影影绰绰，好似一幅美丽的画卷！看哪！天与地仿佛近在咫尺，就连那如同银盘的明月也仿佛伸手可得……

夜幕下的鉴性湖（心兰拍摄）

　　我按捺不住激动的心情，奔到室外，邀农家女周幺妹陪同，披着月光漫步在果园的小道上。

　　沿着弯弯曲曲的山道，我们来到鉴性湖畔；漫步在湖岸上，沐浴着上苍洒下的流动清辉。我感到今夜的明月真可谓慷慨，满目月色仅供我们二人享用。这种难得的"奢侈"使我想到生活在都市的人们，在艳虹彩霓的灯光下拥挤，在狭窄的阁楼中蜷缩，哪能感受到这种"天人合一"的妙境呢？

　　月光下，我回忆起阳明先生曾在月下吟诵的那首七律："独坐秋庭月色新，乾坤何处更闲人？高歌度与清风去，幽意自随流水春。千圣本无心外诀，六经须拂镜中尘。却怜扰扰周公梦，未及惺惺陋巷贫。"

　　四百多年前，年轻的阳明先生在秋高月朗的夜里，以超拔的情怀思考着人生的终极意义和终极价值，酝酿着他的良知学说。良知本来就是每个人先天所具的"一轮明月"，在拨开杂乱的欲望迷雾之后，就能看见掩于其后的人性的湛然和光明。

　　在这静静的月夜里，当自己的身和心都融入大自然时，怎能不叫人意若止水、心如明镜？

　　澄静的心让往日那些曾经困扰自己的关于仕途、关于人际关系、关于不被理解和理解不了的种种痛苦烦恼渐渐远去……，我的心开朗起来，一种叫作"怜悯"的东西在胸中涌动：我开始怜悯自己，怜悯那个曾经在鼎沸的人声中拥挤的我，怜悯那些还在名利场上争斗的人们……在茫茫人海中，许多人在物质利益的滚滚洪流席卷而来的时候，心理防线崩溃了，灵魂丧失了，行为失控了，许许多多关于人性的悲剧也随之发生……

　　直至此时，我才对阳明先生关于"体认良知"的学说略有领悟。先生说良知为"人皆有之"，只是被各种世俗的欲望障蔽了。要使人先天固有的"良知本体"得以"复明"，只有通过社会的道德教育和个人自身的道德修养才能实现。也只有如此，才能使"衰薄之世风"得以治理，才能建立起理想和谐的社会秩序。良知学说在"地球一天天变小""人心一天天变大"的今天，对人类文明的进化依然有着重要的"深度生态学"的普遍意义！

王阳明先生，这位思想教育的先行者，当年遭受宦官刘瑾迫害，被贬谪到贵州龙场当驿丞。在极其艰险的环境下，他满怀对人类生命终极意义的关怀，在龙场潮湿阴暗的山洞里思索，终于体悟出"格物致知"之道，这是历史的奇迹！这，就是举世闻名的"龙场悟道"。从此，阳明先生创立了他的"知行合一"的理论体系。他的心学思想，为我国伦理思想发展史写下了光辉的一页！

二

在这块神秘而圣洁的土地上，还流传着一个动人的故事。1903 年，在日本，有一位王阳明思想的推崇者，曾经是日本天皇的侍讲，他的名字叫山岛毅。那年，山岛毅先生的三个在北平读书的学生到龙场瞻仰阳明先生胜迹，留宿于龙场的龙岗书院。几日连连阴雨，影响着他们的行动。就在他们即将离去的前一夜，忽见云开月朗，明月高挂。三位学生喜出望外，跑到龙岗山上赏月，直至深夜……。山岛毅先生听罢学生描述此情此景之后，激动不已！无奈年事已高，不能亲临龙场，他辗转数日，久久不能平静。后来，他以千古明月喻"良知"，赋诗一首："忆昔龙岗讲学堂，惊天动地活机藏；龙岗山上一轮月，仰见良知千古光。"后来，老人又将此诗刻成碑文，托人运往龙场。可是由于当时贵州交通不便，又逢多雨季节，石碑运到贵阳后无法前行，只得安立于贵阳扶风山的阳明祠内。此碑成了一曲感人的千古绝唱！

由此可见，阳明先生的良知学说在异国有着多么深刻的影响。

三

人类文明进程的每一步发展和演变都与其所依傍的自然环境和人文环境状况息息相关。人类要与自然和谐相处，首先应当达到自身心态的和谐相处，而良知则是使天地万物感通的"生生之仁"，是人类永恒存在和持续发展的依止和希望！

看着宛如明镜的湖面，平静的湖水如一颗寂然归本的心。山色的倒影映在湖中，明月的倒影映在湖中，在这里似乎可以看到一个真实的外部世界。忽然，一阵微风吹过，湖水波动，湖光粼粼，山色即刻模糊起来，水中的明月成了碎片，刚才似乎客观真实的景色瞬间不复存在，只余一个被扭曲的画面……呵，人心何尝不是如此？当一颗原本平静明亮的心受到功名利禄和各种欲望驱使时，便犹如这扭曲的画面，不可能看到真实的人生，不可能领悟生命的真实意义所在！

冥冥中，我耳边仿佛响起阳明先生晚年对学生所讲授的"四句教"："无善无恶心之体，有善有恶意之动，知善知恶是良知，为善去恶是格物。以此自修，直跻圣位；以此接人，更无差失。"先生以他那颗光明的心，为后人留下了无价之宝。

……

自那以后，无论是在人声鼎沸的闹市，还是在五彩缤纷的霓虹灯下，每当想起鉴性湖畔那一夜的月光，我浑浊的心便会变得清澈起来。我想，人之健全体魄需要沐浴阳光，而净化心灵却是需要沐浴月光的。当然，这只是在我们自己愿意沉思、愿意"为善去恶致良知"的时候！

母亲不流泪

2002年5月1日，我在精舍忙于为蒋先生整理录音资料，无意中看了一下日历，恰逢孩子的生日，于是立即拿起手机给孩子打电话。但山区信号不好，我始终联系不上他，心中难免有些焦急！

这些年，孩子是我的精神支撑。这次远离合肥到阳明精舍做义工，倘若没有他的理解和支持，我是难以成行的。

书院的生活很安静，闲暇时，我会思念孩子，回忆他小时候的许多趣事，心中充满温馨！多年来，即便是遭遇挫折或生活窘迫时，只要看到一天天健康成长的孩子，心里就平添了许多安慰……在这寂静的山林里，此时此刻，我沉浸在对孩子的深深挂念之中。这，也许就是一个母亲对孩子的那份最淳朴、最本然的母爱吧！

作为母亲，上天赋予你养育孩子的本能和责任，除了对孩子最本源的关爱之外，你还应该给予孩子一些什么呢？我在心里不停地追问自己。

回顾人类社会的进程，随着生产力发展，自私有制出现之后，母系氏族向父系氏族的转化已成为历史的必然。在中国几千年的文明史中，女性长期缺席。那么女性在人类文明的历史中居于什么样的地位，我一直在努力寻找答案。在书院的大量书籍中，我找到了两位伟大的女性——"至圣先师"孔子的母亲和"亚圣"孟子的母亲。在她们身上，我看到了母爱创造的奇迹！

孔子三岁丧父，年轻守寡的孔母孤苦伶仃，带着儿子在凄风苦雨中挣扎。这位年轻而坚强的母亲顶着生活的种种压力，离开陬邑迁居到曲阜。因为曲阜是鲁国的国都，是鲁国的经济、文化中心，典籍丰富，名师众多，有利于孩子成长。在艰难的环境中，这位母亲竭尽所能为孩子提供较好的学习条件，教他从小励志，继承先圣商汤伟绩，学习诗书礼乐，让他学习周朝的各种礼仪，自己还担当了儿子的第一位启蒙老师。《论语·为政》中，孔子说："吾十有五而志于学"，《史记·孔子世家》记载："孔子为儿嬉戏，尝陈俎豆，设礼容"等，是为佐证。孔子在母亲的教育下，读经书、习周礼，为他日后的学说奠定了坚实的基础。生活中，孔母还教育儿子学习各种技艺。《论语·子罕》中，孔子说："吾少也贱，故多能鄙事。"孔子不仅学会谋生的技艺，还会唱歌和弹奏各种古代乐器，会射箭、驾车。孔子能习得这些学识和技能，与这位伟大母亲的基础教育是分不开的。

"亚圣"孟子的母亲教子的故事更是家喻户晓。孟母也是早年守寡，生活上历尽艰辛。但是为了选择有利于儿子健康成长的环境，她三次择居而迁；为了教育儿子学业上持之以恒，学有成就，在一次儿子出现厌学情绪时，她不惜剪断自己昼夜辛苦织出来的布匹，断织而教，告诫儿子学业不可半途而废；孟母"买肉啖子"的故事，使人们看到这位年轻的母亲十分重视通过自己的行为影响教育孩子，培养孩子"言出必行"的优良品质……在孟母慈爱而严格的教育下，孟子不仅饱读经书，还对社会人生的重大问题进行思考，一生致力于匡世济民、兼济天下，成为我国传统儒学的重要奠基人之一，成为后人景仰的"亚圣"。

两位普通的女性，两位伟大的母亲！她们用自己的坚强和刚毅，通过言传身教，培养出两位名垂千古的思想家、政治家、教育家，培养出两位举世瞩目的圣人。

历史上，还有许多女性在教子方面谱写了可歌可泣的篇章，如范仲淹、岳飞等杰出人物的母亲。她们的故事告诉我们，女性虽然在古代社会生活中缺位，但她们在家庭生活中并不缺位，她们成功地担当了教育孩子的第一任老师。封建时代的社会生活客观上弱化了女性的社会作用，但天赋的自然属性使她们的品性才能在家庭生活中得到彰显，她们间接地为社会的文明和进步做出了令人叹服的贡献。正如辜鸿铭先生所说："一个民族的女性，正是该民族的文明之花，是该文明国家的国家之花。"在人类的文明史上，女性的作用和贡献是不可忽视、不可替代的。母亲是家庭的守护神，是民族文化传承中不可或缺的纽带。

晚饭过后，手机响了，是孩子从武汉的学校里打来的。我高兴地说："孩子，祝你生日快乐！"

孩子却立即纠正我的说法："妈妈，今天不该是您祝贺我的生日，应该是儿子对您说：二十多年来，为了养育我长大成人，您辛苦了！……"听到这里，我哽咽了……

山中的环境是寂静的，书院的环境是寂静的，在这种寂静的环境里，一个人只需要面对自己的内心，真实地和自己的灵魂对话。也只有在这样的时候，我们才能真正体认到人性本源中最美好的东西！

我是千千万万个普通母亲中的一员，但此时的我已经深深意识到，作为母亲，自身的品行修养是多么重要，因为母亲是孩子第一任最亲密的老师。

山　火

　　2002年清明节后的一天，修文地区久旱无雨，阳明精舍附近的农田已经干裂。庄稼和果树都奄奄一息，村民们忙着抗旱。

　　那天中午，我们正在吃中饭，外面忽然刮起大风，只听见果园里有人呼喊："失火啦！失火啦……"我们立即跑到门外，滚滚浓烟扑鼻而来，火情来自阳明精舍对面的卿家匹坡。坡上火光冲天，熊熊烈火顺着风势由西向东在松树林里肆虐，燃烧的树枝发出"噼噼啪啪"的响声，几百米外也能听到。这是我第一次近距离面临火灾，心中惊恐万分！

　　卿家匹坡虽然不属于阳明精舍的范围，但火光就是命令。我首先想到的是向"119"呼救。山区信号微弱，手机需到高处拨打才能拨通。正在焦急时，我看见蒋先生已迅速跑上屋顶平台，正在用手机向有关部门呼救。

　　我跟着跑上屋顶，试着拨打"119"，值班员说森林火灾归"森林防火中心"管，并主动提供了电话号码；于是我拨打"森林防火中心"的电话，那天刚好是星期日，办公室里没人。我六神无主，急得团团转。这时蒋先生已经拨通村长的电话，他请村长联系救火队员，自己便下楼向失火现场奔去。

　　农妇小袁在阳明精舍门外的坡上高声疾呼附近的村民。刚巧精舍附近的壮劳力都赶集去了，只有老人、妇女和孩子在家。听到小袁的呼喊，附近的妇女、老人和几个来串门的中学生都迅速向卿家匹坡跑去。他们边跑边熟练地摘下路边的树枝，后来我才知道这是一种既简便又有效的灭火工具。

我也跟着向卿家匹坡跑去。等我赶到失火现场时，火势已小了许多。我也学着村民在附近摘下一条树枝，向火场靠近。我看见还有一些余火在继续燃烧，便不顾热浪熏烤，在刚刚被烈火掠过的地带，竭尽全力用树枝扑打那些尚未燃尽的火星，唯恐它们会"死灰复燃"。我的球鞋被烧坏了，脚底板烫得钻心；衣服被挂破了，手也被划破了，浑身上下都是黑灰……

火势基本被控制住了，这时我有些纳闷：刚才跑来救火的那些人呢？他们都到哪儿去了？不远处有说话的声音，我赶紧朝那个方向走去。几位正在收拾工具准备回家的村妇看见我灰头土脸的模样，都哈哈大笑起来。我感到有些尴尬，其中一位妇女对我说："范老师，我们在四周挖了隔离带，中间的小火星燃不起来了，过一会儿它们就会自动熄灭的，你不需要再去管它了……"这时，我才意识到，自己刚才所做的完全是"无用工"。

几位可敬的农村妇女，几句质朴的语言，给我上了如何提高生存能力的重要一课。她们的言行中包含着多么丰富的生活经验和生存智慧啊！

记得几年前，我曾经参观过一所大学的"火灾实验室"。科技人员向我介绍这个科研项目是专门用来对付森林火灾的。他们通过仪器对风速、风向的计算，预测出火势蔓延的速度，从而计算出挖出隔离带的距离、宽度，以达到控制火势的目的。可是万万没想到，当真正面临森林火情时，我却惶惶不知所措，把那一知半解的"科技知识"忘得一干二净。而眼前这些目不识丁的村民，不论是老人还是妇女，他们不需要什么仪器就能沉着应对突发的险情，表现出超强的生存能力。

　　"三人行，必有我师。"我感到自己离大自然愈近，生存能力就愈弱。在阳明精舍，我应当老老实实地向附近的村民们学习。在适应自然环境的过程中，他们就是我的老师。

　　这时救火队员已经赶到山下，可是火势已经过去，他们和我一样，也是做了一趟于事无补的无用工。真是"远水救不了近火"！

　　对我来说，这是一次惊心动魄的经历。当四周恢复平静之后，我回到月窟居，仍然心有余悸……

　　蒋先生与村长他们察看火灾现场去了，很晚才回到精舍。他告诉我们："村长和林业部门的工作人员经过实地勘察，分析这是一起由村民清明上坟烧纸引起的火灾。后面的事将由村委会进行处理。"

　　蒋先生说这番话时，神情与平时一样淡定。

有朋自远方来

2000 年仲夏，云盘山郁郁葱葱，一派生机盎然。在一个阳光灿烂的下午，有一位金发碧眼、文质彬彬的外国客人向这里走来。他，就是阳明精舍的第一位外国客人、来自加拿大卡加利大学的教授 Lioyd A. Sciban，中文名字叫"史罗一"。

史罗一先生是加拿大阳明学者秦家懿的"关门弟子"，一位热爱儒学的西方学者。由于妻子是华裔，他学会了中国话，虽然发音有些生硬，但表达却很流畅，与人交谈可以不用翻译。这次他是专程来阳明精舍拜访蒋庆先生的。

史先生一进精舍大门就兴奋不已，好奇地向蒋先生问这问那。他说他久闻蒋先生大名，能在这群山环抱的阳明精舍与蒋先生相见，十分荣幸！当时精舍飨堂正在施工，他跟随蒋先生穿过施工工地，参观已落成的每一个庭院。他一边聆听蒋先生介绍情况，一边想象精舍初建时的艰难过程，最后他竖起大拇指对蒋先生连声称赞道："了不起！了不起！蒋先生，你真了不起啊！"

"洋人"史先生的到来，惊动了云盘山好奇的村民。有的人放下手中的农活，跑来想亲眼看看这个长着高鼻子、蓝眼睛的外国人。他可是云盘山自古以来的第一位外国客人啊，祖祖辈辈在这里生活的村民，还没有亲眼见过"洋人"的真正模样呢！

晚饭十分简单。尽管主人有意盛情款待，但无奈精舍条件艰苦，没有美味佳肴，只有粗茶淡饭。不过这位外国朋友对山区的农家土菜也吃得津津有味，赞不绝口。

夜幕降临，繁星高挂，山风习习。这天夜晚，史罗一先生陶醉在贵州山区宜人的凉爽里。宁静的星空下，大家围坐在一张简易的茶几旁。周北辰准备好录音机，再冲上一壶回味甘甜的贵州苦丁茶。这两位有着中、西不同文化背景的学者，犹如一对相识多年的老朋友，开始了一场跨越历史、跨越地域的学术对话。他们谈到西方文化对中国的影响；谈到教育制度市场化所引发的种种问题；谈到效率和价值的关系，等等。不知不觉午夜已过，但两人谈兴依旧很浓，蒋先生见夜阑风寒，建议回屋就寝，史先生才恋恋不舍地道一声"晚安！"

次日，东方吐白，蒋先生早早起身为史先生送行。可是史罗一先生唯恐影响主人休息，清晨已经悄悄离开了阳明精舍，独自踏上了返程的路。人们在屋内发现了一张纸条和三百元港币，纸条上写着："因身上余款不多，留下三百元支持书院建设，谨表敬意！"一向沉稳的蒋先生拿着留条，大步流星地奔出门外，可是已见不到史罗一先生的身影……

后来听附近的村民说，那天清晨，史罗一先生走到村口，向一位赶路的村民打听开往贵阳的班车。在这位村民的带领下，他们抄小路搭上一辆从修文开往贵阳的中巴。车上，女售票员得知这位"老外"是专程从加拿大来龙场学习阳明文化的，执意将已经收下的车票钱退还给他，并且操着"修文普通话"对他说："修文人民欢迎您！希望今后再次见到您！"史罗一先生十分感动，连连向热情好客的龙场人表达感谢之情！

中巴车在朝霞的辉映下渐渐远去，车上传出一阵阵欢乐的笑声。笑声洒在修文的路上，飘向龙场镇的上空。五百年来，阳明先生在龙场播下的思想文化种子，已在这里生根、发芽。当年曾经亲自聆听过阳明先生讲学、曾经为阳明先生提供过生活方便的山民的后代们，依旧以善良和淳朴守护着这片土地。他们懂得：阳明文化虽然植根于此，但是它属于中国，也属于世界！

此后，还有不少热爱阳明文化的朋友来过精舍，有来自美国、德国、法国、日本、韩国和中国香港、台湾地区及大陆各地的专家、学者、行政官员、教师、律师、商人、记者、学生等，他们希望在这里吸收更多的中国传统文化营养，了解更多儒家文化的气象。

君子求道，重在存心。阳明精舍在静寂的山林里默默守护着"龙场正脉"。精舍主人蒋庆先生以他一颗清澈明亮的心，默默为阳明文化贡献着自己的力量。现在，他正竭力收集阳明学的有关文献、资料、书籍、画像等，希望将这里建成一所较为完备的阳明文化书库，为阳明文化的研究做出自己的贡献。

有朋自远方来，不亦乐乎！

永久的墨香

一位海外教育家在走访了中国的各大书院后说："中国的书院是中国文化的守护者。"的确，当祖先留下的悠久历史文化在我们的记忆中越来越模糊时，书院或许会将我们的记忆悄然唤醒。

书院是儒家学统薪火相传的载体，书院的楹联则是书院文化的一种表达形式，一种似乎可以直接触摸的文化形式。在中国书院制度消失了一百多年之后，在当代书院的楹联中，我们可以感受到传统文化的张力，感觉到儒家人文气象的诗意回归。

在阳明精舍有几十幅优美工整的楹联，这些楹联都是由蒋庆先生亲自撰写，并请当地书法名家书写的。

精舍的饭堂名为"感物厅"，门外的抱柱上有一副楹联十分显眼。上联是："万物有恩于我，此身回报难，唯惜之诚惶诚恐"；下联为："圣人无执乎私，天下感通易，宜致其仁术仁心。"蒋庆先生以真实的情感表达了"天人合一""仁者爱人"的儒家义理和文化内涵。来访者于此就餐，总在经意或不经意间吟诵吸纳，咀嚼着其中之奥义，懂得感恩，懂得敬畏，懂得仁爱。

院内有一排厢房叫"水云轩"。房外的抱柱上挂有一幅教人归寂沉静的楹联："山月出时，清箫一曲乾坤静；松风过后，浊酒半杯天地宽。"书院组织活动时，每逢月朗风清之夜，学者们便聚集于庭院，品茗论道、抚琴弄箫，抒展着传统文人闲适清雅的田园情趣，共勉儒者家国天下的道德理想。

我居住的"月窟居"门前的楹联是："无轩冕肆志，天外逍遥，物耶我耶；有家国关情，人间造次，仁也义也。"其中既有超凡脱俗、人与物相融的自然神韵，又体现了儒家"家国天下"的高尚情怀，寄托着对理想人格的追求。我十分喜欢这副楹联，闲时常立于月窟居门前，吟诵不已。我之所以决意提前"解甲归田"，不能不说与这样的情致有关。多年来，我往返于城市与书院之间，既感受了"无轩冕肆志"的洒脱，又体会到"有家国关情"的庄严。可以说，一幅好楹联对一个人的思想影响，不亚于一本好书。

俟圣园门前的楹联是："强学达性，不枉此生，方为宇宙真豪杰；潜修通天，莫求来世，才是古今大丈夫。"字里行间显示出儒家学人志有所栖、勇于投身社会实践的英雄气概。

乐道园中有一副楹联更是让人过目难忘："一等人无思无欲，力学可至；两件事存理存心，勤修乃成。"言简意赅，描绘了古往今来的先贤们至高至上的精神境界。

书院的楹联教导我们初识儒家文化的价值理念，儒家视天地万物为一体，认为人类的生存与天地万物息息相关，生命中体现了宇宙的生生之德。因此，人类必须遵守宇宙的最高价值，必须充分认识生命的尊严与神圣。圣人要以寂然光明、无私无欲之心，将生命的价值和意义充量提升、充量展开，使个体生命与天地万物的生命合成一个生命，使心灵的秩序与宇宙的秩序合为一个秩序，在参与化育万物的过程中，体现彼此感通的"生生之仁"。在王阳明先生的心性儒学里，认为人人皆有良知，人人皆可以成为圣人。在这个具有普遍意义的深度生态学中，阳明学为人类的持续发展提供了重要的思想资源！

当我细细品读这些楹联时，时而感到春风扑面，时而感到荡气回肠。在那一幅幅楹联面前，我想起了屈原的"路漫漫其修远兮，吾将上下而求索"，想起范仲淹的"先天下之忧而忧，后天下之乐而乐"的历史名句，想起中国历史上许多具有伟大人格的优秀人物和他们的动人事迹，并被那些优秀人物的气度、抱负和操守所感染、所感动。那种神圣的感觉，让我久久不能释怀，仰天怀古，不尽依依……

关于阳明精舍的楹联，也曾引来不同的看法。精舍初建时期，有人认为这些楹联思想性、学术性太重，语言表达过于严肃，会吓住来这里的朋友，不适合今人花前月下的闲情逸致。可是蒋庆先生却认为书院是"讲学论道之所，非聚朋游谈之处"，认为"儒家书院应当以儒家道德义理为文化形象，以学术氛围为文化表征，不能如文人名士所建的园林，只求花草林木、楼台亭阁之雅趣逸情"。因此，阳明精舍楹联的品位坚持了儒家文化的学术尊严，使人们来到这个书院，置身于这里的环境，便自然升起畏道、敬学之心，而不敢亵慢。

书院的楹联，这个"不起眼"的古老文化，留下的记忆和在记忆中渐渐拓展开来的思考，像一幅刚刚绘出的写意水墨画，散发幽幽浓情、淡淡墨香！

良知是有力量的

在阳明精舍，我听蒋庆先生讲述了一个关于"良知"的故事。

但凡到过修文县阳明洞王文成公祠正殿的人，一定瞻仰过阳明先生的高大铜像。铜像是由蒋先生的日本朋友、阳明信徒矢崎胜彦先生提供资助，由蒋先生推荐的中央美术学院田世信教授设计，在成都制作而成的。

这尊铜像高两米左右。阳明先生正襟危坐，目光炯炯，神态端详，气宇轩昂，令瞻仰者肃然起敬。先生右手垂放于右膝，左拳微握，呈向前推动状。铜像的设计小样如今存放在阳明精舍的飨堂里。蒋先生介绍说，这尊铜像的设计经历了四次较大的修改。

第一次、第二次修改，田世信教授凭着自己的艺术实力，一直信心满满。他细心、耐心地按照矢崎先生提出的要求进行设计，努力使铜像能表现出阳明先生的精神境界，从而使矢崎先生满意。

但是到了第三次，矢崎先生提出要修改胡子。原来田教授依据有关资料，为阳明先生设计的是中国儒者特有的山羊胡。矢崎先生不同意，要求改成卷曲的络腮胡。矢崎先生认为阳明先生是带兵打仗的将军，面相应该威猛。田教授面色微愠，但碍于面子，仍按照矢崎的要求做了修改，矢崎先生也对此满意了。田教授由此满心喜悦，以为多日的辛勤工作可以告一段落，小样可以定型了。

谁知，矢崎先生又提出要进行第四次修改。矢崎先生从日本来到北京，要求田教授将原来设计的双手垂放于双膝之上的姿势，改为右小臂垂放于右膝、左臂微微往后缩回，呈握拳状，并要体现出向前推进的动感……

这一次，田教授真的发火了！他有着中国知识分子的自尊，不愿接受这个外国出资人如此这般的"挑剔"！他愤懑地表示自己的设计到此结束，提出让矢崎先生另请高明。

眼看即将完成的工程就要告吹，这可急坏了一直在组织筹办此事的蒋庆先生。他一方面劝说田教授再作忍耐，毕竟阳明先生的这尊铜像是放置在咱们中国境内；另一方面，又主动与矢崎先生联系，希望他能说明改动的缘由，好与田教授沟通，使工程能够如期完成。但是具有日本人典型个性的矢崎先生就是缄默不语，只是坚持自己的修改意见，并不说明缘由。蒋先生只得再动脑筋、想办法，继续劝说田教授能够按矢崎先生的意见修改，继续协作。经过蒋先生多次斡旋，田教授终于冷静下来，他毕竟是个明白人，懂得"识大体，顾大局"的道理。因此他内心虽然不十分情愿，但还是按照矢崎先生的要求再次做了修改。

这一次，矢崎先生看到设计小样，满意地笑了。田老师也松了口气。两位朋友终于握手言欢！蒋先生见此情形很高兴。

又过了一些时候，大样制作完成，铜像在修文县龙场镇阳明洞王文成公祠落成。落成典礼之后，蒋先生又一次向矢崎先生打探"谜底"。直至此时，矢崎先生才说出了第四次改动的缘由："将左臂微微抬起，握拳并呈向前推动的状态，我的意思是告诉后人，阳明先生所说的'良知'是有力量的！"

蒋先生这才恍然大悟，原来如此啊！蒋先生被矢崎先生对"良知"的深刻理解和执着追求深深打动了。

　　听了这个故事，我也被它的精神内涵深深震动了！这震动不在外表，而是在心灵深处。这震动长留于我生命的过程中，影响将是永久的。在这个故事里，我感受到了良知的力量！

　　良知是有力量的，良知一定是有力量的！

阳明先生铜像

蒋庆先生与矢崎胜彦先生于奉元楼前

"学在民间，道在山林"

——2003年"一耽"游学侧记

一、缘起

2003 年的秋季，云盘山层林尽染，灿烂中带着质朴。我站在阳明精舍仰山房的屋顶上，眺望着遍野苍翠、漫山郁绿的景色。灌木簇拥着一丛丛红籽树，玛瑙般红艳，火一般热情。

这些日子，我每天都起得很早，因为北京"一耽"游学团即将到来，需要准备的事项还有很多。

蒋先生对这次活动很重视，半个月前就通知我从合肥赶来，开始紧锣密鼓的准备。虽然游学团的成员只有十余人，但对这个规模不大又地处偏远的书院来说，压力还真不小。光购置日常生活用品就够我们忙乎的。当时精舍的客房里仅有几床旧军被，都是蒋先生的朋友们送来的。这些被子太薄，抵挡不住山区秋夜的寒气，需要购置新被褥。在做活动预算时，蒋先生再三强调一定要保证这项开支。其他所需的物品还有很多，清单上锅碗瓢勺列了一大堆。为购置这些物品，蒋先生和我乘农用车到修文县城来回跑了好几趟。当时精舍是借用村里的农用电，电压极不稳定，因此经常断电，只能靠蜡烛和手电照明。为保障"一耽"游学团成员的安全，蒋先生要求我给每一位学员配上一支手电筒。当时修文县城经济还不发达，商店里很难买到适合的手电。仅为这一项，我就往县城跑了好几次。

奉元楼的工程刚刚完工，门窗还散发出淡淡的油漆味。奉元楼是阳明精舍祭祀仪式和学术活动的主要场所，共有两层。底层为"复夏堂"，是拜祭先圣先贤的场地。堂中央的墙壁上挂着先师孔子的画像，下方有供台和香案。供台上摆放着先圣先贤们的牌位。西面的供台上有一尊阳明先生的塑像，这是龙场塑建阳明先生大铜像时留下的小样。龙场铜像落成后，提供资助的日本朋友矢崎胜彦先生将小样赠送给蒋先生，留作纪念，以对蒋先生在设计、塑建阳明铜像过程中的支持和帮助表示感谢。

奉元楼上层为"缮经阁"，是学术座谈的会议室，也是山长接待客人的场所。沿墙靠满了高低不同的书柜。大厅中央安放着一组长方桌，四周摆有十几把仿古雕花木椅。木椅上的花纹都是手工雕刻的，颇为精致。桌椅、书柜门窗均为赭色，显得古朴厚重。阁楼的东北角摆着一张小圆桌和几把藤椅，桌上放着茶具，朋友们可以在这里轻松座谈。两排窗户宽敞明亮，透过窗户可以观看精舍周边环境，也可以看到远处鉴性湖及云盘山的风景。

我们每天都跟着蒋先生清理堆放在奉元楼附近的建筑杂物，打扫楼内的卫生。经过多日劳作，准备工作总算收尾。但蒋先生还是唯恐存在疏漏，影响活动开展，再三叮嘱我对每一个相关环节都要再检查一遍。这些工作细微烦琐，我每天从早到晚忙忙碌碌，虽然有些苦和累，但是作为蒋先生的助理，我心中只有一个愿望，那就是尽可能让每位到精舍的客人都有"回家"的感觉！

这次游学活动缘起于几个月前在长沙召开的"全国少儿经典导读交流会"。蒋先生作为会议嘉宾在会上做了《读经与中国文化复兴》的精彩演讲，引起不小轰动。会后，"一耽学堂"的与会代表杨汝清同学向蒋先生介绍了他们在青少年中推广复兴国学教育的情况，并表达了前往阳明精舍求学问道的意向。

"一耽学堂"是一家以弘扬中国传统文化为己任的公益性民间团体，由北京大学、清华大学、中国人民大学等几所院校的博士、硕士、本科学生组成。他们通过在中小学校讲授典籍和举办讲座，让青少年学生了解和热爱中国传统文化。蒋先生对他们的行动很是赞赏。大会结束时，蒋先生向杨汝清同学表达了对"一耽学堂"的邀请。于是，便有了这次游学活动。

二、问学问道

10月2号上午，"一耽"游学团的学员们如期来到阳明精舍。我听见汽车的喇叭声，就立即跑去迎接。可是还没到大门口，同学们就已陆陆续续进门了。行李堆放在庭院中央，学员们却三三两两地在院子里走动。有的在吟诵包柱上的楹联，有的在观看花园中的假山，有的早已爬上屋顶的平台，拍摄四周的山色。呵呵，真是一群活泼可爱的年青人！

从他们好奇的目光里，我感觉到他们的朝气与活力。见我走过去，他们的各种问题便迎面扑来："这里的水都是真正的山泉吗？""这些石板上的图案是真化石吗？""这假山是从哪里运来的啊？"我感到有些应接不暇……

蒋先生十分理解年青人的心情，他让我立即通知学员们到奉元楼前集合。然后，他亲自带领他们在园内参观，向他们介绍精舍的构建和周边环境。

午后，游学活动在缮经阁正式开始。活动的具体内容是：由山长蒋先生介绍中国书院之兴废与现状、阳明精舍兴建的缘由与过程；讲解复兴书院的文化意义与时代意义。之后，蒋先生带学员们到孔子圣像和诸圣贤的牌位前，逐一介绍先圣先贤们的核心思想以及事功。

随后，蒋先生又在性天园、乐道园、俟圣园为大家讲解书院的楹联。这些楹联都是由蒋先生自己撰文，并请当地的名家书写的。楹联的内容和文字都十分精美工整，蕴含着丰富的儒家精神和文化气息。学员们听得很认真，有的还边听边做笔记。蒋先生当时正患腰椎疾病，讲解时不时用手撑着腰。学员们见了很感动，有学员主动搬来椅子，请蒋先生坐着讲解。那场面很感人。

我在精舍服务的这些年，总感到精舍的楹联像一本读不完的教科书，其中包含的内容广博而深刻。很多来访的客人都希望能听到蒋先生对这些楹联的内容进行讲解。每当蒋先生讲解时，我都争取在一旁聆听，每次聆听都会有新的收获。

按游学活动日程，前几天安排的内容是问学问道。座谈会在缙经阁进行。蒋先生在向学员们介绍了阳明精舍兴建的缘由及过程之后，语重心长地说："我建的这个书院，虽然很小，只是一个儒家文化的象征，但我曾多次比喻说：外面是一片汪洋大海，阳明精舍只是一滴水，但这是一滴清澈的水！"一滴清澈的水，听似轻松的几个字，却有着深刻的含义。当下，功利的诱惑无处不在，能坚持做"一滴清水"，没有高远的志向和高尚的情操是不可能做到的。

曾经有学者称赞蒋先生是"清流"。蒋先生为儒学义理正本清源，坚守儒家的价值立场，以个人的微薄之力兴建书院，守道、传道、弘道。他说："阳明精舍是一所完全传统的书院，我所做的事情，主要是把握儒学的精神价值，重建儒学的解释系统。这是一件很大的事，需要花费很多的时间与精力，也需要更多的人一起参与完成。要复兴中国文化，首先应当复兴书院，书院是'道'的载体，我们要为往圣继绝学！"

会上,"一耽学堂"总干事逄飞代表游学团发言:"几年前,在北大的一次讲座上,蒋老师的一句话深深打动了我。蒋老师说:'圣贤入世,以情不以理。'那天我在自己的日记里写道:'儒学打动我的,蒋庆老师是第一人。'"之后,逄飞又介绍了"一耽学堂"的概况以及他们这些年为推广中国传统文化所做的种种努力,表述了他们所坚守的理念。逄飞在发言中提出了一个发人深省的思考:"如果孔孟的书没有了,那么中国的文化还存在吗?"他赞同蒋先生所说的"学在民间,道在山林"。他说自己相信数十年之后,民间的学堂和书院会遍及中国。

座谈会的气氛由严肃拘谨渐渐变得活跃起来,学员们就自己关心的社会问题、人生问题、历史文化问题以及儒学复兴等问题请益于蒋先生。蒋先生也都耐心地详细作答。

蒋先生在与学员们的亲切交谈中反复强调:"对中国文化的复兴,需要我们有四个担当:一是仁心担当,二是气魄担当,三是义理担当,四是体魄担当。"他说:"仁心担当,即中国人对自己的文化怀有感情,不忍自己的文化消亡,所以要建立仁心担当;气魄担当,即发心向学向道的有志青年,要有孟子'舍我其谁'的气概,要有横渠先生'为往圣继绝学'的气概;除了前面两项担当外,还要有义理担当。义理担当很不容易,首先自己要沉下心来对学问参透,准确把握,不出偏差,才能具备其他担当的实力;再就是体魄的担当,我们都要有健全的体魄,才能去从事复兴中国文化的事业,所以大家要注意锻炼身体……"

"一耽学堂"之后在这次游学活动的报道中写道:"通过游学活动,大家开始去思考学问、智慧与文化道统传承的微妙关系,从形式上尝试接近和体会古圣贤问学弘道的风范和境界。"于晓宁同学在给我的短信中说:"这次阳明精舍之行,给我留下的记忆是鲜活的,将终生难忘!"晓宁的话代表了大家共同的心声。

三、游览胜迹

10 月 4 日，趁着天气晴朗，精舍组织学员们赴修文龙场瞻仰凭吊阳明先生圣迹。

由于条件限制，去龙场的交通工具是一辆农用车。农用车的空间狭小，没有座位，十几个人挤在车厢里，手扶栏杆，身贴着身。山路凹凸不平，人在车里就像在筛子里一样，颠来簸去。但是学员们都很开心，一路上笑声不断。

一路上，蒋先生亲自为学员们讲解与阳明胜迹有关的许多历史故事，学员们亲临实地感受阳明先生被贬谪龙场时的艰苦环境，领会"龙场证道"的历史意义和现实意义，受到一次深刻的阳明文化洗礼。傍晚回到精舍，虽然很累，大家还是兴致勃勃地交流一路的心得体会，直到夜间熄灯时还意犹未尽。

游学活动还安排了一次远足登山。那一天，我没想到蒋庆先生会拄着木棍，亲自带领学员们去后山登高远眺。后山登高不仅可以领略贵州山区的原始风貌，还能见到一段不长的古驿道遗迹。五百年前，阳明先生谪迁龙场，便是踏着这条驿道走进龙场驿的。

登山归来时，学员们带回了许多不知名的山花，有白的、红的、紫的、黄的。他们到精舍后把这些花交给我，要我插到复夏堂供台上的花瓶中，这是他们献给先圣先贤的一点心意。我捧着鲜花到复夏堂，开门时，看见蒋先生拄着木棍站在那里。我说："蒋老师，你的腰不好，今天是可以不陪着年轻人去登山的……"话未说完，蒋先生低声答道："在古代，师生的感情好似父子之情啊！阳明先生直到生命的最后阶段，都一直和他的学生在一起。"听了此话，我理解了平时蒋先生对后学流露出的、那些暗藏于心的慈爱。

我捧着鲜花恭敬地走到先师孔子像前，眼眶已经湿润了。在孔子像前，我静默了许久，一种难以言表的情愫油然而生，那是我对先贤们当年那种纯正笃深的师生情的由衷怀念……

四、离别

10月5日上午，一周的游学活动即将结束，学员们在奉元楼复夏堂举行"释菜礼"祭祀。"释菜礼"是祭奠儒家先圣先贤的一种礼仪。学员们在凝重肃穆的祭祀仪式中感受中国礼乐文化的熏陶，同时也以这种隆重的仪式向先圣先贤们辞别。

离别的前夜，月朗星稀。师生们欢聚在性天园赏月。蒋先生让我到明夷堂取出洞箫，饶有兴致地为众人吹了几支古乐，应大家请求，又清唱了几首古曲。之后，杨汝清也为大家唱了一首《满江红》。寂静的山林里，不时爆出阵阵热烈的掌声……

不知什么时候，月亮悄悄越过远处的山岭，移到了性天园上空。轻柔的月光洒在树丛间、草坪上，洒在奉元楼屋顶上，洒在师生们身上，亲切的交流，畅快的笑声，构成了一幅感人至深的真实画卷！

这时，玉闪突然提出："蒋老师，请您给我们讲讲您的人生经历吧！"此语一出，场上气氛顿时紧张起来。大家有些忐忑，以为这会引起蒋先生的不快，会被婉言拒绝。但是谁也没想到，蒋先生竟爽快地答应玉闪的要求，并坦诚地讲述自己寻"道"的心路历程，讲述了自己生命中经历的"三次大感动"。

蒋先生说，第一次大感动是在南开大学筹建法学院时，他当时醉心于基督文化，被耶稣基督的事迹所感动，落过泪，那是被人类宗教的神圣境界所感动；第二次是登华山，下山时，游客们都匆匆离去，他独自坐在半山腰路边的一块石头上，看着巍巍华

学员们采来鲜花向先师孔子献上

山的万千气象，眼眶湿润，流下了泪，那是被大自然的灵性之美所感动；第三次是参加"国际王阳明学术研讨会"，在讨论"何为良知"时，一位来自日本的女大学生发言说，她在修文街头看见一个衣衫褴褛的孩子，蓬头垢面，但大眼睛中透射出纯洁的光芒。这位日本女大学生说："那就是'良知'！"蒋先生听到这里，禁不住泪流满面。"那就是良知"！他被人类"良知"的真纯深深感动了……

宗教的感动、自然的感动、良知的感动，蒋先生讲到这里，性天园内一片静寂，全场为之震撼！

10月7日，天刚蒙蒙亮，游学团的学员们列队在奉元楼前，集体诵读《大学》，然后合唱《宣圣颂·文成颂》。朗朗读书声和洪亮的歌声荡漾在阳明精舍上空，飘扬到山外。那天清早，我也加入到青年学子们的队列，和他们一起大声诵读、大声歌唱，我感到自己似乎也是他们中的一员。

在阳明精舍大门前，学员们依依不舍。他们要求与蒋先生及精舍工作人员合影留念。合影之后，逢飞召集学员们列队向蒋先生和我行礼告辞。我不敢受此重礼，立即躲闪到一旁。当我转身看见他们怀着深情向蒋先生鞠躬致谢时，眼泪情不自禁地流了下来。我怕被人看见，便侧身掩面，强忍泪水。但我的这一举动还是被正在摄像的玉闪发现了。机敏的玉闪快步走到我跟前，抚着我的肩安慰道："范老师，别难过，别……"话没说完，他自己也哽咽了。这时，其他几位同学也围了过来，与我默默相拥……很久很久，大家没说一句话。

目送他们远去的背影，我独自在精舍门前的小道上徘徊，心情久久不能平静。蒋先生在大门口等我，他一定明白我此时的心情。因为他也一定和我一样，对这些青年学子们充满喜爱与希望！

龙场之会，儒门弦歌

——"龙场会讲"亲历记

接连十几天的大雨，阻隔了阳明精舍到山外的去路。山长蒋庆先生有些忧虑，因为书院将要举行一次会讲，其他准备工作都已基本就绪，而现在大雨阻断了交通，洪水淹没了村口的小桥，如果大雨再继续下，外地的朋友怎么过来？

看得出，这次活动对蒋先生十分重要。两个月前他就打电话叫我过来帮忙，说今年有一次重要的朋友聚会，是传统意义上的儒家书院会讲，这些朋友都是全国一流的学者，我们有很多准备工作要做。和往常一样，我接到电话就从合肥赶了过来。

2004 年 7 月 10 日，就在会讲即将举行的前一天，大雨骤停，久违的太阳露出了笑脸，天空晴朗起来！当阳光洒向云盘山的时候，我心中多日的阴霾也被驱走了，悬着的心终于放了下来，我情不自禁地大声喊道："天助我们也！"

在场的人都笑了！

一、"一石激起千层浪"

当时我并不认识这些学者，也不知道这次活动有多重要。我只知道他们是阳明精舍的贵客，我要尽力搞好会务，尽可能使这次会讲圆满。

后来，我在网上看到一则消息："2004 年 7 月 10 日至 17 日，当代著名大儒、阳明精舍主人蒋庆先生将邀请陈明、梁治平、盛洪、康晓光等著名中国文化保守主义人士，以'儒学的当代命运'为主题，会讲于贵阳阳明精舍。阳明精舍儒学会讲，是中国传统文化在当代发展的一个必然产物，在中国思想史上必将具有重要的历史意义。""此次会讲的思想史意义，在于它是信奉、体认、赞助、褒奖儒家文化的中国文化保守主义者集体公开亮相的标志，是批评、颠覆、解构、质疑儒家文化的时代悄然退场的标志，是儒家文化历经惨淡经营百年失落之后重新振起的标志。"

居然称这是一次"文化保守主义的峰会"，真出乎我的想象。当然，由于这些学者都有深厚的学术背景，是儒家文化的领军人物，称之为"峰会"也很自然。但是，为什么叫"文化保守主义"呢？长期以来，我对"保守主义"的理解总是与"因循守旧""墨守成规"这样的词联系在一起，莫非他们都是一介"之乎者也"、远离现代的书生？

开会时我发现，眼前这些学者个个思想活跃、思维敏捷，他们博学多才、学贯中西，即便是对现代的高科技技术，其了解程度也不比别人差。他们是"保守主义者"？他们哪一点儿像"保守主义者"？

会讲期间，我听到蒋先生正面回答了"为什么选择儒家保守主义立场"这一问题。蒋先生说："为什么选择儒家保守主义立场，而没有选择自由主义和新儒家？首先'保守'是人的自然心态，怀念过去、害怕混乱、恐惧邪恶、渴望秩序、尊崇道德，是人之常情，因为这种人之常情，我们选择了保守主义立场。这个问题在我们看来并不复杂，也很自然，因为在两千年以来，中国社会价值和政治秩序的维持、个体生命的安顿、生活意义的解决，都是在儒家文化下实现的,所以,我们选择了儒家保守主义。儒家保守主义关键在'儒家'两个字,因为儒家保守主义不只是一种保守的态度,即不只是一种反对社会发展太快、守旧复古的情绪,而是具有实质性价值内容的,即保守的是儒家的一系列价值。所以,儒家保守主义就是中国文化的保守主义,或者叫'文化保守主义'……"

不过,达三君的"文化保守主义峰会"帖子可谓"一石激起千层浪",引来了各方关注。一时间,互联网上沸沸扬扬,莫衷一是。有消息说:"文化保守主义者宣称,中国目前存在道德危机,而他们已经拥有了一套完整的理论体系,足以和西方文化抗衡。"又有报道说:"现在的文化保守主义者是以一种相当偏激的姿态出现的,中国文化优越论是新文化保守主义的基本特征,在他们看来,中国文化与西方文化不仅可以相通甚至可以互补,而且优于西方文化并在未来引导世界"等。

这样的关注之后又持续了许多年。2005年9月,"第七届当代新儒学国际学术会议"在武汉召开。学者方克立因故未能出席,但他在给会议的贺信中提出了"研究现代新儒学第四阶段——'大陆新儒学'的新课题",引起了与会学者的热烈反响。他还从马克思主义文化理论的高度,对甲申之年大陆新儒学"浮出水面"和保守主义"儒化"思潮抬头的现象进行评析,以期引起学术界对这一问题的关注和进一步的讨论。在他的信中,认为中国大陆新儒家的学理与教义,"以甲申(2004)年7月贵阳阳明精舍儒学会讲(或谓'中国文化保守主义峰会')为标志,已进入了以蒋庆、康晓光、盛洪、陈明等人为代表的大陆新生代新儒家唱主角的阶段,或者说进入了整个现代新儒学运动的第四个阶段"[①]。

如此高度的评价,如此重要的时刻,是我始料未及的!

---

① 方克立.关于当前大陆新儒学问题的三封信[J].学术探索,2006(2).

二、中国文化托命人

蒋先生认为，复兴中国文化、复兴儒家文化，首先要复兴儒家书院的会讲传统，这是儒家文化走出困境的第一步。近现代以来，中国的书院制度全面崩溃解体，这次会讲是近百年来中国恢复儒家书院会讲的一次重大努力。这次会讲得到了北京尚公律师事务所李尚公先生的资助。

二十多年前，蒋先生就产生了恢复传统书院讲论儒家精神价值的强烈愿望。他认为书院是儒家文化的载体，从儒学的历史看，古代儒家义学的复兴都是靠民间书院来承担的。当时儒门淡泊，他决意"孤心直往"。国内曾经有一些研究儒学的知名学者到国外去讲学，说儒家在中国大陆已经死了。蒋先生听了这话很伤心，心想儒家在中国大陆哪里已经死了呢？只要国内还有一个人信奉儒家的义理价值，儒家就没有死，儒家就活着！他在朋友们的大力支持下，经过八年的艰苦努力，终于在阳明先生悟道的龙场建成了阳明精舍，向全中国和全世界的人证明了儒家没有死，儒家还活在信奉儒家义理价值的人的心中！阳明精舍虽然只是一个规模很小的书院，但它可以把儒家生命的灯火一代一代传下去。

在阳明精舍开工挖地基的那天，蒋先生想起了徐复观先生。徐复观先生早年从政从戎，晚年弃政从学，以"一支带有深情的剑笔，开辟一个广阔的战场"，深深影响了中国文化的复兴事业。他牢记老师熊十力的话："亡国族者，往往自亡其文化"，50岁后他以一千万字的作品为民族文化招魂。

"文化大革命"期间，当儒家文化遭到史无前例的摧残时，徐复观先生说他要当"中国文化的最后一个孝子"，要为中国文化守孝。这句话令蒋先生感同身受。

当时有人问蒋先生，你把书院修在深山老林，如果没有人去怎么办呢？蒋先生心情很是悲凉，他说："如果没有人来，我就一个人在这里守一辈子，我只是尽到我自己为儒家守道的心愿而已……"

一辈子为儒家守道！这是一位当代儒者发自肺腑的声音，一言既出，在场的人无不为之震撼！

三、和乐之声，弦歌不辍

会讲前夕，晚饭过后，盛洪先生和康晓光老师，还有深圳来的龙老师等，在奉元楼前庭等候陈明老师和后学达三君他们到来。山长蒋先生取出洞箫，要用箫声迎接远道而来的客人。这是蒋先生欢迎客人的一种方式，在这寂静的山林里，他常以这样的方式表达对友人诚挚的欢迎之情。

我记得蒋先生吹的第一首曲子是《苏武牧羊》。山林万籁俱寂，箫声在夜空下低回盘旋，如诉如泣，把我们带回到流逝的时光里："苏武留胡节不辱，雪地又冰天，苦忍十九年，渴饮雪，饥吞毡，牧羊北海边。心存汉社稷，旄落犹未还，历尽难中难，心如铁石坚……"曲中表达的古代使臣忠于祖国的铮铮气节与坚如磐石的信念，深深感染了在场的每一个人。那天夜里没有月色，只有习习山风带着芳草的清香流动在空气里。

随着悠远的箫声，阳明精舍的会讲渐渐拉开了序幕……

之后的许多个夜晚，也是这样的晚风扑面，也是在奉元楼，我常常听到歌声或箫声。有时是大家一起习唱祭孔颂歌《宣圣颂·文成颂》，有时是听蒋先生吹奏洞箫古曲，或是谈礼论乐。

上古圣王治世，离不开礼乐；儒家先贤教化民众，离不开礼乐；礼乐文化也是书院会讲必不可少的内容。正是音乐中体现出的"和"的精神，构成了中国文化重视"和谐"的根本特质。

会讲期间，除每天集体诵读经典、谈学论道之外，书院还组织到修文县阳明洞、玩意窝祭拜阳明先生。在会讲即将结束时，举行了一次庄重的"祭圣贤释菜礼"。那天上午，随着缓缓的三声钟鸣响起，在阳明精舍复夏堂孔子圣像与诸圣贤神位前，山长带领祭拜者们以清香一炷，敬拜至圣先师孔子及诸位先圣先贤，表达对先圣先贤的崇敬之心，感恩先圣先贤对自己的教化之德。

四、思想交锋，智慧相映

达三君根据与会几位先生不同的理路特征，为他们做了形象的定位：蒋庆的儒学特征是"政治儒学"，陈明的儒学特征是"文化儒学"，盛洪的儒学特征是"经济儒学"，康晓光的儒学特征是"策论儒学"。这是在中国文化的舞台上，保守主义者一次集体、公开的亮相。

会讲的气氛严肃而激烈。在较长时间的紧张讨论之后，间或也会出现短暂的轻松，这往往来自陈明老师和康晓光老师的发言。他们的发言常常引得会场发出一阵阵笑声。

几天的会讲安排得十分紧凑，但有时还得利用晚上的休息时间继续讨论，因为他们讨论的话题很多。他们关心家国天下，关心民众福祉，关心中国的未来。他们忧国忧民，他们有太多的时代关怀。他们讨论儒家的义理与事功，讨论儒家文化如何回应市场经济的基本原理与存在的问题，讨论儒家对西方"重叠共识"的回应，阐述"士"与"精英"的区别，讨论儒家和宪政的问题，等等。

在关于儒家文化如何回应市场经济的问题上，盛洪先生做了主导性发言。盛洪对经济学各领域有着广泛的兴趣，他研究宏观经济理论和中国宏观经济问题，产业经济理论和中国产业政策、制度的结构、起源和变迁，文明的冲突、融合与整合等，他关注文化与道德问题、天下未来文化问题。就在他的理性思考和研究走向更加深入的时候，他找到了儒家，找到了儒家的义理价值。

盛洪先生说，在中国古代儒家的学说和主张里面，包含了大量的现代经济因素。现代的所谓西方经济学最有价值的东西，也就是所谓的经济自由主义，其最主要的主张是自然秩序。"我作为学经济学的人来看，自然秩序的经济秩序，恰恰是在儒家那里有非常丰富的文化资源和精神资源。也就是说，儒家对经济最基本的看法就是'轻徭薄赋，不与民争利，以民之所利而利之'。历代儒家一贯如此，从孔子到孟子，包括像《盐铁论》里面的辩论，文学贤良们的主张，包括宋代新党、旧党的类似争论，都包含了大量的经济自然秩序的主张。还有宋代陈亮、叶适等人，或者说是功利主义的儒家，他们经过讨论得出的结论，和亚当·斯密以后西方经济学的主张非常接近，甚至语言都非常接近。从这个角度看，儒学里面有着非常成熟的市场经济或者说是经济自由主义的思想资源……"盛先生还说，传统中国的市场制度造就了中国，应该说是造就了中国的经济辉煌，在前现代化时期没有哪个国家能和中国比拟。他在发言中列举了许多数据，说明中国古代市场制度的成绩是非常明显的。他还说，中国传统的市场经济，不是战争刺激的，不是采用不可再生的资源来进行的。这就是儒家的经济思想。如果这种思想可以叫作经济自由主义思想的话，儒家经济思想与西方经济自由主义思想的区别也就在这里。

对这个问题，蒋先生补充说：按照我对儒家的理解，儒家不会接受利益最大化的原则……儒家在考虑衡量一个具体经济行为的合法性时，既要考虑人的利益的合法性，又要考虑天的合法性与历史文化的合法性，三重合法性同时考虑，尽量使人类经济行为获得更周全的合法性。

在讨论儒家和宪政的问题时，康晓光老师用笔记本电脑中所存的数据材料和图标对自由民主宪政进行分析演示，分析的结果是：自由民主的宪政是不好的，即是不正当的；假设自由民主宪政是好的，但也是假的，即是虚伪的；假设自由民主宪政是好的，也不是谎言，但对中国是没用的，即是无效的。大家认为，康晓光老师用西方现代研究方法，从经验的数据上来证明他对西方民主宪政的批评，用客观事实说话，具有非常强的说服力。

康晓光老师说他自己研究问题的方式基本上是野路子，从来不顾忌学科的界限。他说："我认为学术这个东西就是个工具，而且我做的完全是经世济用的，在这一意义上说，我是典型的中国人，以解决问题为己任。我最早研究的是贫困问题，就是农村贫困，这是对我们现实的关怀。"为了研究贫困问题，他在广西一个贫困县里挂职做了一年副县长。他一方面研究贫困问题，看到中国社会最底层的农户，一方面还有一些有权有势的朋友，所以看到的反差非常大。"贫困问题、不平等问题、中国的繁荣发展，对我的冲击是相当大的。公正问题始终是我思考的核心问题。所以我想得最多的是，平等是不可能的，古往今来任何社会都不平等，这是肯定的。但问题是如何能够让这些底层的人过得好一点，这是我考虑的最现实的问题。"康晓光老师说："我认为任何一种有生命的、有意义的、创新的理论，全是对现实的一种回应。"

讨论中，陈明老师系统地阐述了他的"即用见体"的理路，谈了他从"中体西用"到"即用见体"的思想过程。这个话题引起了热烈讨论，最后大家以服从会讲"求同存异"的原则而告一段落。

关于"士"与"精英"的区别，蒋先生做了精辟的阐述。蒋先生的博学与坚守是众所周知的。无论讨论什么问题，蒋先生总是坚持儒家价值立场，坚守儒家义理标准，从不含糊，从不妥协，

会讲会场之一

一派儒者气象。他说：什么是精英？什么叫知识精英？是不是读了博士、拿了文凭、取得了较高学位的社会管理者就是精英？不是。按照儒家的看法，"士"和西方民主政治所说的精英不是一个概念，"士"有社会担当，以家国天下为己任，体道、谋道、守道、践道，终其生而不谋一己私利，这才是"士"。也就是说，只有担当了儒家的价值理想与文化关怀的人才能叫"士"，那些为自己的利益追求知识、获取社会高位的所谓精英不是"士"。在儒家主张的"贤能政治"制度构架里，"士"组成的群体是社会的中坚。

7月15日，讨论一直进行到深夜，大家意犹未尽。结束前，主持人陈明说："天不早了。"

蒋庆先生接着说："会讲就进行到这里吧。天不早了，明夷之光呀！"

第二天上午，在复夏堂举行了"祭圣贤释菜礼"。下午登山野游。晚上在性天园的圆丘自由漫谈……

7月17日上午，为期7天的龙场之会宣告闭幕。

或许，历史已经记住了这一时刻！

晨读晚唱　同契涵泳

——2006年阳明精舍"丙戌会讲"印象

小　引

　　"听琴箫，诵诗赋，这是儒家的活体。原以为那只是留在记忆里的一种情景，现实的中国早已不复存在了。但是就在昨天晚上，我才发现这是真的！"

　　2006年8月，张祥龙教授在参加阳明精舍"丙戌会讲"时如是说。

　　此前的那天夜晚，月朗风清。"好古"（网名）应众人邀请，从"经纶居"他的居室里搬出古琴，小心翼翼地放置在庭院的石桌上，准备开始一场别开生面的古琴演奏。

　　"好古"来自连云港，是学校教师，性格沉稳，少言寡语。他穿着一件自己亲手制作的蓝边白色汉服，头上梳着发髻，手指熟练地在琴弦上飞舞。石桌旁的围墙上，低垂的蔷薇藤上挂着盛开的红花。借着天光，依稀可见他的衣服与蔷薇红白相映，朦胧中，犹如一幅美丽的图画。

　　我和海燕搬了小板凳在松风馆门前坐了下来，静静地倾听。夜幕降临，听琴的人越来越多。"好古"只是低头演奏，对周围的变化并无察觉。《平沙落雁》《忆故人》《关山月》，一首接着一首，他完全沉浸在自己的演奏里。琴声时而悠然，时而低沉，时而颤若龙吟，周围的人都被这美妙的琴曲感染，万籁俱静，只闻鼻息。一曲终了，"好古"抬起头来，对大家微微一笑，右手猛然在胸前一划，做了一个演奏结束的手势。

我还没回过神来，就听见身后有人报以热烈的掌声。回头一看，原来是张祥龙先生！

张祥龙先生是北大教授，从北京专程赶来参加这次会讲。张先生当天下午为大家做了讲座，我们都以为他回乐道园休息了，却不知他什么时候也来到桂竹园，和大家一同分享书院的同契生活。张先生的到来不仅给众人带来了惊喜，也带来了很大鼓舞。瑞昌和北辰主动吹奏了洞箫。此时有人提议请张先生也表演一个节目，张先生爽快地答应了。于是，他即兴为大家表演了一套杨式太极拳。那天他穿的是一套浅色的唐装，一招一式舒展大方、刚柔并济、轻灵流畅，博得众人阵阵喝彩！

会讲期间，书院常常有这样的生活，或许，这就是张先生所说的那种"儒家的活体"吧！

晨　读

清晨醒来，我最先听到的是心兰和国雄在桂竹园的朗朗读书声。心兰是阳明精舍的学生，在精舍已经居住多时，他学习精进，做事严谨。国雄是贵州师范大学硕士研究生，待人真诚，做事热情。这些日子，在他俩的带动下，也有不少同道和他们一样，天刚亮就起来背诵经典。往日幽静的桂竹园里，如今四处都能听到读书的声音，我仿佛又回到了校园。

早晨 7 点 30 分，大家不约而同来到存心斋，准备在这里进行每天半小时的集体经典诵读。

存心斋是奉元楼一隅，坐落在性天园之中。门前的两根抱柱上挂着蒋先生撰写的楹联："为道须枯槁一番，刊尽声华，从此海阔天空，鸢飞鱼跃；存心要静默终日，养全性体，而后风清云淡，山崎川流。"这副楹联是勉励修学者培养"默坐澄心"的儒士功夫。

存心斋的木地板、矮几案以及靠墙的书橱，都是原木制作的。正面墙壁上悬挂着"龙场正脉"四个大字，告诫每一位入座者，这里是传承阳明先生"致良知"的纯正道场。"龙场正脉"两边有一副对联："苍山为座，静中有物生天地；洪宇作经，虚极无心达性源。"这副楹联是提醒学人努力体悟静寂虚怀的工夫。

两排几案相对而列，是供晨读时学生放书用的。蒋先生用的一张较大的几案摆放在中央，上面还放着一个香炉。

学生去履后进入存心斋，分别跪坐到两侧几案后面的坐垫上，座位由自己选定。诵经之前，蒋先生燃香一柱，大家一起默祷。静默片刻之后，由蒋先生指定当天诵读的内容。所用的课本，是2004 年中华孔子学会组编、蒋庆先生选编、高等教育出版社出版的《中华文化经典基础教育诵本》。诵读的经典分别是《孝经》《大学》《中庸》《论语》《孟子》《礼记》《诗经》《易经》等的摘选内容。每天由一位学员领读，领读三遍后再唱读。新课唱读完之后再复唱以前学过的课文，如此循环往复。

晨读要求精舍所有人员参加，每个参加者都必须严肃认真，不得懈怠。集体诵读的形式使大家对经典的内容加深印象、培养语感。大家诵读时往往忘了时间，直至远处传来早餐的钟声，山长才宣告当天的诵读结束。每个人都感到精神愉悦，在这种同道合契的氛围中，共同接受儒家文化的熏陶。

清晨诵读

会　讲

会讲期间，上午的时间由自己支配，可以多样选择，或是在宿舍和缮经阁阅读书籍，或是同道交流心得体会，或是几人相约到附近的林中散步。

下午3点到5点是规定的会讲时间。会讲由蒋先生在西南政法学院任教时的学生王瑞昌主持，蒋先生的身体近来不适，因此只能参与指导。瑞昌来自首都经贸大学，多年来在阳明精舍跟随蒋先生研习儒学。他在儒家学理上造诣很深，为人谦和。作为学长，此次会讲由他主持，责无旁贷。

第一次会讲的内容是由参与者介绍自己走进儒学的心路历程。每个与会者都认真地做了自我介绍。虽然各自对儒家文化的切入点不同，接触儒学的时间也有长有短，但每一个人都有强烈的中国文化情怀，有对现实社会的关怀，在追寻理想的道路上，他们找到了儒家。以后的会讲则是每单元围绕一个问题展开，涉及诸多论题。

长期致力于儒学文化思想研究的韩星教授认为，关于复兴儒家文化的问题，应建立以儒家文化为主体、与其他文化相兼容的中国文化，应重视民间教化。

来自山东致力于儒学复兴事业的赵宗来是济南大学教授，也是华夏复兴网的骨干，他强调"君子不器"，主张坚持"群而不党"的儒家原则。赵宗来是一位才华出众的青年学者，他的发言很有说服力。当他得知我困扰于"儒家女性观"的问题多年时，便主动到月窟居为我讲解《易经》中的相关卦象，帮助我从源头上正确了解儒家女性观。赵宗来对《易经》研究很深，为人质朴热情，给我留下了深刻印象。

园中论道

晚间练唱祭祀歌曲

会讲进行中，北京的杨汝清因出差云南，也绕道赶到阳明精舍，参加了两天会讲。汝清多年来坚持在北京弘扬儒家文化，已取得可喜成绩。

会上，来自河北大学的孟晓路老师发表了关于将儒家判为显、密二宗的独特观点，引起较大反响。"好古"和宗来介绍了华夏复兴网的建网宗旨和发展情况。会讲讨论先后进行了三十余场之多。

通过认真热烈的讨论，大家一致认为：修身是儒者必不可少的工夫，单纯的学理研究不足以深入儒学之堂奥，要成为一名真正的儒者，必须对儒学的价值真诚信奉与努力践履。

晚　唱

按照会讲议程安排，晚饭后，大家集中到繙经阁学唱古典歌曲。这些歌曲是蒋先生收集整理的。蒋先生原来打算亲自教唱，但无奈当时身体十分虚弱，不能支持，便委托北辰代教。

学唱的第一首歌曲是《宣圣颂·文成颂》。《宣圣颂》是元代流传下来祭祀先师孔子的乐歌，后来蒋先生依《宣圣颂》曲谱，又填写了祭祀阳明先生的颂辞。

以后在阳明精舍组织的祭祀先师孔子和阳明先生的"释菜礼"中，全体后学也都集体颂唱这首《宣圣颂·文成颂》。这首歌歌词肃穆，曲调恢宏，具有很强的震撼力。

之后，北辰还教大家唱了多首歌曲，如《孔庙丁祭歌曲》《醉翁吟》《诗经·大雅·鹿鸣》等。我最喜欢的是那首《鹿鸣》，歌词中有这样的词句："呦呦鹿鸣，食野之萍。我有嘉宾，鼓瑟吹笙。吹笙鼓簧，承筐是将。人之好我，示我周行。……"曲调活泼轻快，歌词朗朗上口。在以后的日子里，闲暇时我常常听到庭院里传来同道们的歌声，这时我也会跟着哼上几句："呦呦鹿鸣，食野之萍……"

尾　声

这是阳明精舍为时最长的一次会讲，从 7 月 16 日开讲至 8 月 12 日"祭拜圣贤释菜礼"结束，历时将近一个月的时间。这也是一次最具传统特色的儒家书院会讲，蒋先生在总结时说："书院的会讲与其他会议不一样，书院的会讲是活生生的'同契生活'，大家通过活生生、面对面的生活，达到心灵的交感与生命的同契。这种生活曾经在古代的书院有过，学者可以在每天的生活中学道、体道。在现代社会，无论电子书籍和传媒手段有多么发达，都不能代替这种活生生的同契生活。"蒋先生强调当下儒家要保持孔门的"杏坛之风"，希望每一个学员都能成为某一方面的专家，即便不能成为专家，也希望大家在致力于做事的时候要沉下心来读书，因为做事需要儒家义理的滋养与护持。

通过会讲，与会者不仅加深了对儒家义理的理解，体验了传统儒家书院的生活，同时也促进了儒门同道之间的友情。

这次会讲由张华先生和赖鸿标先生提供赞助支持，珠海平和书院院长洪秀平先生参加了会讲，并为精舍提供了多方面的资助。

盘山观月

　　云盘山的秋季是壮美的，山上树木郁郁葱葱，山下农田金黄一片。鉴性湖的景色更是迷人，湖边有白鹭在阳光下漫步，它们时而低头觅食，时而展翅高飞，时而一个俯冲掠向湖面，叼起一条不小心浮上水面的小鱼，向远处飞去，瞬间不见了踪影。一群野鸭在湖中央戏水，野鸭总是集体行动，它们在头鸭的带领下游弋，依偎嬉闹，不离不弃。湖水倒映出白云和蓝天，映衬出四周的山峦树林，湖光山色两相映，令人流连忘返……

　　2006 年 8 月，阳明精舍"丙戌会讲"接近尾声。那天晚上，山野的夜空月朗星稀。我们围着八仙桌在庭院里晚餐。夏末秋初，每当遇上这样的好天气，我们都会把饭桌摆在院子里，在星空下进餐，这无疑是一种别样的感受。

　　山风不时吹来，十分惬意。临近分别的日子，学子们难免流露出一些不舍之情，话题也有些沉重起来。蒋先生大概看出了大伙的心思，他抬头看看天色，故意拖长语气，缓缓地提出一个建议："今晚有月亮，我们是不是到鉴性湖边去看一看月出呢？"话音刚落，众人立即响应，爆出一片喝彩！

　　我们许多人都看过日出，却是第一次听说"看月出"！大家赶紧回自己房里带上手电，兴致冲冲地跟随蒋先生向鉴性湖畔走去。

　　白昼渐渐褪去，果园的路面还留着些许天光。脚下的路不算难走，这些日子大家都熟悉了这条砂石铺就的道路。一路上说说笑笑，不一会儿就来到了鉴性湖边。

　　夜幕悄悄降临，有人在依稀的群星中找到了北极星，确定了"月出"的方位。于是从这一时刻起，我们的目光开始关注着那个方向，生怕错过了"月出"时的瞬间奇观。

　　等待需要时间，更需要足够的耐心。四野一片寂静，湖岸的水坝经过一天的暴晒，傍晚还留着一些余热。大家席地而坐，我却有些心急，但不好意思说出来。身边这些来自天南地北的儒家后生，个个都安安静静地坐在那里，他们都是年轻人啊，我怎能不如他们更有耐心呢?!

　　夜色中，"好古"侧卧在水坝的石墩上。他依旧穿着那套自己设计缝制的白色汉服。会讲期间，凡有集体活动，不论是晨读还是会讲，他都是穿着这套服装。同样来自山东的云尘子，会讲时穿的也是汉服，他俩因此成了这次会讲的"亮点"。每当集体合影，大伙儿总是把他俩推到前排，有人还争着挤到他俩旁边，为此总会引来众人哈哈大笑。可惜云尘子有公务提前回济南了，要不，他今晚也一定会穿着汉服来这里和我们一道观赏"月出"的。

　　"好古"用手枕着头，安静地躺在那里，仰望星空。背后的湖面十分平静，他显得悠然自若，宛若水墨画上的人物，令人恍有身在画中的感觉!

　　等待很漫长。忽然，远处传来一阵悠扬的箫声，我焦急的情绪顿时得以舒缓。吹奏的是《春江花月夜》! 是谁如此有心，在这样宁静的夜晚，在大家等待赏月的时候，为我们增添一份雅兴?

随着箫声寻去，我们看到了瑞昌的身影。在会讲的这些日子里，我常常在夜阑人静时听到瑞昌的箫声。那清雅恬淡的箫声与他儒雅的性格极为相符。此时他独自站在湖边低头吹奏。他用箫声向众人传递着"春江潮水连海平，海上明月共潮生"的画面。联想到这首诗的作者张若虚在江畔吟诗时的情形，他当时或许是在自语，或许是在向大自然发问："江畔何人初见月？江月何年初照人？"想到这里，我心中突然升起几分莫名的惆怅……

我听见夜幕下也有人在轻声叹息。不知他是否和我一样，在叹息古往的诗情画意早已离我们现在生活的时代渐渐远去？！

北辰应众人邀请，吹奏了他自己原创的《黄河秋色》。静听此曲，只觉凄婉沉重，如泣如诉。我们静静地听，静静地等。

还是蒋先生最先看到远山喷薄而出的明月光辉。他指着群山背后微微发亮的一团红晕对大伙说："看哪，月亮出来啦！"顺着他手指的方向，我们看到黑压压的山林背后，一个小小的火团正缓缓升起，犹如初升的朝阳！"月映日辉，阴阳和合，这是大自然最好的安排啊！"不知谁低声说了一句。

红晕一点点变大，越来越红，后来竟变成了一个红红的大火球！凭借落日的余晖，月亮向天地万物展示出她的另一种妩媚，展示出她的另一种博大与庄严！

时间一点点过去，红晕渐渐褪去，月亮露出了她原来的圣洁。湛蓝的夜幕下，她的皎洁显得那样温和亲切。我低头看见湖面呈现出她的倒影，又想起王阳明先生所说的"良知"。"良知"如明月，在我们每个人的心灵深处，都能有如此这般明亮高悬的"良知"吗？我们的"良知"能够永远这样清亮纯净吗？

此时，孟晓路情不自禁地为大家朗诵起苏轼的《水调歌头》：

"明月几时有？把酒问青天。不知天上宫阙，今夕是何年？我欲乘风归去，又恐琼楼玉宇，高处不胜寒……但愿人长久，千里共婵娟。"随着他抑扬顿挫的朗诵，随着词意的跌宕起伏，我心中突然有一阵涌动，不觉流下泪来。

明月当空，清辉洒满山野，也洒在我们的身上。忽有一种空灵感，使我的心境渐渐明亮起来。

大伙跟随蒋先生在云盘山的小道上行走，走过一排树林，来到一片滩涂地，我们在那里停了下来。瑞昌吹起了《阳关三叠》。此时此刻，还有什么曲子能比《阳关三叠》更能抒发离情别意呢？晓路随声唱了起来，他的歌声很圆润："渭城朝雨浥轻尘，客舍青青柳色新……"；紧接着，歌声中加入了蒋先生浑厚的男中音；随后，北辰、"好古"也都一起唱了起来。渐渐地，汇成了整齐洪亮的男声小合唱："渭城朝雨浥轻尘，客舍青青柳色新；劝君更进一杯酒，西出阳关无故人……"声声扣人心弦。

在这即将别离的时刻，他们唱出了心中难舍的师生之情、同道之情。"劝君更进一杯酒，西出阳关无故人"，歌声回荡在云盘山寂静的山谷里，回荡在古龙场澄明的夜空中，也回荡在我们永远的记忆里！

眼前的这群知识分子，他们一个个才华横溢，一个个勇于担当，一个个安贫乐道，一个个踌躇满志。他们心中始终装着儒家的价值和理想，他们有着儒者的忧患与笃行。为了复兴中国文化，他们勇敢地探索和实践……

夜深了，秋风送来凉意，蒋先生提议我们该回去休息了。大家才恋恋不舍地踏着雪一般的月光走上回精舍的路。经过精舍后门的一片小松林，脚下的路松软而厚实，月色穿过松枝斑斑点点地洒落在地面上，犹如天上的星星散落人间。他们走在前面，我跟在后面，他们的乐观和坚定感召着我。看着他们的身影，我想，脚下的这条在夜间也闪烁着光亮的小路，不正是通往理想之门的道路吗?！

这一日的盘山观月永远留在了我的记忆里。那圣洁的月光一直在我脑海里流淌，流淌……

蛇　　缘

　　贵州多蛇，云盘山尤其多蛇！在阳明精舍，我肯定是遇到蛇最多的人了。他们都说我有"蛇缘"，我很忌讳，因为听起来挺恐怖的！回想与精舍结缘的这十来年，与蛇相遇的故事还真不少，而且每次都很精彩，不，应当说每次都很惊险。

　　第一次遇见蛇，是十二年前的春夏之交。那天下午，我独自端着盆到湖边洗衣服。空旷的山野，四周没有一个人。当时的我根本没有会在这里遇见蛇的心理准备。洗好衣服，我端着盆回精舍时，突然看见一条花蛇拦在我必经的田埂上，蛇头已钻进草丛，身子和尾巴还露在外面。我吓得扭头就跑，转身从刚犁过的旱田里深一脚浅一脚地跑了回去。自那以后，我仿佛得了"恐蛇症"，不论是走在山路上还是果园中，都是小心翼翼观察着草丛里的动静，有时在路上远远地见到一条绳索或树枝，也会警惕地绕开。

　　第二次遇见蛇，是一天晚饭后与蒋先生在仰山房石板地上谈话，谈着谈着，突然间在昏暗的灯光下看见一条草绳样的东西一摇一摇地朝我们游过来。是什么东西？是我眼睛花了吗？我定睛一看，不得了了。我大叫一声："哎呀，是条蛇！"我还没有从惊恐中回过神来，这条蛇居然慢悠悠地从我们中间穿过，向卫生间爬去。这时，蒋先生立即安慰我道："站住，不要动，是条乌梢蛇，无毒。"说罢，蒋先生马上在卫生间门口拿起一根竹竿，先将这条蛇压住，然后又将这条蛇挑起来，扔到了围墙外。听到围墙外"扑通"一声响，我才下意识地移动了脚步，回过神来。这天晚上我被吓得不轻，一身冷汗。然而，我很纳闷，这条蛇怎么胆子这么大？我们两个人正在谈话，它竟敢从我们之间穿过！这里一定有蛇窝。过后我又想，也许这条蛇也想听听我们谈学论道吧，否则怎么会这样近距离地接近我们？这天夜里，我真百思不得其解。

以后每年到精舍，我都会有几次与蛇的相遇，每次都胆战心惊。为了提高自己的胆量，我有意查阅与蛇有关的资料，有意观看介绍蛇的生活习性的科教片。经过几年的历练，我对蛇的恐惧感渐渐有所克服，后来，我已锻炼到敢于近距离为蛇拍照了。有朋友初到精舍，我有时会向他们介绍一些防蛇的常识，并佯作镇定地告诉他们："蛇并不可怕，只要不踩着它就行了。"不少朋友都夸我胆大。可是没想到，最近一次与蛇的遭遇竟严重地打击了我刚刚建立起来的自信心！

那天早饭后，眼看天就要下雨了，我提起扫帚打扫月窟居门前的小院子。满地落叶，是周围的翠竹上吹落的。扫地本是一件轻松愉快的事，我心情很好，一边低头扫地，一边还哼着歌曲。扫到月窟居窗前时，我突然听到身后"扑通"一声，好像有什么东西从窗台上掉了下来。是什么呢？我不经意地回头一看，哎呀，是一条弯曲着正在地上翻滚的花蛇！也许它早已停留在月窟居的窗沿上，因为我扫地时身体靠近了它，也许是我的声音惊动了它，使它感到害怕，便从上面掉了下来。它的翻滚和挣扎是为了恢复正常的爬行姿势，准备逃跑。我不由得"啊"了一声，只感觉两腿发软，手提扫帚紧张地往后倒退……

没想到这条蛇竟不依不饶，竖起脖子，气势汹汹地向我爬来。

我更加害怕了，又接连退后几步，它还在前行。这时我情不自禁地大叫起来。慌乱中，我急中生智，用手中的扫帚使劲地拍打地面，发出"啪啪啪啪"的声音，想以这种笨拙的方式吓唬它，逼它撤退。这个方法奏效了，它迟疑了一会儿，停了下来，又与我僵持了一会儿，之后猛地扭头转身，迅速向相反的方向爬去，钻进了围墙角落的一个小石洞里。

在它转身的那一刻，我看清它的腹部呈金黄色，背面乌黑，有斑斑点点的花纹，一米多长。呵呵，刚才我还和它四目对视了将近一两分钟呢……

我的惨叫声惊动了在墙外菜地里干活的小吉。小吉大声问我：怎么啦？我只是大喊"有蛇，有蛇……"，其他的话一句也说不出来。现在回想起来，我那时的喊声真是撕心裂肺。小吉在墙外连声安慰我别怕，她的声音像"镇静剂"，使我高度紧张的神经渐渐松弛下来。当然，也可能是由于那条蛇已扬长而去的缘故。

我的叫声惊动了在缮经阁看书的黄磊，惊动了在守望居看书的海超，还有在乐道园看书的润东，他们都闻声纷纷赶来。这时我已满头大汗，气喘吁吁地告诉他们刚才发生的"恐怖事件"。他们都惊讶地问道："有蛇？蛇在哪里呢？"我用扫帚指了指那个小石洞，胆怯地说："在那，它还躲在那儿呢！"

海超问我："你的竹竿呢？"他是指我平时用来防蛇的那根竹竿。这竹竿跟随我多年，是几年前精舍管理员陈师专门为我做的。平时外出散步，我总带着它，所以海超知道我有这样"武器"。于是我赶紧跑回屋里拿出竹竿，递给海超。平时温文尔雅的海超这时俨然像一个勇士，沉着地走到石洞边，用竹竿掏出洞里的树叶，可是无论怎么掏，也没有蛇的踪影。他回头对我说："蛇已经跑了。"似乎有些失望。我说："我明明看见它钻进去的，它会到哪儿去呢？"海超接过扫帚，帮我扫完了那一片没有扫完的地带。这也是一种安抚，让我的情绪安定下来。

这时站在一旁的黄磊见我脸色惨白，为了安慰我，开玩笑说："哎，蛇是吉祥物啊，这些年我就是想见蛇，怎么就见不到呢？"我回答道："是啊，你们的眼睛都在看书哩，哪能看到什么蛇呢？"他们都笑了。这时我心里想，赶明儿你来试试，在你每天都要用手接触的窗台上，一条花蛇盘在那里，然后"扑通"一声从上面掉下来，掉到你的脚下，然后对着你看了又看，看你还会不会想它？！

他们陪我说了一会儿话，就回去看书了。我也回到自己屋里，准备上网查查有什么防蛇的知识。刚坐下，我惊魂未定，忽然又听到窗台上有"啵啵，啵啵"的响声。我的心又紧缩起来，是不是那条蛇又回来了？我战战兢兢地回头望去，哦，原来是一只不知名的小鸟，淡绿色的羽毛，活泼地在窗台上跳来跳去，十分可爱！它正用嘴在窗台上啄着什么，这可是从来没有过的事啊！小鸟像天使，它的到来又给予我极大的慰藉。小鸟在窗台上叨来叨去，会不会与蛇留下的气息有关？蛇与鸟，同是自然界的生物，给人留下的感觉却是如此不同！

网上说可以用雄黄和醋来预防蛇的入侵。但这里一时找不到雄黄，我立即到厨房向小吉要了些醋，洒了一点在房门口和窗台上。谁知道有没有用呢，自我安慰呗！

中午吃饭时，我一言不发，是黄磊他们把刚才的事告诉了蒋先生。蒋先生呵呵一笑，然后说："天地化生万物，滋养生灵啊！范老师又经历了一次考验！"然后，他又讲了许多自己遇见蛇的故事，那些故事才叫精彩呢！可是他一点也不恐惧，就像平时聊天一样，依然是那么轻松和幽默。

午饭后下起了大雨，还打雷。午睡时，我耳边总响着蛇从窗台上掉下时的"扑通"声，心里一直在琢磨：那条蛇是从哪里过来的呢？为什么会爬到我窗户上？现在它又爬到哪里去了呢？我翻来覆去睡不着，就给远方的儿子发了条短信，告诉了他我的遭遇和恐惧。他很快就回复了，只有简短的几个字："哈哈，你有蛇缘呗！"

　　晚饭时，我心里还在纠结，于是又对蒋先生说了。蒋先生依旧是呵呵一笑，淡定地说："你不要问它从哪里来，也不要问它到哪里去，你走你的路，小心别踩着它就行啦！"大家听了，都捧腹大笑！我虽然心有余悸，却也跟着笑了起来。

窝 窝

与白鹅"窝窝"结缘，是由一条青蛇钻进卫生间的意外事件引起的。

2002年初夏，我来到阳明精舍，住在仰山房的月窟居。仰山房掩隐在翠竹与果木丛中，幽静而孤立。据当地村民说，仰山房附近的山坡上有个蛇洞，原来经常有蛇出没，自盖房住人后，蛇就搬家了。我听后毛骨悚然：人在上面住，蛇在下面住，谁知道它们到底有没有搬走呢？

阳明精舍有位木工陈师傅，我们都叫他"陈师"。陈师平时寡言少语，可是说起蛇的故事来，却滔滔不绝。他说小时候有一条菜花蛇钻进他的被窝，他一点儿也不害怕，抓起来往窗外一甩，自己又呼呼大睡了；他又说自己有一位师兄，经常在他衣袋里掏香烟抽，于是他抓了条幼蛇放在衣袋里，当师兄的手伸进口袋时，摸到一条软软的幼蛇，被吓个半死，从此再也不敢掏他的香烟了……他的故事离奇又刺激，将恐怖散布在空气里。我想听又怕听。

端午节到了，贵州山区的气候潮湿而闷热。傍晚，乌云密布，雷雨将临，我收了洗晒好的衣服往卫生间走去。由于穿的是布底鞋，走起路来几乎没有声响。一进门，地面有一团绿色的东西出现在眼前。这是什么啊？我弯下腰低头一看，哎呀！是一条小蛇，嘴里还吐着细细的舌头呢！我吓得扭头就跑，连声呼喊救兵！大伙从四面赶来，冲进卫生间，却什么也没看见。于是有人笑我患了"恐蛇症"，出现幻觉啦！他们边笑边往外撤。躲在门外的我着急地央求道："你们不能走啊，它还在里头呢！"碍于情面，大伙又转身回去继续查找。终于，有人在洗衣机底座下发现了它，大声喊道："找到啦，青竹标。有毒啊！当心！当心！"只听里面一阵乱棍声，屋里渐渐平静下来……此时我已经躲到很远很远的地方去了。

夜幕降临时，雷雨交加。无助的我躲进月窟居，蜷曲着坐在床上。窗外雷声轰天炸地，大雨滂沱。我忽然想起那条受伤后被甩到墙外的小蛇，它是否还活着呢？今天它的不幸完全缘于我的胆小。我在恐惧和自责的交织中熬到了天亮……

第二天，我又去找大伙出主意，想讨些防蛇的措施。有人说蛇怕雄黄，提议在仰山房周围撒雄黄，这也许是根据《白蛇传》中白娘子喝雄黄酒露出原形的故事而来的；有人说雄黄太贵，不如撒旱烟油。可是如今人们都抽纸烟了，上哪儿去找旱烟油呢？再说大雨一冲就全没了。后来，蒋先生说了一个可行的方法：鹅是蛇的天敌，有鹅的地方就没有蛇。但这只是在书上看到的，没有实践过。大伙一听，认为这是最佳方案，就实践一下吧！于是决定养一只鹅。

我们在仰山房的小院里盖了一间小鹅舍，这是给即将到来的小鹅准备的。那些日子，我整天期待着"白鹅卫士"的到来！

阳明精舍附近有一个鹅棚，里面养了几十只白鹅。养鹅的孩子十七岁，名字叫维维。维维是当地放鸭、放鹅的一把好手，他经常将几十只鹅和鸭往水里一放，自己撑着小船吹着口哨跟在后面，荡荡悠悠，神气极了！

几天后我来到鹅棚，对维维说想买一只鹅。维维推开鹅圈门，指着簇拥在一角的鹅群说："自己挑吧！挑好后我就给你抓。"我一眼就看中了一只个头不大，但是很精神的白鹅。维维将它抱了过来，送到精舍仰山房的小院子里。这就是后来的"窝窝"。

窝窝来到专为它盖的鹅舍前，却怎么也不愿进这个新家。它不适应这个陌生的环境，还留恋原来居住的鹅棚。桂竹园里的青草它不吃，见到我也总是躲得远远的。但是只要听见院墙外有鹅群同伴的叫声，它就会"扑哧扑哧"地往那个方向跑去，甚至千方百计往外飞。看来鹅也和人一样，喜欢群居，害怕孤单啊！于是，我买来一些米糠，每天将剩菜叶或青草切碎后与米糠拌在一起喂它。在给它喂食时，我总是不停地喊着它的名字，不停地和它说话。渐渐地，它熟悉了我的声音，也愿意和我接近了。以后，它不论在草坪上吃草还是在池塘里嬉水，只要听见我的呼唤，它就会摇摇晃晃地走过来，尽管摆出一副极不情愿的样子。

仰山房门前有一块十余平方米的石板地，不高的围墙装了一道小栅栏，这里就成了窝窝的主要活动场所。凸凹不平的石板地坑坑洼洼，可以蓄水，窝窝可以随时用扁扁的嘴呷着水自己玩耍。它渐渐适应了这样的生活。每天清晨，窝窝就跑到月窟居门前大嚷大叫，听见我在屋里应答了，便安静下来，乖乖地站在门外，等我出来给它喂食。中午我到饭厅吃饭，它也跟到饭厅门前"嘎嘎"叫个不停，直到我出来和它打了招呼，才回到草地上安静地等我。以后不论我走到哪里，它都会跟着，一时见不到我，就会"嘎嘎"大叫。有时它知道我在屋里工作，就在门前睡觉。一觉醒来，也会大叫几声，好像是怕我离开了。只要我在屋里发出响声，它就安静下来，把头插进翅膀里，继续睡觉。晚上听到外面有人走动，它就会从鹅舍里发"喔喔——喔喔"的低鸣，好像是在告诉我，别害怕，有它陪伴着哩！

这一年，在阳明精舍的日子里，有窝窝相伴，日子过得很快。在这期间，院内再也没有发现过蛇。想必是窝窝的功劳啊！

转眼到了我返程的时间，我将窝窝抱回鹅棚托付给维维。我说："维维，请你代我照看好窝窝，谢谢你啦！记住一定不能卖，更不能杀。"维维答应了，要我放心。

第二年，我再度回到精舍，放下行李就去打听窝窝。在场的人都不说话了。一再追问，维维妈妈才告诉我，说我离开精舍不久，维维外出打工，鹅棚的鹅都处理了，窝窝也死了。我问窝窝是怎么死的？她说是病死的。我沉默了许久，心里很难过，一句话也说不出来。

回到仰山房，我看着与窝窝的合影，鼻子有些发酸。那是与窝窝离别前在精舍的池塘边照的，那天窝窝好像知道我要与它告别，很听话。我抱着它坐在两仪池旁边，它在我怀里一动也不动。我们一起待了很长时间。

我在窝窝的鹅舍前站了许久，想到与窝窝相处的那些日子，它像卫士一样保护着我，而在它需要我保护时，我却没能保护好它……

以后，院内又时常有蛇出没，我心里依旧时时揣着恐惧，也经常想起窝窝。

窝窝的鹅舍还留在那里，窝窝却已经死了。

我与窝窝

古驿道上的遐想

阳明精舍后山的丛林里，隐藏着一条古驿道。驿道是古代朝廷为传递文书的驿使车马通行而开辟的道路。贵州山路崎岖，交通不便，驿道的修筑不仅方便了驿使，也方便了当地民众。

相传，明代彝族女杰奢香夫人在"羊肠险恶无人通"的荒野，在水西境内开辟出以龙场为首，涉及六广、谷里、水西、奢香、金鸡、阁鸦、归化、毕节的九条驿道，被称为"龙场九驿"，全程两百余公里。在那个洪荒草昧的年代，刊山筑路十分艰险，奢香夫人所向披靡，她的功勋和故事在当地传为美谈。阳明精舍后山这条古驿道，是"龙场九驿"中的一段。

初到阳明精舍时，听说后山有一条古驿道，我很神往，总想亲临现场，沿着古人足迹，体会一下行走在上面的感觉。但后山偏僻，我一个人不敢单独前往。

2002年6月的一个上午，我正在月窟居整理文稿，忽然听到窗外有人说话，是当地的几位朋友相约要去登后山。我立即加入了他们的行列。其实我的目的不是去登山，而是想去寻找那条向往已久的古驿道。

到了后山，经过泉水叮咚的龙洞，我们继续前行，但是并没有看见我想象中的古驿道。我们走进人迹越来越稀少的荒岭，仍然不见古驿道的踪迹。我迫不及待地向同行的小王打听："古驿道呢？怎么见不到啊？"小王告诉我说："刚才我们已经走过了。"已经走过了？我怎么没看到啊？他们都笑了！于是小王陪我转身往回走，一直走到刚才路过的一段平坦山路："古驿道就在你脚下了。"我很茫然！在哪儿啊？脚下不就是一条普通的山石泥路吗？哪有什么古驿道？小王指着泥土里隐约可见的几块石头说："你仔细看看，这就是古驿道哦！"我低下头仔细观察，才发现黄色的泥土下面确实依稀可见一段石块铺就的道路，大约两米宽，十几米长。石路前后两端已经深深埋藏在土里，见不到一点痕迹。

眼前这段石路，难道就是那曾被称为贯通南北的"龙场九驿"之首的龙场古驿道？难道历史竟会以如此脆弱的信息将先辈的遗迹传达给后人？我心底陡然涌出一阵莫名的伤感！

小王和其他同行的朋友继续往高处走去，我的脚步不由得沉重起来。我独自在古驿道上走了几个来回，仰望绝壁连峰、飞鸟难度的荒山野岭，心中不禁悲凉起来：一条曾经名扬贵州的交通要道，如今只留下十几米依稀可见的石块，安静地沉睡在深山的枯叶黄土之中。几百年的岁月，几百年的历史变迁，斗转星移，沧海桑田，弹指一挥间。古代的驿道已被现代的公路取代，早已被人们遗忘。许多年后，还会不会有人记得这样的古驿道呢？还会不会有人记得那位刊山筑路的奢香夫人呢？还会不会有人知道明代大儒王阳明先生在遭遇九死一生的迫害之后，曾经揣着满腹对社会、对人生的追问，经过这里来到龙场的情形呢？……

我面向龙场，朝着阳明先生的遗爱处——阳明洞方向眺望，心潮起伏，竟也升起了"念天地之悠悠，独怆然而涕下"的感觉！我的思绪飞向四百九十多年前，飞到了阳明先生在龙场时的那些历史场景……

明朝正德三年（1508）初春，身为兵部主事的阳明先生为保无辜，冒死直谏，得罪了朝廷，被贬谪到龙场驿当驿丞。先生进入贵州的玉屏后，经镇远、施秉、黄平、福泉、贵定、龙里到达贵阳，转而要去修文的龙场驿。龙场驿在贵州西北的万山丛岭之中，蛇虫魍魉，少见车马，罕有人烟。这条驿道是从贵阳通向龙场的唯一驿道，先生当年一定是从这里经过的。

贵州三月的天气还很寒冷，阳明先生与他的随从们路过这里时，或许是一个难得的晴天，初春的寒风吹在脸上，仍然刺骨地疼；或许那天正下着毛毛细雨，山雨打湿了他们的衣衫，先生艰难地踏着泥泞，果敢地向龙场方向走去。在朝廷，阳明先生遭到宦官刘瑾一伙残酷迫害，倍受折磨，几近于死。一路上，先生心中在不停地追问："以道事君，何罪之有？"

马背上，简单的行囊中包裹着一本《易经》，这是阳明先生在万念俱灰时相依相伴的经典，先生试图依凭它解读世界的奥义、寻找人生的终极回答。也正是靠着这本《易经》，先生在龙场那个阴暗潮湿的洞穴里度过了他人生最昏暗的时期，彻悟了圣人之道。因此，先生谪居的那个洞穴被后人称为"玩意窝"。

"魂兮魂兮，无悲以恫"，一路走来，阳明先生满腹怆然……

但是，贵州龙场这块蕴含万物之灵的大地，以古朴浑厚的姿态迎接了阳明先生。先生在龙场"不及一肩"的草庵居中居住下来，开始了艰难的生活。到龙场不久后，随从们相继病倒，先生亲自到山上析薪取水，熬药煮粥，伺候随从。先生在潮湿的洞穴里参悟《易经》，端居澄默，以求静一。久而久之，胸中浇浇，思念圣人此处更有何道？终有一夜，彻悟"格物致知"的道理，明白了"圣人之道，吾心自足"！从此，先生超越了荣辱得失，超越了几近于死的人生低谷，确立了他的"心学"思想；从此，龙场这块神奇的土地也因阳明先生的"龙场悟道"而扬名天下。从此，中国伦理思想发展的历史翻开了新的一页。

之后，阳明先生在龙岗山上传播他的"知行合一"学说，当时的受众竟达数百人之多。在这不大的龙场驿，我不知道阳明先生当年是怎样克服他的江浙口音带来的不便，满怀仁心仁德与当地山民们交流的；也不知道先生是怎样用通俗易懂的语言，将深奥的儒家学理化解为简明的良知学说，让受众能够听懂其中含义的。但是我深信，随着时间的推移，阳明先生与当地的山民成了朋友。淳朴的山民不因先生被朝廷贬谪而疏远他、歧视他，相反，他们以质朴本性中的"良知"认知先生的人品，崇敬先生的人格。他们主动为先生搭建木屋，改善先生的居住环境；为先生修建龙岗书院，并云集于此，聆听先生讲学；以致在后来的日子里，偶有当地权贵差人侮辱阳明先生时，山民们会自发地组织起来为先生鸣不平，"共起殴之"，护卫先生的安全……我坚信，一定是阳明先生那颗光明、平等的心感化了天地万物，感化了淳朴的山民。这些朴素的故事不仅打动人心，同时也印证了阳明先生的良知学说，印证了良知是有力量的！

我无从考证脚下这条古驿道如何通过陡峭的山岭蜿蜒盘旋伸向远方，但是我知道在龙场镇北面有一条古驿道经过的谷堡乡蜈蚣坡，正是阳明先生亲自埋葬那位客死他乡的吏目及其一子一仆的"三人坟"所在地。这段悲怆感人的故事在阳明先生著名的《瘗旅文》中有所描述，而阳明先生由此而发的仁慈之心和悲悯之情，更是令人感动不已！

阳明先生不仅在贵州留下了足迹，留下了思想，更为世界留下了不朽的人格精神！

……

山那边，缓缓走来一群放牛的孩童，我想，他们会不会是四百九十多年前曾经聆听过阳明先生讲学的山民的后代呢？当年，是他们的先辈用人性的质朴帮助了一位伟大的先贤，帮助这位先贤成就了他的伟大学说。今天，这条古驿道虽然已经被外面的世界遗忘，但是经常行走在这条道上的山里孩子不会将它遗忘。同样，历史也不会将阳明先生"龙场悟道"的那些感人经历遗忘！

在我眼里，这不是一条普通的驿道，而是一条"上悟万化心源，下知过化圣迹"的"驿道"。

星星点灯

　　在阳明精舍的夜晚，我喜爱山野的星空。夜幕下闪烁的星星与我相伴，我的心和天空一样湛蓝，一样宁静。

　　第一次到阳明精舍，是一个初冬季节，精舍刚刚建成。虽然到这里已经几天了，但是每到傍晚，我还是习惯性地起身去开灯，可一想到墙上的开关全是摆设，总会情不自禁地叹气。天黑了没有电灯，对于习惯了用电的人来说，会感觉黑暗悄悄向你扑来，心中难免有几分落寞与恐惧。

　　蒋先生大概看出我的慌乱，诙谐地说："这里还没有通电，那些开关只是为着将来通电时预备的。没有电也好，可以充分享受天光啊！这种天人合一的感觉，你在城里是找不到的啊！"

　　"天光"？我第一次听到这么美妙的名词！什么是"天光"？我下意识地抬头看看窗外的天空，除了渐渐降临的夜幕，什么也看不到啊。我强作镇静，支支吾吾地应付着："是呵是呵，享受天光，享受天光……"我有些尴尬。北辰和幺妹在一旁笑了，他们的笑声里夹着善意。

　　天色越来越暗，我开始焦虑起来。这时，蒋先生从松风馆屋内端出一支仿古烛台，放在木制的方桌上，轻轻划了一根火柴，蜡烛即刻被点燃了，整个感物厅瞬间明亮起来。这是我第一次真切地体会到人的内心潜藏着对光明的渴求！兴奋之余，我有了一种返璞归真的感觉。想到远古时代的先民，简单的生产方式决定了简朴的生活状态，他们顺应自然，过着"日出而作，日落而息"的日子。他们不知道何为电灯，更不知道还有"灯红酒绿"，他们只知道与自然环境和谐地相处，他们的内心平静而安详。

那天虽是冬季，却不太冷。吃罢晚饭，我和北辰带上手电，跟随蒋先生到阳明果园走了一圈。一路上，蒋先生给我们讲了许多关于建设阳明精舍的故事。回来时，夜幕已经铺开。我正踌躇如何打发下面的时光，蒋先生突然提议带我们到屋顶的平台上看星星。没有丝毫犹豫，我们应声表示赞同。

我们带着小板凳上了屋顶，心情顿时爽朗起来。空旷的山野笼罩在深邃的夜幕下，满天闪烁的星星。不远处，山坡上的松林和一堆堆净白的石头可以看得清清楚楚。难道这就是"天光"？这就是天光与地面交相辉映的效果？看到如此神奇美妙的情景，我十分兴奋！

在城里，我们看到的星空是模糊的，高楼的灯光干扰了我们的视线，也扰乱了我们原本朴素的心。在空旷的山野，在如此宁静的星空下，我的心也变得清亮起来……

蒋先生和北辰继续谈论儒家文化，我一边仰望星空，一边倾听他们的交谈。我尘封已久的精神世界被激活，昏暗的心灵里划过一道光亮，我似乎看到了中国文化的希望所在，也看到了自己人生的价值所在。这是否也是一种"天光"？

星空下，与其说是听他们严肃的思想交流，不如说是听他们的真情吟诵。他们是对中国五千年文化历史吟诵，时而灿烂辉煌，时而低沉忧伤。

……

以后在阳明精舍的日子，我经历了无数个这样的夜晚，经历了无数个在星空下聆听儒者们交流和吟诵的场景。每逢精舍有学术活动，不论是游学、会讲，还是有中外学者来访，在星空下，我都能听到他们聚集在庭院里的彻夜长谈。我听他们谈学论道，听他们抚琴弄箫。在旁听的同时，我仿佛也听到了他们之间思想的激荡和心灵的碰撞……

阳明精舍经历了用蜡烛、油灯、马灯照明的时期，后来国家电网为这里供了电，我们终于用上了电灯。可是，每逢晴朗的夜晚，我仍旧喜爱享受山野星空的那份静谧和清澈。

夏夜，宜人的山风吹拂竹林沙沙作响，树上不时传来声声蝉鸣，我会独自搬一张小木凳坐在月窟居门前，仰望天幕下的"一钩新月几疏星"，任凭自己的思绪漫无边际地飞翔。但更多的时候，我会什么也不想，只是静静地坐在那里，仰望远处的星星，让自己的心沉静下来，认真体会人与天地精神往来的神圣，感受生命存在的超然……

星空下，我时常想到的是感物厅墙上悬挂的那块木匾——"归寂证体"，这四个大字早已印刻在我的心中。"苍山为座，静中有物生天地；洪宇作经，虚极无心达性源。"这幅精舍存心斋的楹联有着多么美妙的意境啊！多少年来，我都在努力体悟它的深刻含义。

有了在星空下"默坐澄心"的体验，我才渐渐懂得阳明先生当年龙场悟道时"以求静一"的道理，这些道理对认识人性本身是多么重要啊！

我喜爱山野的星空，它让我享受独处默坐的奇妙，让我的生命在儒家气象中得到涵养。充耳的喜悦和无尽的空灵，令我终生难忘！

归寂证体

伤别月窟居

窗外的风停了，桂竹园恢复了宁静。桂花树枝头还留着淡淡的清香，远处山雀委婉的鸣啼却带着几分秋的凉意。想到过几天就要离开阳明精舍了，环顾着这不足十平方米的月窟居，我心头突然涌出几分伤感。自1999年年初到阳明精舍，我就与它结下了不解之缘。十年来，每次到精舍读书做事，我都居住在这里。但无奈近来腿疾越来越严重，不得不回城里接受治疗。我没敢把这个情况告诉别人，因为手头还有许多事要做，必须等工作告一段落后才向蒋先生请辞。

这些日子真是惜时如金。工作之余，我得挤出时间到缥经阁阅读有关儒家文化的资料，这是我多年来养成的习惯。平日里按照蒋先生的要求读书和整理文稿，记录精舍的账务。临近离开精舍之前，我总要把缥经阁书柜里的新资料通览一遍。这一次，我更是如饥似渴，甚至有些"贪婪"，唯恐今后不再有这样的机会了。

缥经阁在奉元楼二层，是阳明精舍的藏书阁，也是蒋先生会晤来客的地方。在这里，阳明精舍接待了一批又一批来访者，2003年北京"一耽"游学团的到来，2004年盛洪、康晓光、陈明等著名学者的"甲申阳明精舍会讲"，2006年来自全国各地儒门后学的"丙戌会讲"以及来自国内外的友人、儒学爱好者，蒋先生都是在缥经阁接待或座谈。我常在一旁做记录或会务，所以，

阳明精舍月窟居

阳明精舍奉元楼

（二楼为缥经阁）

我对缮经阁也有着深厚的感情。

那天午后，我到俟圣园向蒋先生辞行，同时移交了自己经手的阳明精舍账务和刚整理好的蒋先生的文稿。之后，我来到性天园，独自在小天坛的石栏上坐了很久、很久……

性天园是我十分熟悉的庭园。我看着这里的梧桐树一天天长高，看着这里的草坪绿了变黄，黄了又绿。多少次，在风清月朗的星空下，我曾坐在这小天坛的石栏旁，聆听蒋先生给诸生讲学，与同仁论道，与友人一起抚琴吹箫……

阳明精舍历经了十余年的建设，在原来仅有的桂竹园基础上，逐步建起了奉元楼、存心斋、俟圣园、乐道园、性天园，成为一个规模不大但却名副其实的儒家书院。我在这里目睹了它的发展，也阅读了它的沧桑……

今天的性天园沉浸在秋日的绚丽中。阳光洒在庭院白色的墙头、落在翠绿的竹梢、撒在金色的伞状梧桐树上，勾勒出一幅天然美景。万象在大自然有序的节律中慢慢变化，悄无声息。小天坛中央那樽红玛瑙色瓷瓶依旧挺拔屹立，在阳光下红得艳丽，红得耀眼，吐出火一般的热情。

梧桐树落叶了，开始了新一轮的更替。黄叶撒在草坪上，像是铺了一层金色的地毯。忽然，我在叶缝中发现了一点点翠绿，啊，是三叶草！我见过春天的三叶草，绿叶顶着绣球状的白花，淡淡的，并不张扬。可我不知它们竟是在萧瑟的秋季里发芽、在寒冷的冬季里长大。它们稚嫩中透出刚毅，柔弱中显现顽强。梧桐树大片大片枯黄的落叶盖在上面，却挡不住三叶草的生机！我想，生命是需要坚韧和顽强的，不论它以怎样的形式存在。深谷中的兰花，以幽香证明自己的高洁；严寒中的蜡梅，以傲雪表现它的从容。这不起眼的三叶草，竟是以默默挺立在秋天寒意里的姿态展示出它的坚强。多么令人欢欣，令人感动！

侯圣园

性天园

性天园天地坛

乐道园

　　站在性天园仰望奉元楼，别有一番气象。楼廊灰色的墙壁上挂着孔子和阳明子的肖像，庄严肃穆。

　　回到月窟居，我的心久久不能平静。月窟居是阳明精舍一间简单的居室，掩隐在林荫下，是桂竹园的一隅。清晨起来，我可以站在门前仰望初升的朝阳；夜晚，我可以透过窗户观赏从山谷里冉冉升起的明月。月窟居，顾名思义，是"月亮居住的地方"，但是阳明精舍的月窟居却多了一层文化含义。阳明学者以月亮喻"良知"，曾任日本天皇侍讲的山岛毅先生写有"龙岗山上一轮月，仰见良知千古光"的美好诗句，就是最好的说明。我多年来居住于此，沐浴阳明心学的"月光"，也增添了些许清明净澈的灵性。

　　这天夜晚的桂竹园很安静。管理员一家人很早就熄灯休息了，我坐在书桌前写日记。今天的日记不好写，想写的话太多，却落不下笔来。我索性走出门外，看看外面的夜色。小狗"狮狮"听见我开门的声音，立即起身迎了过来。这些日子，它一直陪伴着我，减少了我对经常出没的游蛇的恐惧。

　　秋季的夜空是清澈的，夜幕下，一钩新月挂在奉元楼上空。山风徐徐，竹林摇曳，顿生几分寒意，心中不禁有些惆怅……于是我回到屋里，铺开纸张，写下一首《伤别月窟居》，以记录此时的心情。

　　山风起，红霞映晚秋。惜落叶随风掩路，叹庭院桂树藏幽。云淡繁星稠。

　　孤灯下，掩面泪难收。窗外听西风临楼。茫茫沧海欲移舟，何处更漂流？

　　伤心处，月冷更凝愁。唯鉴湖清波似旧。梦嫦娥展袖优游。谁解此番愁？

　　……

第二天清晨，贵阳的朋友老何开车来精舍接我。出门时，我回望阳明精舍大门上方悬挂着的冈田武彦先生题写的匾额，这是一块我多么熟悉的匾额啊！每次跨进阳明精舍的大门，它都会给我一种庄严而亲切的感觉。"阳明精舍"四个大字虽然在经年的风雨中留下点点斑驳，但是它留给我的回忆是难忘的。这时，我眼里噙着泪花。老何看出了我的心情，一路上，他的车开得很慢。他是想让我多看看这熟悉的果园，看看鉴性湖、云盘山，还有村口那座小石桥。当这些景色渐渐远去时，我不禁落下泪来。

这是 2008 年 9 月的一天，正值金秋时节。云盘山的村民们正在地里收割庄稼，远处的山林里露出一片片秋的金黄和嫣红，煞是壮美！

我在心中默默喊道：别了，阳明精舍！别了，月窟居！但愿有一天，康复后的我还能够再次回来……

回望阳明精舍

难忘的箫声

在阳明精舍的日子里，我时常听到悠扬的箫声，有时是在晴朗的月夜，有时是在细雨绵绵的傍晚，有时是独奏，有时是合奏。那不绝如缕的箫声洋洋盈耳，时而畅快，时而苍凉，时而含蓄深沉，时而如泣如诉，总是那么扣人心弦，那么令人难忘！

2002 年春季，我在阳明精舍第一次听到箫声。那天夜晚，月朗风清，北辰到月窟居通知我去性天园赏月，并说蒋先生让我带上录音机。我猜想可能是北辰要向蒋先生问学，于是匆匆赶到性天园。圆丘中央已经摆好了几张凳子。我将一只索尼牌小采访机放在中间的方凳上，做好录音准备。这只采访机是朋友送的，有些陈旧，但在当时是精舍开展活动的主要设备之一。蒋先生要我当他的学术助理，其中一项任务就是对他们谈学论道的内容进行录音，然后将内容整理成文字。这是我第一次操作这部录音机，有些紧张，担心操作不好，影响录音效果。

蒋先生和北辰还没有到来。我在性天园一边散步，一边等候。夜幕初降，远处传来杜鹃的啼叫。

听见俟圣园的门响，蒋先生和北辰从里面走出来，他俩在性天园漫步片刻，蒋先生让我到明夷堂去取两支洞箫。我纳闷了：不是要谈学论道吗？怎么拿来洞箫？难道我带的录音机成了多余？没等我问话，蒋先生就说了："今天在正式谈学问之前，我们先来吹奏几曲洞箫。梁漱溟先生说过：'什么是中国文化？中国文化就是礼乐文化。所以，音乐是儒家文化中非常重要的一个组成部分。'从三代圣王到孔子都非常重视音乐，因为音乐通过其艺术美感所起到的教化作用是其他方式不能取代的。《乐记》说：'凡音之起，由人心生也。人心之动，物使之然也。'乐由人心生，感人至深，可以移风易俗，化成天下。以后在阳明精舍，要倡导礼乐教化。我们就从今天开始吧！"说着，他便和北辰选好曲子吹奏起来。我以前知道蒋先生自幼喜爱音乐，会拉胡琴、拉手风琴、弹吉他，可是不知道他还会吹箫。

这天晚上，蒋先生兴致很高，他与北辰先是合奏，然后又分别独奏。万籁俱静，但我感到自己不是这里唯一的听众，性天园的花草树木都在倾听呢，就连远山的那只杜鹃也不再啼鸣，它是不是也在陪我一起倾听这悠扬的箫声呢？

他们吹奏的那些曲子我虽然耳熟，却说不出曲名，不过我依然深深地沉浸在乐曲的美妙之中。

几曲终了，开始问道。北辰请益，蒋先生回答，我录音。那天问道的内容是"儒家的宗教观"。一直谈到子夜。

这是我在阳明精舍接受儒家礼乐文化熏陶的第一课。

以后，在阳明精舍时常可以听到箫声绕梁。渐渐地，我对《梅花三弄》《阳关三叠》《苏武牧羊》这些曲子也熟悉起来。在婉转悠扬的箫声中，我收获的不仅是洗耳，更是洗心……

若干年之后经历的一次听箫更使我明白，箫声绝不是单纯的音乐，它还具有穿透恐惧、感召心灵的巨大力量。

那是2008年夏天的一个夜晚，大雨滂沱，雷电交加。遇到这样的天气，村里为安全起见，采取了拉闸停电的措施。我立即停下案头的工作，打着手电上了床，躲到蚊帐里等待暴风雨的结束。窗外，一道道闪电划破夜空，门前的竹子被风吹得东倒西歪，黑压压的影子扑到白色的院墙上，好似群魔乱舞；窗户的玻璃被雷声震得"喳喳"直响，好像随时都有可能被震碎；雷声一阵接着一阵，有时像是从远处滚来，有时又像在屋顶炸开……我的心被闪电和雷声紧紧牵动，几乎喘不过气来……

在疾风骤雨中度过了漫长的一个多小时之后，雷声渐渐减弱，雨点变小，只有狂风停不下来。村里没有送电，四周仍然一片黢黑。黑暗中，我只期盼光明早一刻到来，驱走暴风雨留下的孤独与恐惧！

我依旧端坐在床上，忽然，远处传来隐隐约约的箫声！我心里一惊，不会是听错了吧？我立即坐到床边，再仔细听听，的确是箫声，是从性天园方向传来的箫声。我顿时振奋起来，是谁在我孤独无助的时候，用箫声送来了这般慰藉？我猜想，可能是米湾！

米湾是蒋先生在西南政法学院任教时的学生，应该是蒋先生最早的学生了，他到精舍已居住多日，几乎每天都能听到他的箫声。但是此时的箫声和以往大不相同，它是直入内心的力量。箫声引出了陈师的孩子小福德，他跑到院子里大声唱了起来。尽管他唱的调子与箫曲大相径庭，而且歌词也是他自己编的，但我还是从那稚嫩的嗓音里听出他发自内心的喜悦！紧接着，陈师一家人都出来了，他们在院子里大声说话，看来他们也是被箫声引出来的。

是啊，在这个电闪雷鸣、狂风暴雨之后的夜晚，我们所听到的箫声，带来的不仅有内心的舒缓，还传达着心灵的慰藉！

第二天早上，我说起昨晚雨后的箫声，感激那个吹箫的人。果然是米湾！我当时没有听清米湾吹的是什么曲子，其实，是什么曲子并不重要，重要的是在那特殊的情景中，箫声给我们带来的特殊感受。那是天籁之音，是大自然的箫声！这世间，还有什么样的声音能比大自然的箫声更令人震撼呢？

几天之后，米湾回北京了。不久，汝清陪同贝淡宁先生来访，

蒋先生与米湾对箫

聊天时，我向他们讲述了这段经历。

　　数天后的一个夜晚，这里又遭遇到一场雷雨。第二天早饭前，我在桂竹园遇到贝淡宁先生。一见面，贝先生就风趣地对我说："昨晚的雷雨真厉害，我一直躲在被子里，等候那雨后的箫声……"说罢，我们都笑了！

　　箫声，从此以后在我的生命里已不再是一般的音乐，它带给我的是一段难忘的经历，是一次无法言表的心境……

祭冈田武彦先生

　　2005 年 5 月的一天上午，在阳明精舍，我有急事去俟圣园找蒋先生。刚要叩门，正在干活的陈师从里面出来，给我打了个手势，叫我不要打扰蒋先生。看见陈师满脸严肃，我不知什么原因，立即放轻脚步向里面走去。来到园中，见明夷堂的门敞开着，堂屋中央的大方桌上有两支闪烁的烛光。蒋先生背对房门站着，身着只有在正式场合才穿的那套中式服装，正在敬香。我大吃一惊！蒋先生这是在给谁敬香啊？为何将祭奠安排在明夷堂，在他自己居住的地方？我来不及多想，径直走到门边，才看清方桌上立着冈田武彦先生的牌位，牌位前放了一摞书，那是冈田先生生前送给蒋先生的专著，以前我在书柜里见过。香炉前摆着几盘供品，中间的果盘下压着几页纸张。我没敢惊动蒋先生，只悄悄地伫立于门外，静静等候，心中不禁也悲恸起来。

　　冈田武彦先生是当代日本儒学祭酒、国际知名的阳明学专家。我不知道冈田先生离世的消息，但我知道蒋先生与冈田先生常有书信往来，是忘年之交，感情深厚。蒋先生非常敬重冈田先生的人品，称赞冈田先生"信道之笃、卫道之坚，是吾辈后生有所不及的"。1996 年龙场阳明铜像落成时，冈田先生虽近九十高龄，却不顾家人和医生劝阻，从日本来到交通和生活都很不方便的龙场，参加阳明先生铜像的落成典礼与祭奠仪式。那天蒋先生是主祭，因冬季天气寒冷，且冈田先生衣衫单薄，蒋先生建议他不脱外衣也不行跪拜礼。可是冈田先生没有接受这个建议，依旧按照祭奠礼仪的要求脱掉外衣进行跪拜，并一直坚持到祭礼结束。为此，蒋先生十分感动！

此时，我见蒋先生敬香叩拜之后，肃立于牌位前，静默了几分钟，然后从香案上取下那几页纸张，低声唱读起来：

"……呜呼！哲人其萎，天地同悲；先生往矣，吾孰与归？扶桑万里魂难到，龙场一片孤月垂；峰际连天弥望眼，东海扬波悲风回；清香缭绕上霄衢，帝庭缥缈仙鹤飞。

……

"先生承楠本晚岁之学，继孔孟道统之传。重体认而直指心性，倡身学以兀坐培根；挽一世既倒之狂澜，复工夫当下之本体。以心学之简素抗西学之繁杂，感万物之共生、救物我之间隔。噫！先生之学深矣精矣，后生难窥于万一也。今先生往矣，吾道或因之而晦矣。呜呼哀哉！"

我听见蒋先生在读祭文时多次声音哽咽，几近抽泣。站在门外的我这时也默默流下了眼泪。

……

"呜呼哀哉！先生往矣。吾辈后学，誓当继起。传心有人，圣学可寄。吾道不灭，先生安息。尚飨。"

蒋先生再次叩拜，肃立，并用手掩面抹泪。听到一声"尚飨"，我知道祭祀即将完毕，便稍稍挪动了一下脚步。蒋先生大概听到我的脚步声，转过身来，见我立于门外，便招呼进屋。我含泪进到屋内，征得蒋先生同意，也肃立于冈田武彦先生的牌位之前，燃香叩拜，表示悼念之意。

之后，我向蒋先生借来祭文，抄录于自己的笔记本上。以上便是我所做笔记的部分摘录。

我曾听蒋先生说过，那一年龙场祭奠阳明先生的活动结束后，蒋庆先生向冈田先生请益。他们交谈了许久，丝毫不受年龄和语言的障碍。按蒋先生的话说，自己当时真有如沐春风、如受醍醐之感。临别时，师生二人依依不舍，感泣无语。蒋先生说这是缘于"道心相通""同契交感"所致。以后的日子里，冈田先生经常致函蒋先生给予教诲，并寄来自己的著作。这些日文专著至今仍珍藏在蒋先生的书柜中。

在缊经阁的书柜里，我还看到一份冈田武彦先生撰写的《龙场阳明铜像落成记》。文章在叙述龙场阳明铜像是由"将来世代国际财团"矢崎胜彦先生提供资助、由中央美术学院田世信教授设计等相关事项之后，用了较大篇幅援引蒋先生祝辞的原文。冈田先生这样写道："在仪式上，蒋庆先生宣读了他所作的祭阳明先生祝辞。祝辞曰：'维孔元二千五百四十八年、西元一千九百九十六年十一月二十吉日，吾等后学来自中国之各省及日本，恭会于四百八十年前阳明先生成道之龙岗胜地，仰先生精神人格之博大，感良知之纯美。逢阳明先生圣像开光之盛典，特备时馐之典，谨祭吾阳明先生在天之灵。'"

冈田先生继续引用蒋先生的祝辞道："'呜呼！昊天苍苍，品汇茫茫。吾公英灵，长存无疆。忆昔贬谪，万死投荒。一朝觉悟，本心永彰。龙岗讲学，恩沐此邦。教泽东渐，爱遗扶桑。昭昭灵觉，泼泼机藏。生天生地，赖此元良。近世以降，斯学渐亡。真性被缠，良知罹障。放心不返，随物迷荡。天闭地塞，厄难始酿。哀哀我伤，不忍斯殃。复我古学，愈我心创。今我来祭，万象复昌。古祠巍峨，飨堂芬芳。君亭换颜，文柏高扬。天道往还，斯文未丧。东国反哺，道立龙岗。庄严圣像，万古辉煌。传心有人，蔫我馨香。尚飨！'"

蒋庆先生与冈田武彦先生合影

（1996年11月）

阳明精舍山门——冈田武彦先生手书

冈田先生接下来写道:"看了以上祝辞,深深感受到蒋庆先生对王阳明先生的崇敬之情。第三天早晨,我和吴瑞先生在贵阳机场同蒋庆先生道别时,看着他眼中隐含的泪水,我的心被打动了⋯⋯"

读到这里,我的心也被冈田先生的文章触动了。文中不仅包含了冈田先生对蒋庆先生祝辞内容的认同和赞许,还饱含着他对这位中国后学的深厚感情。

后来,我还听蒋先生说,那年冈田先生得知阳明精舍建成的消息后,十分高兴,表示等活动结束后亲自到访。但无奈那几日天气不好,汽车不能抵达,又考虑到冈田先生年事已高,行动不便,故未能成行。后来蒋先生请冈田先生题写"阳明精舍"山门之名,冈田先生不顾几日活动带来的身体疲劳,欣然答应,即刻命笔题写了"阳明精舍"几个大字。虽然冈田先生是日本人,但他的毛笔书法古雅苍劲,受到许多书法家称赞。如今阳明精舍山门上悬挂的门匾,就是冈田先生亲笔所题。这块门匾因长年面对朝晖夕月、山风雾雨,微显点点斑驳,但是它蕴藏着冈田武彦先生"信道之笃、卫道之坚"的人格精神,依然闪烁着耀眼的光辉。

一篇佚文讲述的故事

一日，在月窟居为蒋先生整理过去的文稿，见一牛皮纸信封里夹着几页旧信纸，是蒋先生的手书，纸张泛黄而斑驳。开始我以为是几张废纸，没有在意，顺手放在一边。等我忙完手上的工作收拾信封时，才不经意地看了一下标题，只见上面写着《瘗婴文》三个字。"瘗"字我很陌生，不解其意，找来字典查看，才知"瘗"是"埋葬"的意思。埋葬？埋葬婴儿？这是怎么回事呢？我好奇地仔细阅读起来。

在这篇佚文中，蒋先生记述了1995年夏天他的一段亲身经历。蒋先生是用文言文写的，读起来有些生涩，我便以自己的理解将文意（仍以第一人称）记录下来。

1995年夏天，我在花溪南山养病。南山平林叠翠，曲径幽寂，我很喜欢这个环境。每天清晨和傍晚，我都到这里散步，或是观赏花草树木的生机，或是静听翠鸟的啼鸣，或是登高远望，或是低吟诗赋。在纷纷扰扰的尘世中偷闲自娱，真有五柳、白沙二先生的闲适与快乐！

一天早晨，我去登南山。路上，看见林中有一具衣物，我以为是游人丢失的，也没在意。傍晚，我又去登此山，见衣物仍在原处，心中生疑：为什么没有人来拾取呢？于是上前观察。走近一看，大吃一惊：原来是一具死婴！婴儿半岁左右，用一条小毯包裹着，估计是夜间被人丢弃的。霎时，我心中十分难过，只觉得一阵眼黑气促，顿时感到天昏地暗、宇宙窒息。一时间，悲从心起：我悲这个婴儿的命为何如此之惨，竟死而不得安葬；悲如此幼小的生命竟遭遇这样的苦难和不幸。天理为何如此不公啊！又悲这个婴儿无人安葬，竟成为此山之野鬼。悲悯过后，我又怨此婴儿的父母如此不仁，竟忍心将自家的骨肉抛弃在郊外，任凭蚁食虫咬。为人父母，若家贫无力养活，可以将婴儿放在行人来往处，有心人可以拾取养育；若此婴是不幸罹疾而死，也应当在山中掘一坟圹，将衣物香纸埋而葬之，使这幼小的生灵能够返始复本得到归所。这有何难呢？这么简单的事都不愿去做，竟将婴儿抛弃在荒野于不顾，这样的人能够为人父母吗？悲乎哀哉！世间竟有如此不仁之人！竟有如此不仁之人？

　　这时，有一村农放牛从路边走过，我问他能不能收葬这个婴儿。他回答说这里没人肯做这样的事，除非是修阴德的人，但他不是修阴德的人，于是便走开了。树林旁有一户人家，高墙大院，我上前叩门与主人商量，表示愿意出资安葬这个婴儿，因我是客居此地，不熟悉这里的环境，请他代为找人帮忙，但宅主回答说此事与他无关，也没有答应。我又到路边找路过的行人商量，他们都嫌我多事，避我而去。无奈，我又去询问当地有关部门，他们回答说如果弃婴未死，可以交民政局依法收养；如果死者是成年人，可以报公安局立案收尸；但是这死者是一个弃婴，不属于这两个部门管。呜呼！苍天之大，生民之众，竟找不到这个婴儿的托管者！我曾听人说过，鸟兽也有幼时死的，它所在的群体都会将其掩埋后才离去。而今有这样一个幼婴死了，竟无人愿意给予一点点同情而将其安葬，难道人还不如鸟兽吗？这时天色已晚，我无可奈何，只好返回客舍就宿。

　　夜深人静，我对白天遇到的这桩事不能释然。可怜那婴儿暴卧荒野，我辗转难眠。半夜忽降大雨，我被惊醒，醒来念及那个婴儿遭到这样的倾盆大雨无处遮掩，苍天为何也如此不仁？天亮时，我取书阅读，但心中不安，不能成行。想到夫子有"无所归于我殡"之语，阳明有瘗旅葬三人之文，于是去借了一把锄头，独自上山，找到一块平地，挖一深圹，将这个死婴从林中移出，在蒙蒙细雨中将其埋葬了。

之后，我赋哀辞一首：

弃斯婴于斯野兮，死为荒山之鬼。

有父母不得其葬兮，天地泣而生悲。

举世滔滔不仁兮，命灭而使人心摧。

此圹虽陋而简兮，可托体山河而有归。

读罢蒋先生的《瘗婴文》，我热泪盈眶。我想到那个细雨蒙蒙的早晨，蒋先生一人在山中挖圹瘗婴的情景：他冒着细雨将圹挖好后，放下锄头，独自走到那个婴儿所在的树林里，走到婴儿身旁，然后弯下腰去抱起那具死婴，又走回到刚挖好的圹边，将死婴缓缓放入圹中，心里默默祈祷，希望这个可怜的孩子能够入土为安！然后，他又一锄一锄地将泥土盖上，将这个无名之圹填好。之后，或许他又在圹前沉默了片刻，然后迈着沉重的步伐，扛着锄头独自回到客舍。这时，汗水和雨水已经打湿了他的衣衫，他浑然不觉。或许，这时他也感到了身上的一丝寒意，但是更让他感到的是心寒：一个可怜的幼婴，生命如此短暂，狠心的父母竟将其抛尸荒野，冷漠的路人无一相援。这到底是怎么啦？到底是怎么啦？他的心难以平静。于是，他取出纸笔，写下了这篇《瘗婴文》。

想到这里，我感慨万千：一念不忍，感通天下！恻隐之心、不忍之情，在伦常日用之深处，体现出"天地万物一体"的精微。仁者仁心，正是由于君子人格力量，透过世故人情冷漠的阴霾，使我们看到人性的光辉，看到人类道德的希望所在！

《瘗婴文》

乙亥孟夏，余养疴花溪南山。其山平林叠翠，曲径幽寂，余甚喜之。旦暮常悠游其间，或观新绿，或听鸟语，或登高穷望，或低吟诗赋。于扰扰尘世中偷闲自娱，得五柳白沙之乐也。

一日，晨登此山，见林中有衣物一具，疑游人所遗。及暮，复登此山，见衣物仍在，怪如何不为人拾取？步近观之，大骇，乃一死婴也。此婴半岁许，覆以小毯，裹以敝衣，于夜间为人所弃。刹时，余心大恸，眼黑气促，顿觉天昏地暗，宇宙窒息。少顷，悲从中来：悲斯婴之命如此之惨也，竟死而不得其葬也；悲如此小生命竟罹如此之厄也，苍天如此之不公也；又悲斯婴无人营葬，竟为斯山之野鬼也。悲已，又怨斯婴之父母如此不仁也，自家骨肉忍抛之一任蚁食虫咬也。为人父母，若家贫无以活之，可将斯婴置于行人来往处，有心人可拾而养之；若斯婴不幸罹疾而死，可于山中掘一坟圹，具衣物香纸埋而葬之，使此生灵能返始复本得其归所。此有何难？竟不肯为，而抛之荒野，弃之不顾，此可为人父母乎？悲乎哀哉！世间竟有如此不仁者乎！竟有如此不仁者乎？

是时，有一村农牧牛过其侧，余问能否收葬此婴？其言此间无人肯为此事，唯修阴德者愿为之，其非修阴德者，竟去。林旁有一人家，高墙大院，余叩门商于主人，愿出资营葬此婴，因余客居此地不熟，请其代余觅人为之，其言此事与其无关，遂不答。余又数商于过路行人，均避而嫌余多事。无奈，余询于官家。官家言若弃婴未死，可交民政局依法收养；若死者为成人，可交公安局立案收尸。今死者为一弃婴，二官家均不管。呜呼，苍天之大，生民之众，此婴竟无托管者！余闻人言，鸟兽有幼而死者其群尚能掩而去之，今人有幼而死者竟无一人垂一怜以顾之，人竟不如鸟兽乎！是时夜黑，余无可奈何，乃返客舍就宿。

　　夜静以思，中有不能释者。可怜此婴暴卧荒野，辗转难眠。中夜忽降大雨，余数惊醒，醒辄念及此婴遭此倾盆大雨无处遮掩，苍天又何故如此不仁！天明，取书读之，心中不安，不能成行。因想吾夫子有无归于我殡之语，阳明有瘗旅葬三人之文，遂独自携锄上山，择一平地，挖一深圹，于蒙蒙细雨中将此婴移而葬之。因赋哀辞曰：

　　弃斯婴于斯野兮，死为荒山之鬼。

　　有父母不得其葬兮，天地泣而生悲。

　　举世滔滔不仁兮，命贱而使人心摧。

　　此圹虽陋而简兮，可托体山河而有归。

蒋　庆

一九九五年五月三十日于贵阳花溪客舍

助　　学

　　2002 年 6 月的一天，早饭过后，我回到月窟居整理精舍账务。听见院里有人说话的声音，接着听见小王叫我过去，说云盘山村民老尹的儿子来领助学金。助学金？之前我怎么没听说过阳明精舍有这项开支啊？小王说这是蒋先生今年才决定的，因我当时不在精舍，所以还没来得及告诉我。于是我向蒋先生问清规定的数目，在办理了相关手续之后，便将 150 元助学金交给了小尹。

　　这是我在阳明精舍发出的第一笔助学金，也是阳明精舍以后每个月都要从有限的经费中付出的一项固定开支。150 元，对城里人来说也许是一个不起眼的数字，但是在这个偏僻的山区，却是一笔实实在在能够解决问题的经济来源。对村民，对阳明精舍，都是如此。

　　小王向我讲述了老尹家的情况。老尹早年丧妻，家中有四个儿子，是他自己一手把他们拉扯长大。寒门出孝子，在贫困中长大的几个孩子都很懂事，学习也很用功。大儿子初中毕业后，老尹让他随乡亲们到外地打工，以减轻家庭经济负担。二儿子学习刻苦，成绩也不错，今年考上了高中，成为村里有史以来的第一个高中生。拿到录取通知书后，孩子十分高兴，老尹却犯了愁：一面是随时面临断炊的窘迫，另一面是儿子企盼的目光。就在乡亲们纷纷前来贺喜的时候，老尹做出一个令所有人都意外的决定，他不让老二继续念书了。他想让儿子与他一起干活，挣钱解决家中目前的生计，供两个弟弟继续上学，因为老三的成绩也不错，老尹把希望放到了老三、老四身上。

老尹的想法在村子里传开了，村民们议论纷纷，有人责怪老尹，有人同情老尹。这事也传到了阳明精舍，传到了蒋先生的耳中。蒋先生听到这个消息后，心中不平静了……

因为前不久有人告诉他，附近有一位寨邻的内弟考上了高中，但因家中无力支持其上学，这个孩子用放牛鞭吊在树上自杀了。蒋先生知道后立即去了那位寨邻的家，焦急地询问道："家中有这样的难处，你们为什么不说？为什么不说呢？你有事应该和大家商量啊！"为此，蒋先生痛心疾首。

现在听到老尹家又出现了类似情况，蒋先生坐不住了。他决心要帮助老尹渡过难关，帮助这个孩子继续上学。于是他请人带话出去："今后村里的孩子只要能考上高中，家里有困难的，由我来想办法提供必要的生活补助。"

君子言而有信。从此以后，蒋先生便从自己并不宽裕的收入中，每月给尹家二儿子提供 150 元的生活费，每学期还为他承担上学所需的学杂费。之后，尹家老二便安心地上了高中，学习也很努力。

那天将助学金发给尹家老二后，吃过午饭，在感物厅门前，我对蒋先生说："为有困难的孩子提供助学金是件好事，我也赞同，但是阳明精舍本身也很困难啊，如果村里考上高中的孩子多了，精舍怎么负担得起呢？"

蒋先生回答说："村里如果能有更多的孩子考上高中，说明这个村的文化素质提高了，是好事啊！至于经济上的困难，阳明精舍肯定是存在的，等我回深圳后，再想办法向朋友们'化缘'吧！"

说话间，我无意提起那位寨邻内弟自杀的事，没想到又触动了蒋先生。他的情绪顿时低沉下来，停了一会儿说："那是一件不该发生的事，那么年轻的生命，只是为了上学……"说到这里，蒋先生哽咽了。他转过身去，仰面朝天，深深地叹了一口气，接着说了一句："怎么忍心……"这时我看见他眼里含着眼泪，也就没敢再多说什么了。

我心里也很难受，但没明白"怎么忍心"这句话的意思。我猜想，蒋先生是不是说那孩子怎么忍心舍父母亲人而去？或是说，我们怎么忍心看着这样一个鲜活的生命消失而无动于衷？或是别的意思？

我心中一阵酸楚，想起阳明先生所言：良知是"真诚恻怛之心"。我虽然没见过那孩子，也同样为身边发生这样的悲剧而感到伤心。

此时，感物厅抱柱上那幅熟悉的楹联映入我的眼帘："万物有恩于我，此身回报难，唯惜之诚惶诚恐；圣人无执乎私，天下感通易，宜致其仁术仁心。"

"仁术仁心"，猛然间，我对这四个字有了新的领悟……

以后，在深圳一些朋友的支持下，不仅是尹家的老二，村里其他需要帮助的孩子们，也得到了不同程度的资助。为此，他们还特意为阳明精舍送来了锦旗和感谢信。

一天在缮经阁，蒋先生看着那些锦旗对我说："我们精舍的经济实力实在太小，而这里需要帮助的孩子太多。他们感谢的不应是我们，而是那些提供实际资助的朋友。"我能够理解蒋先生此时的心情，他是深感自己心有余而力不足啊！

山规散记

　　蒋先生要我起草一份山规，这可把我难住了！以前，我虽在单位里起草过一些规范性文件，但那些都是有据可循的条文，写起来容易。我从来没有接触过山规，更不知道山规该怎么写。

　　在阳明精舍的这许多年，我知道这里是儒门学者谈学论道之地，是一个庄严安静的读书环境，目前也已经有了一些规矩，比如《阳明精舍朔望告拜礼》《阳明精舍释菜简礼》、餐前感恩礼等仪轨；另外还有一些不成文的规定，比如在精舍不能酗酒、不能打牌、不能有不雅的娱乐活动、不能大声喧哗等禁规。但是要将这些内容以山规的形式付诸文字，成为可以遵循的规则，对我来说不是一件易事。自己学识有限，对古代书院的历史状况知之甚少，那些日子，我真有"书到用时方恨少"的懊恼。

　　我到潘经阁找来有关古代书院制度的资料，有《中国书院学规》《中国书院章程》等，通读数遍，希望能从中找到可操作的山规借鉴。但时过境迁，面对当下的现实情况，书中提供的可用资源少之又少。凭着自己的理解，我绞尽脑汁草拟了一份山规送到蒋先生那里。蒋先生看了之后，说那份山规缺乏严格的规则，不适用。我为此很沮丧。

　　在这段时间里，我继续收集和阅读蒋先生对儒家书院建设的相关论述，对传统书院的性质和功能有了进一步了解。

　　2005 年，蒋先生在与平和书院创办人洪秀平先生谈书院建设及儒学传承时，阐述了传统书院应当具备三个条件。第一是它的民间性。因为传统书院不是官学，它的经费、财产、建筑、主持书院的人员，如山长，都是民间的。它讲学的内容也是民间的。也就是说，书院的私人性很强。这是书院最基本的特征。第二，书院的主要功能是传道，不是传授知识。但这并不意味着书院不重视知识，因为儒家的道统在长期的历史变迁中也变成了知识。经书自从孔子整理后，无数人注解，已变成了知识，讲道的记录通过后人整理编纂也变成了知识。因此，书院有传授儒家文化知识的功能，但这不是主要的，书院的主要功能是传承儒家的道统。所以，书院的主要功能是传道、弘道、讲道。而书院所谓讲学，也是讲"道"的意义上的学，即经学、道学、心学等，而不是讲现代学术意义上的学，不是讲纯粹知识性的学。第三，书院还有一个功能，就是印证。因为我们学道，自己研究了，但是否真正弄懂了，有时自己是搞不清楚的，需要师友之间、朋友之间相互印证，这样才可以发现生命悟道中的问题并坚定信心。一个人孤陋寡闻，信心很难坚持。这里所有的精神活动都需要同道之间相互印证，传统的儒家书院就有这个功能，这也是一个很重要的功能。所以，书院不只是儒家说理、论学的场所，更重要的是证悟生命存在（悟道）与同道相互印证的场所。这是现代网络不能提供的。

　　蒋先生说，阳明精舍的定位是完全传统式的书院。它的运作方式、管理模式、功能都是完全传统的，而且主要是高层次的儒学研习与进修，就是读书、守道、论学。阳明精舍是"不动道场"，到这里来就是研讨学问。儒学不是世俗的知识之学，而是生命体认之学、天道性命之学，所以，这里需要一个相对安静、有利于读书静思的环境。

读了蒋先生的这些论述，我整理思路，准备重新起草一份山规。正在酝酿之际，一天，我听见院门外有施工的声音。过去一看，原来是精舍大门前竖起了一块石碑，上面是阳明先生的墨迹摹刻，内容是《客座私祝》。阳明先生的书法如千仞壁立，韵气超拔的字体跃然于石碑之上。我为此微微一震！

蒋先生正在指挥现场施工，见我过去，就指着石碑对我说："今后我们就以阳明先生的《客座私祝》为阳明精舍的山规吧！这篇短文寓意深刻，应当好好领会。"

我立即点头称是。此时我如释重负，因为不需要再为起草山规的事烦恼了。回到月窟居，我找来《客座私祝》，认真学习起来。

客座私祝

但愿温恭直谅之友，来此讲学论道，示以孝友谦和之行；德业相劝，过失相规，以教训我子弟，使毋陷于非僻。

不愿狂躁惰慢之徒，来此博弈饮酒，长傲饰非，导以骄奢淫荡之事，诱以贪财黩货之谋；冥顽无耻，扇惑鼓动，以益我子弟之不肖。

呜呼！由前之说，是谓良士；由后之说，是谓凶人。我子弟苟远良士而近恶人，是谓逆子，戒之戒之！

嘉靖丁亥八月，将有两广之行，书此以戒我子弟，并以告夫士友之辱临于斯者，请一览教之。

阳明先生龙场悟道后，确立了他的心学思想，并在龙场创建了龙岗书院，开始传播"知行合一"学说。后来，阳明先生在为父守丧和闲居期间，又在余姚、绍兴两地创建书院，继续完善和传播他的心学体系和"致良知"的修养方法。当时绍兴的稽山书院、阳明书院已成为全国讲学中心，常聚不散的弟子有三四百人。这篇《客座私祝》，是阳明先生嘉靖六年（1527）八月，即将出任两广总督时，将绍兴阳明书院的事务交给门人钱德洪和王

阳明精舍门前的《客座私祝》石碑

畿（龙溪先生）代理，临行前写下的一份嘱托。"客座"是指招待客人的房间；"私祝"即是"私嘱"的意思。这篇文字张挂于绍兴阳明书院的客座内，是对来客及弟子的告诫，故称"客座私祝"。

《客座私祝》言简意赅，情深意切。首先，阳明先生希望到书院讲学论道的温恭直谅之友以身作则，示范谦和之品行，对子弟以"德业相劝，过失相规"，不要使他们偏离正道；并婉言拒绝狂躁惰慢之徒到书院博弈饮酒，滋长骄傲自大的风气，粉饰掩盖过错，引导青年学子沾染骄奢淫荡之事和诱导他们滋生贪求财货的欲望；还严厉拒绝愚昧顽固、不知廉耻的人到此寻衅滋事，以不良习性影响在书院学习的子弟。然后，阳明先生明确指出：能守"温恭直谅、孝友谦和、德业相劝、过失相规"者，称为贤者；而狂躁惰慢、骄傲自大、愚顽无耻者，即是凶恶之人。最后，他恳切地告诫书院的子弟要谨慎、再谨慎！要近贤者而远离恶人！阳明先生强调说，这篇文字既是警诫自己子弟的，也是告诫所有到书院来访者的。

《客座私祝》这篇不到二百字的短文，字里行间透射出"近朱者赤，近墨者黑"的道理，展现出阳明先生对弟子的真挚规劝，也体现了阳明先生对弟子慈父般的关爱。我感到这篇文章的意义绝不局限于一个书院的山规，其中的意义足以警世觉人。

山居闲趣

愉快的歌声

山外正值酷暑，山中凉风习习，宛若仲秋。在阳明精舍，我们时时享受着山风山雨的洗礼，享受着大自然的恩赐。昨夜刮起大风，又下起了雨，清晨推开房门的一刹那，清风扑面，爽意浸心。

我有些寂寞，独自坐在月窟居窗前，看窗外的景色。满目翠绿，一派生机。桂竹园的树枝被大风吹得弯下了腰，东摇西摆，显得十分无奈。我也很无奈，好几天没见着太阳，衣服没法洗，洗好的又没法晒，只好成天躲在房间里看书。

窗前竹叶"沙沙"作响，我无意间看见一只小鸟站在竹子梢头，随着摆动的竹梢晃来晃去，它却站得稳稳当当，十分从容。小鸟好像是在荡秋千，摇啊，荡啊，一副优哉游哉的样子。看着，看着，我的心绪也随着它摆动的节律飘荡起来，也跟着它优哉游哉起来……

山里的小鸟好像不知忧愁，它们总是那么快乐！清晨，我被它们的歌声唤醒时，天刚蒙蒙亮。开门的第一眼就是观赏它们在枝头轻盈的舞蹈。即便是在风雨缥缈的日子也能隐隐听到它们躲在树林里"叽叽喳喳"地低语，好像天真无邪的小姑娘躲在闺房里说悄悄话。小鸟的欢快是那么感染人，它们一定是快乐的天使！在寂静的山林里，虽然是在山风山雨扰人的日子，有鸟儿的歌声相伴，寂寞的感觉自然会减少很多。

在山里，不仅小鸟是快活的，许多山里人也是快活的。几年前，我认识了一位会唱山歌的老伯，人们叫他柴老伯。柴老伯放牛经常从精舍院墙外面的小路走过。雨天，他头戴斗笠，身披蓑衣，手里挥动着一条牛鞭，哼着山歌跟在牛群的后面，慢悠悠地在坑坑洼洼的牛道上走；晴天，他显得十分精神，依旧唱着山歌走在山路上。如果看见路边荆棘丛里有能吃的野果子，他就迅速将牛鞭夹在腋下，摘下几粒，也不吃，放进衣袋里。我猜想他是舍不得吃，或许是等渴了饿了时才拿出来吃，或许是留着给家里的人吃。不论什么时候，他总是山歌不离口。他的歌词我听得不太清楚，但是他声音洪亮，调门也很独特，绝对是原生态的唱法。有时，我在仰山房屋顶晒衣服，会与他打个招呼。但更多的时候我不打扰他，只是悄悄听他唱，看着他的背影和牛群一起消失在后山的树林里。

遇上晴朗的天气，我有时到精舍院外的草坪上与山里的孩子一起玩耍。他们对我很友好，有时将土坑里烤熟的洋芋递给我吃，有时要我给他们讲故事。我将书上的童话故事经过加工改编后讲给他们听，不求有多少寓意，只求他们能听得懂，能感兴趣。我记忆里的故事讲完了，就教他们唱歌。教山里的孩子唱歌不容易，或许是我不会教，或许那些歌词他们不感兴趣，往往唱了开头几句，他们就走神了，有些坐立不安。如果这时看见柴老伯从山坡上过来，孩子们就会蜂拥而上，围着柴老伯要他唱山歌。这时的柴老伯很得意，笑着让孩子们点歌。有的孩子也能提出要听这首或那首。柴老伯便将牛群赶到草坪上，放声高歌。唱罢，孩子们还缠着柴老伯没完，柴老伯也不理会，笑着摇摇手说道："好了，

唱山歌的柴大爷

放牛的孩子

好了，明天再唱。"然后头也不回地赶着牛走了。显然，他还陶醉在他刚才自编自唱的山歌里。

山里的孩子喜欢山里的歌，那是他们自己的声音，自己的韵味。他们的审美情趣就在他们自己的生活里。

在我见过的放牛人中，柴老伯是最愉快的，他总是那么神采奕奕，总是乐呵呵的。同是放牛人，有的人却愁眉不展。我想这位老伯一定是把忧愁留在了身后的泥泞里，把愉快融入了飞扬的歌声中。

这些年我再到阳明精舍，草坪上烤洋芋的土坑还在，放牛的孩子们却不见了。也许他们已经长大，也许是生活的变化使他们不再放牛。我很怀念和他们一起野炊、一起玩耍的日子，希望他们生活得好，希望他们也能像柴老伯那样愉快地唱山歌，愉快地生活。

"狮狮"

"狮狮"是阳明精舍一条小狗的名字，因为是松狮狗，所以取名"狮狮"。那年我到精舍时，它已经在这里生活一段时间了。

记得我从合肥到精舍的那一天，还未进大门，就听见院子里的几条小狗叫个不停。随着大门打开，它们都跑出来迎接我。这是它们的习惯。小狗"点点"在这里资历最深，性情活跃，只要有客人到来，它就兴奋不已，摇头摆尾地扑向客人。它的这种热情我接受不了，总是千方百计地躲避它。"点点"是条洋狗，到云盘山十几年了，附近不少村民家里都有它的后代。因此，它似乎有些骄傲，一旦心情不好，便会对其他进入它"地盘"的小狗大吼大叫，摆出一副"元老"的模样。新来的小狗都很畏惧它。

我不知道"狮狮"初来乍到时，"点点"是怎样对待它的。

我只清楚地记得第一次见到"狮狮"的情形：它虽然也跟着其他狗摇着尾巴出来欢迎我，但并不像"点点"那样热情，也不向人靠近，只是远远地站在一边。它的皮毛呈淡棕色，圆滚滚的身体，大大的脑袋，颈项上围绕着一圈厚厚的立毛，像一头幼狮，十分可爱。陈师告诉我，"狮狮"是蒋先生在贵阳的宠物市场买来的，刚满一岁，是中国松狮名犬的后代。我因小时候被狗咬伤过，对狗心存余悸，也不懂得狗的品种，所以当时我对"狮狮"并不在意。

那天下午，我在月窟居收拾房间，无意中发现其他跟着我过来的狗都纷纷走开了，只有"狮狮"在小柴门旁边站着，一动不动地望着我。它好像与我有缘，也可能是与月窟居有缘，总之它在那里站了很长时间，这令我感到十分奇怪。直到吃晚饭的钟声敲响，它见我从月窟居走出来，才一溜烟地跑开了。自那以后，"狮狮"引起了我的注意。

"狮狮"的个子长得挺快，两个月后个子就长高了不少，体魄也健壮起来，就连元老"点点"在它面前也不敢威风。有一次我看见"点点"和一条黑狗打架，黑狗害怕，躲到"狮狮"身边。"狮狮"用自己高大的身体挡在中间，将两条打架的狗分开。这样一个固定的姿势僵持了很久，"狮狮"很有耐心，一动不动，直挺挺地坚持着。最后"点点"无可奈何，主动撤退了。这时"狮狮"才与那条小黑狗一同跑到草地上去玩耍。这件事让我知道，原来"狮狮"也会同情弱者。

"狮狮"平时的行动比较独立。晴天的早晨，"狮狮"常常坐在月窟居附近的石阶上晒太阳，它好像在观察什么，又好像在思考什么，安静地摆出一副"思想者"的模样；有时它会冷不丁地打个哈欠，懒懒地吐出蓝黑色的舌头。蓝黑色的舌头是松狮犬祖先留下的特有标记，也似乎是他最得意的标记。有时候，"狮狮"

独自在草坪上玩耍，跑来跑去，偶尔看见一只蚂蚱或别的什么虫子，就拼命追赶，好不容易追上了，也不急于吃，只是迅速地用一只前掌紧紧按住，过一会放开看看，然后又按下去，这样反复若干次以后，才把虫子吃掉。也许这正是"狮狮"的乐趣所在，它的趣味不在结果，而在追捕过程的欢快之中。

"狮狮"也很随和。精舍还有一条蝴蝶犬，个头很小，只有"狮狮"身体的三分之一，经常跟随在"狮狮"后面玩耍，"狮狮"总是让着它。蝴蝶犬不仅时常主动与"狮狮"打闹，有时甚至偷吃"狮狮"饭盆里的东西。"狮狮"见了也不发火，往往是无所谓地走开了，摆出几分"绅士"风度。

有一次，性天园里维修房屋，来了几个民工。由于担心性天园的黑狗伤人，陈师将黑狗关进乐道园的院子里，将门反锁起来。黑狗被关进陌生的环境，不停地大声叫唤。"狮狮"听见了，竟跑到那个院子门外，趴在石阶上，不时向里面"吱吱"回应几声，像是在安慰黑狗。里面的黑狗听见"狮狮"的声音，也渐渐安静下来。"狮狮"竟在门外趴了一个下午，一直等到黑狗被放出来后，才从那里走开。

我和"狮狮"渐渐熟悉起来。只要喊它的名字，它就立即应声过来。如果遇上午餐有剩余的骨头，我就用纸包起来带回房里，等到下午空闲时拿出来喂它。阳明精舍条件艰苦，这里的狗不是宠物，它们都具有看家护院的功能。但是它们的食品来源很有限，每天早晚两餐都是吃我们吃剩的饭菜。它们没有城里宠物狗的那些待遇，狗粮、磨牙棒之类的专用食品与玩具，这里的狗绝对无缘。不过它们每天或是在草地上追逐，或是趴在石板上晒太阳，或是在院子里打打闹闹，生活得也很愉快。

傍晚，是"狮狮"和它的伙伴们最开心的时间。因为性天园的大门开了，几条小狗可以从这个园子跑到那个园子，你追我赶，在草丛里嬉戏，在石板地上打滚，一个个累得气喘吁吁。直至天黑，才回到各自的住处。"点点"的窝最好，是小吉用稻草编制的，像个大圆盆，放在感物厅的屋檐下，宽敞舒适。"狮狮"没有固定的窝，随便找个地方就是它的住处。有"狮狮"在外面巡逻，"点点"好像也很放心，蜷着身子在草窝里呼呼大睡。不过"点点"很机敏，一旦附近有点风吹草动，它都会率先大叫起来。"点点"护院已有丰富的经验，它叫的声音很响亮，方向感也很强。在这方面，"狮狮"远不如它。"狮狮"很少叫唤，而且叫的声音不响亮，有些闷，可能是它年龄还小的缘故吧。

每天，"狮狮"都会到月窟居门前的院子里转上几圈，如果我和它说话，它就多待一会；如果我有事没工夫搭理它，它独自在院里站站就走了，像是在巡逻。晚上，"狮狮"在外面玩累了，就来到月窟居门前，在地上一动不动地趴上一两个小时。一边休息，一边守护月窟居，往往在我熄灯后才悄悄离去。下雨时，只要我在屋里，它就守在门外。月窟居的屋檐很窄，雨水沾到它身上，他也不躲避。这时我会将隔壁空房的门打开，让它进去躲一会儿。它往往是等到我房里没有动静了，才回到"点点"的草窝旁找个空地睡觉。那些日子，有"狮狮"为我作伴，减少了我对蛇的恐惧。也由于"狮狮"经常在院子里走动，很少有蛇在附近出没。对此，我很感激"狮狮"。

后来发生的一件事更让我记忆犹新。那天下午，我在仰山房的石坎上不小心一脚踏空，摔倒在地。当时院子里没有人，只有"狮狮"在桂竹园的草坪上玩耍。我是缓缓倒下去的，摔得不重。可是就在倒地的一刹那，我还是下意识地"啊"了一声。"狮狮"也许是听到我异常的叫声，飞快地跑了过来。见我躺在地上，它围着我转了一圈，然后呆呆地站在我头旁边，眼睛直直地盯着我，一时不知如何是好。这是我与"狮狮"第一次近距离的接触。我躺在地上，它站在我的头旁边，以致我能清楚看到它的杏仁眼，看到它清晰的瞳孔，看清它的整个面庞。我还看出它好像十分焦急的样子。它依旧没有出声，只是默默地守着我，直到我慢慢从地上站起来。当时我想，如果可能，"狮狮"一定会竭尽全力将我扶起来的。可是它不能，它不具备这样的能力。

我站起来后在门前的石阶上坐了一会儿。"狮狮"依然站在一旁陪着我，没有离去。不过这时它又与我拉开了距离，和往常一样，远远地站在那里，静静地看着我。这时我情不自禁地对它说："狮狮，你真好！"我的话"狮狮"也许听不懂，但是它一直摇晃着的尾巴好像已经给了我一个欣慰的回应……

几个月后，又到了要离开精舍的日子，我有些舍不得"狮狮"。我对陈师说："如果精舍没有能力养'狮狮'了，你一定要为'狮狮'选一个有爱心的人家，一定要请那家人善待'狮狮'。"陈师答应了。

……

我再次回到阳明精舍时，"狮狮"已经离开了阳明精舍。陈师告诉我，他将"狮狮"送回了自己的老家，由自己的父母收养。这样的结果我很放心！

陈师说现在"狮狮"长得更高大了，叫的声音也很响亮，浑身毛茸茸的，很逗人喜爱。陈师还说了一些关于"狮狮"忠实于主人的故事。我相信"狮狮"的忠实。

在精舍，我经常会想起"狮狮"。我想，与城里的宠物狗相比，"狮狮"的生活确实是艰苦的，没有宠物狗的"豪宅"，也没有丰盛的食品及优厚的待遇，更不会有谁成天"宝贝、宝贝"地喊它。但是我相信"狮狮"并不需要这些，它不需要这些异化的附加，它只需要一个属于它的自由空间，只需要一份基本的食物，只需要在大自然中享受天赐的乐趣。它在天地之间守着自己的本

"狮狮"守护着月窟居

分，尽一份看家护院的职责，仅此而已。

这就是"狮狮"，我所认识的小狗"狮狮"。

天象奇观

山里的夏夜，很是迷人。夜空像一块无边无际的瓦蓝色幕布，闪烁的星星镶嵌在上面，像一颗颗璀璨明珠。这个季节的星星好像离我们很近，它们似乎有话要对我们说。

2002 年 6 月 30 日（农历五月二十日），一个晴朗的夜晚。我们在阳明精舍的庭院里搬卸刚从城里买回来的日用杂品。我抬头看看天空，看不见月亮，只有远处繁星依旧顽皮地眨着眼睛。我习惯在浩瀚的星海里寻找北斗七星，它们是我最熟悉的几颗星星。我曾在书上看过一些关于北斗七星的小常识，在不同季节和夜晚不同的时间，北斗七星在天空出现的方位是不同的，所以古人根据北斗七星斗柄所指的方向来判定季节。有这样的民谚："斗柄朝东，天下皆春；斗柄指南，天下皆夏；斗柄朝西，天下皆秋；斗柄指北，天下皆冬。"现在是夏季，斗柄所指的方向应当朝南。我朝南面看去，找到了那把"大勺"。无意间，一个奇异的现象在我眼前出现了。

在北斗七星的勺口处，正对着天玑星和天璇星的上方，有一个白色的亮点引起我的注意。我不知道那是一颗什么样的星星，只觉得它比周围的星星更大一些，更明亮一些。就在我注意到它的顷刻间，它竟迅速变成了一个光团，然后光团呈扇形渐渐向下方展开，由小变大。准确地说，应该是半径由短变长，就像发射台电波的模拟图形一样，越来越大，越来越亮，在天空扩展……

我惊恐万分，大呼小叫地喊周围的人过来看。可是院子里没有其他人，只有蒋先生和小王正在门外搬东西。等他们进了院子，我嚷着叫他们看，谁知他们只是抬头望了一眼，什么话也没说，又继续到外面去了。我很沮丧，也很不理解，这样难得的天象奇观，他们怎么不感到新奇呢？

好奇心让我站在那里继续观察。大约一分钟左右，扇形光点的圆心与弧面脱离了，变成两个独立的部分，一个呈圆形，一个呈月牙形。圆形光团在月牙形光团的上方，像一只白色的小船载着一个白色光亮的圆球，美妙极了！

大约又过了一分钟，两个图形都越变越大，此时亮度却越来越弱。同时，白色的光扑向地面的速度越来越快，我感觉到它们向地面扑来，直接向我的头顶扑来……

我感到有些害怕，立即向感物厅的屋檐下跑去，想在那里找一个既可以藏身又可以观察的地方。我刚跑了几步，抬头一看，两个光源散出的白雾已经在空中弥漫开了，白雾越来越稀薄，犹如一层薄薄的轻纱，渐渐消失……

我回过神来，如梦方醒。看看手表，正是晚上 10 点 30 分。整个过程大约持续了三四分钟。

四周一片宁静，天空依旧群星璀璨，身边微风习习。我呆呆地站在庭院中，有一种奇特的感觉，恍若刚才是置身于一处仙境……

第二天清晨，我从月窟居出来，只见桂竹园内大雾弥漫。直到 8 点多钟，我们都笼罩在大雾中，十米开外什么也看不清。我猜想这场大雾一定与昨晚的天象有关。吃饭时，我向蒋先生求证。蒋先生同意了我的推测，还说昨晚看到的现象应当是一种"星云现象"。他说话时神情依旧淡定自若。我想，昨晚他们一定会笑我大惊小怪，或者是少见多怪。

不过，我坚信那是宇宙星际与人类的一种交流，在这个特殊的时间和地点，我看到了！

以后，我再也没有遇到这样的天象奇观。其实，这一辈子能够有一次这样的眼福，也就足够了！

山中野趣

桂竹园枇杷成熟的时候，我还没到精舍。山里的枇杷很诱人，住在精舍的人都尝到了。我到精舍时错过了季节，只有月窟居门前的那棵树上还挂着几颗青黄色的枇杷。据说为了保留这几颗枇杷，小王向大家打了招呼："范老师过几天就到了，这是留给范老师的，谁也不准动啊！"大伙儿会心地笑了，点头表示同意，就连最爱吃酸味的山西小伙子心兰，也只好忍着，每次路过这棵枇杷树下，情不自禁地抬头看上两眼，也绝不动攀摘之心。

我到精舍几天了，看到这几颗青黄色的小果子渐渐变黄，也动了馋意。可是听说心兰爱吃，我也忍着，等到刮大风时吹下一颗、两颗，就捡起来擦擦干净，交给心兰。我对心兰说："心兰，你吃吧，我怕酸。"心兰高兴地谢了。我也很高兴。

其实，在城里我并不买枇杷，城里有那么多好吃的水果，我从来不馋枇杷。但是在山里的日子久了，枝头上的那几颗果子怎么就那么诱人呢？我想，或许诱人的不是果子本身，而是山中的野趣吧！

在山里，我时常享受着天赐的自然野趣。有时候，我跟着村姑们到坡上挖蕨菜，漫山遍野地跑，看到蕨菜较多的地方，就会忘乎所以地大呼小叫，高兴得忘记了自己的年龄！有时候，散步在山间小道，看见红籽或野花，也会情不自禁地采上一把，带回屋里插在用塑料瓶自制的花瓶里。红籽的耀眼、野花的清香弥漫在月窟居的空气里，那种喜悦与城市买的鲜花插在瓶里的感觉完全不一样。

　　偶尔还能看见小松鼠从月窟居门前路过，它们的机敏灵动给人平添了几分活力。一天中午，我竟与一只小松鼠对上了话，那情景更令我久久难忘。开始它从墙外的大树爬上墙头，随意"叽叽"叫了几声。我抬头看它时，它却飞快跑了。但并没跑远，而是躲到墙外又"叽叽、叽叽"地叫唤起来。我很快从屋里取出相机，同时也模仿它的声音"叽叽、叽叽"不停地叫。也许是我学得还像，使它产生了错觉，它回应了几声，小心翼翼地爬上墙外的大树，在树干上探头探脑地看我，虽然很警惕，但不那么害怕了。我赶紧用相机抓拍了它那可爱的模样。也许是距离太近，相机快门的"咔嚓"声吓着它了，它又顺着树干滑了下去。我有些懊恼，赶紧收起相机，站在墙角一动不动地等着，估计它没走远。果然，它又在墙外"叽叽、叽叽"地叫了起来。我太兴奋了，继续模仿它的叫声与它对话。过了一会儿，它又探出头来，黑溜溜的眼睛盯着我，一动也不动。我们就这样来来回回相处了大约十多分钟。后来，一只飞过的小鸟无意中打扰了我们的交流，小松鼠跑开了。我站在原地等了很久，它再也没有回来。

　　不过，小松鼠与我近距离接触的这一瞬间，给我留下了一段有趣的记忆。

　　人与自然本为一体，是人的心理与它们对立起来，并肆意损伤它们。当我们放下那些对立的理念，走近大自然时，就能真切地感受到天地的柔和，感受到万物的柔和，因此我们自己的心也会变得柔和起来。在这样的时刻，我们就能听到心灵深处流淌的涓涓细流，感受"天地万物一体"的奇妙。也许，这就是上天赋予我们的生命之源！

　　山间的闲趣，魅力无穷，总是那么诱人，那么令人难忘！

可爱的小松鼠

附：阳明果园小诗四首

桃园偶书

解甲归故里，方知世殊同；

园中数桃花，欣然趣无穷；

体悟致良知，格物离樊笼，

他年报青帝，再看桃花红。

果园劳作

坡前遍地种修篁，园中耕耘候群芳；

植物枝枝通灵性，金秋时节谢勾芒。

（注：勾芒即春神。）

早春山中观景

茫茫群山隐雾中，湖中倒影更朦胧；

春寒难觅花开处，唯见青松傲苍穹。

牧　童

柴扉门前连绿茵，忽闻脆笛邀踏青；

牧童昂首悠然去，回眸笑我无"坐骑"。

谈学论道篇

太和圣音

一

2006 年 7 月 2 日中午，张建建先生带来了几位客人，到后他们就径直向奉元楼走去，步履匆匆。过了一会儿，心兰到月窟居通知我到缥经阁参会。我带上记录本，立即赶到缥经阁。这时座谈会已经开始了。在座的除张建建先生、王永庆先生外，还有一位客人以前没见过面。蒋先生向我介绍说，这是深圳交响乐团团长陈川松先生。他们今天座谈的内容会是什么？为何会场气氛如此严肃？直觉告诉我这是一次很重要的座谈。

我刚落座，听见蒋先生接着刚才的话题继续说道："为了中国儒家文化的复兴，我们需要创作一台大型儒家音乐。"

近年来，蒋先生一直关注儒家礼乐文化的复兴。之前，我也曾听蒋先生说过，礼乐文化是儒家文化中非常重要的组成部分。但是在这一天，在阳明精舍的缥经阁，我听到蒋先生所讲的儒家音乐，如沐春风，醍醐灌顶。

蒋先生说："据一个日本学者考证，孔子的祖上是宫廷乐师，孔子的家庭是一个音乐氛围很浓的家庭，孔子从小在充满音乐氛围的家庭中长大，受到很深的音乐熏陶。孔子长大后又努力学习音乐，29岁时向鲁国琴师师襄子学琴，最终成了一位精通音乐的专家。可以说孔子成了音乐理论家、音乐演奏家、音乐评论家、音乐文献整理家，甚至还是歌唱家。所以，孔子在音乐方面的体认与成就，是人类文明轴心时代其他文明创始者如柏拉图、耶稣、释迦牟尼等不能比的。柏拉图在他的《理想国》中摒弃音乐，耶稣和释迦牟尼没有从音乐的感悟中形成自己的思想，而孔子则是从音乐的感悟中形成了自己独特的礼乐学说。孔子创立的儒学可以说就是音乐伦理学、音乐政治学、音乐仪式学。所以，儒家文化就是礼乐文化，儒学就是礼乐之学。"

蒋先生说："我们要通过制作一台儒家交响乐来表达儒家的社会理想，通过旋律来舒展儒家的最高理念，这确实是儒学复兴的一个基础性工作。因为音乐和文字是不一样的，文字一般是精英性的，而音乐可以说既是精英性的又是大众性的，可以雅俗共赏。《乐记》里讲：'乐也者，圣人之所乐也，而可以善民心。其感人深，其移风易俗，故先王著其教焉。'儒家的'和'的理想贯穿于不同层次的各个领域，具体来说有六个层次和领域，即人心和淳、社会和睦、政治和善、自然和谐、世界大同、宇宙太和。而这里的'和'，都是从音乐的'和'境界中产生的。"

蒋先生阐述了儒家"礼乐"文化中"礼"与"乐"的不同：礼是别异，乐是和同。礼主要强调差别，比如君臣、父子、上下之间的等差，要通过"礼"的别异性来区别。但是一个社会如果完全靠"礼"的别异性来区别、维系的话，那社会中就容易起隔阂，所以儒家特别强调"乐"在社会中的"和同"作用，通过乐的"和同"作用来使社会达到和谐和睦。儒家通过"礼"来区别社会关系，又通过"乐"来和谐社会关系。只有别异与和同并存，一个理想的社会才有可能出现。所以不仅乐的本质是和谐，乐的功能也是和谐。可以说，没有乐，人类社会就不会有和谐。

蒋先生说："《论语》讲'兴于诗，立于礼，成于乐'。乐是人心的最高境界，是生命的最高成就，所以说乐是最理想主义的。同时，乐也是社会、政治、世界、宇宙的最高理想与境界。所以，儒家从孔子到阳明先生，都把乐的根本精神——'和'——作为人类的最高理想，如《易经》讲'各正性命，保合太和'，朱子有一篇文章《中和说》就专门讲'和'，而阳明所说的"良知"就是'和'。所以，在儒家思想中有各种理念，但最有代表性、最根本的理念则是产生于乐的'和'的理念。从这个意义上说，中国儒家文明就是音乐文明，中国文化就是乐的文化。因此，我们现在要复兴中国文化，就必须从复兴礼乐开始。"

蒋先生进一步阐述道："《乐记》认为声、音、乐属于不同的三个层次——禽兽只知声，一般民众则知音，而只有君子知乐。我们将制作的这台儒家交响乐是给一般民众听的，所以可以用'音'这个词，可以称作《太和圣音》。用'圣'来强调儒家的超越性、神圣性与博大性。但不能用'圣乐'，因为只有圣人才能'作乐'，所以，这台儒家交响乐可以命名为《太和圣音》。"

在接下来的讲话中，蒋先生对《太和圣音》儒家交响乐的几个乐章提出了初步构想，他说：音乐一开始，应该是一个蛮荒的、嘈杂的、无意义的、无次序的世界，也就是伏羲画卦之前的混沌世界。伏羲未画卦前，是一个没有文明、没有文化、没有善恶价值的世界，是"洪荒混沌"的世界；伏羲一画卦，就有了一个大变化，乾坤二卦一起，世界顿时明朗起来，变成有意义、有文明、有伦序、有价值的人类世界了，人类历史就由此开始了。人类就从生物性的存在变成了文化性的存在。音乐上的感受就是辉煌、崇高、神圣、清朗、有序，一点杂质都没有，是纯乎其纯的时代，即孔子所讲的"尽善尽美"的时代。这时音乐表达非常纯粹的道德价值，我们感受到的是一个非常神圣、宁静、和谐、美善的世界；

由"洪荒混沌"的世界进入"人类历史"的世界，在音乐表现形式上要有一个强烈的对比差异，突然间音乐旋律转变了，就进入"人类历史"的文明世界了，即进入了伏羲画卦时代。以后，进入二帝时代——尧舜时代。二帝完全靠人心归往而有天下；到了三王时代，开始出现了不纯，尽善不能尽美了，因为出现了暴力，尽管是为了善的目的使用暴力，但三代"王道"总的来说仍然是辉煌、崇高、神圣、有序、和善的。三代以后，进入人类现实的、活生生的、退化的历史，产生了天理与人欲的冲突，一直到现在人类都是处于这种理欲冲突的世界中。圣贤谱系的源头就是伏羲、二帝、三王之道，从伏羲到尧舜是儒家推崇的人类最理想的圣王时代。三代以后是理想与现实冲突的历史，是理与欲、善与恶冲突的历史，这样在音乐具体表现的时候，就会显得夹杂、紧张、焦虑，甚至有撕裂感。因为在现实的历史中，已经没有纯粹的天理至善显现了。但是，在某些时代特定的阶段，在某些具体人物事件中，有时候天理会上升，善会上升，天理会在历史中有限地、部分地甚至大体地落实。三代以后的历史是天理王道有限落实的历史，是夹杂中有纯粹、纯粹中有夹杂的历史，是善中有恶、恶中有善的历史，是理想中有冲突、冲突中有理想的历史。这样的历史才是真实的历史。

蒋先生说："历史进入三代以后，天理与人欲的冲突就产生了。我们甚至可以这样来看历史，在三代以后的历史中，人欲之恶的力量比天理之善的力量大，天理之善在历史中几乎显现不出来，出现了《易经》中所说的'乾坤几息'的状况。在音乐表现这一状况时，要让听众感受到，虽然理想存在，天理存在，有时候恶的力量、人欲之私的力量相当大，只有人类中的少数人在坚持理想，固守天理，在为理想的落实与天理的实现艰难不懈地奋斗。这少数人就是历代圣贤君子与仁人志士。虽然理想、天理一直没有熄灭，但是在现实中却是郁而不彰的，在很多时候是'天地闭，贤人隐'的，历史在大部分情况下是没有按天理来演进的。我们儒家的历史观与西方文化的历史观不同，历史的善恶关键在于人类良知的选择。"

蒋先生沉思了一会儿，接着说："但是人类是有希望的，这希望的关键在人类良知的觉醒，在人类行为的改变，即由恶的行为改变为善的行为。改变人类的行为，让人们接受儒家的价值，接受人类善的价值，具体到这台音乐就是接受'太和'的价值，由此来改变现代社会流行的那些利益最大化原则、征服自然原则、无限增长原则以及所有违背'太和'的原则。在音乐旋律上要有一个较大的对比，即天理即将毁灭的时候（天理的毁灭就是人类世界的毁灭），突然间，良知自我觉醒、自我振动，发出巨大的心灵力量，使我们看到了人类的希望。按照儒家的历史观，一定要把良知的力量凸显出来，因为我们的文明不像西方文明那样把历史未来的希望寄托在上帝的末世拯救上。我们的文明，即儒家文明把历史未来的希望寄托在人类良知的自我觉醒与自我振动上。我们这段音乐所要表现的是：虽然天理将崩，但良知还在，而且良知的存在不靠外在的力量来打动它、引发它，而是按照阳明先生的说法，靠良知的自我振动，良知自己会觉悟，会引导人类的行为向善。

"良知是清亮的，一点杂质都没有，但是很微小，一开始非常小，潜藏在人心深处，就是儒家讲的人人都有良知。这个良知显现出来的力量，靠良知的自我振动，与人类退化的历史无关。此时出现一个非常清明的、清亮的音符或旋律，让人有一种在黑暗中出现星光的感觉，或者在绝望中看到希望的感觉。良知充满着活泼的生命力，是任何力量都压不住的，人类再大的私欲邪恶都不能阻碍良知的显现发用，尽管这时良知的出现很微弱。这是这台音乐中一个重要的过渡，就是三代以后的历史向最后'太和'理想的一个过渡。

"就是靠这样一个良知，靠这样一个清明清亮的音乐旋律，人类才看到希望。在这台音乐上，一定要突现良知在黑暗邪恶的人类历史中的这一点光亮。不管这时的音乐怎么嘈杂、怎么紧张、怎么黑暗、怎么痛苦，这个纯而又纯、清而又清的良知仍然存在。这就是阳明先生说的'一点灵明'。"

此时，缮经阁内全场俱寂，唯闻鼻息。天地之间，仿佛只有良知的力量在振动！

蒋先生接着说："这个过程结束后，就直接烘托出'太和'的境界了。因为有这种良知的障蔽与历史的退化，才会有我们最后的理想与希望。这一理想与希望就是我刚才讲的六个层次：人心的和淳、社会的和睦、政治的和善、自然的和谐、世界的大同、宇宙的太和，这也就是'和'的六个理想层次。如果没有这些理想，人类就毁灭了，还有什么'宇宙太和'可言呢？"说到这里，蒋先生显得有些激动。

他喝了一口水，停了一会儿，继续说道："如果一个在其他文明环境下生活的人听这台交响乐，他只是对良知有不同的理解，但是他能听得懂，因为良知是人人皆有的，良知是超越具体的历史文化形式的。他会从自身文明的角度来理解与感受良知。良知的呈现是力量，是一种清明的力量。良知的内涵要通过音乐的形式表现出来。没有一个神灵能拯救我们。能够拯救我们的，只有良知！这一点非常关键，作曲家一定要明白。

"最后，是一个神圣的、庄严的、辉煌的、天理流行的太和世界出现，也就是《礼记》所说的大同世界出现，如同《春秋》中所说的'人人有士君子之行'的世界出现。此时天下一家、中国一人，世界中充满着各种祥瑞，这时儒家圣贤所有理想的世界全部出现。同时，还要超越历史，不仅是大同，因为大同是人类之事，'太和'不只是人类之事，而是宇宙之事，'太和'意味着整个宇宙都和谐了。"

蒋先生继续说："我们这台儒家交响乐不仅是为人类而创作，人类必须有责任为宇宙立言立命——宇宙不会说话，要靠人类为宇宙说话。宇宙之命遭到破坏后，要靠圣贤为宇宙重新立命，这就是张载说的'为天地立心'，《中庸》说的'赞天地之化育'。所以，这台儒家交响乐不仅是为人类而创作，同时也是为宇宙而创作。此外，还有生态问题，因为生态的毁灭性破坏已经危及人类与自然的生存，现在成为一个非常严重的、不能回避的问题，这台儒家交响乐也要为生态自然立言立命。也就是说，音乐的感受，不仅为人类，因为'太和'不只包括人类，也包括自然和宇宙，只为人类立言立命是很自私的，是所谓的'人类中心主义'。

"儒家不仅讲宇宙的太和，还要讲文化的和谐。人类所有文明都应该和谐共存，所以世界文明中有价值的东西都可以吸收进来，比如其他文明中一些美好的音乐，如基督教的、伊斯兰教的、佛教的美好音乐，还有其他如印度教的、犹太教的美好音乐，还有其他少数族裔，如非洲、南美洲、太平洋岛屿原住民与中国少数民族的美好音乐，都可以在这台儒家交响乐中表现出来，真正达到一个音乐的大和谐。不过，这个音乐大和谐要有层次，不能杂乱无章。"

蒋先生强调说："最后一章表现的效果，要让所有文明中的人都能听得懂，都能感受到'太和'的境界。所以，这台音乐既是'为天地立心'，又是'为万世开太平'。'万世'是指人类历史的延续，不是历史之外的幻想，历史中的和谐不是虚无缥缈的和谐，而是活生生的、充满当下生命感受的、现世的和谐。"

……

　　我静静地坐在那里聆听，尽量让自己的思绪奔腾起来，跟上蒋先生语境转换的速度。我尽力去想象蒋先生所描绘的每一个场景、每一种声音；我的脑海中已呈现出许多场景，耳边也似乎响起许多声音，有清朗的、有昏暗的、有舒缓的、有杂乱的……我的情绪在中国文化历史的发展变化中跌宕起伏。我想，今天自己在这里听到的绝不是一场关于一台儒家交响乐的讨论，而分明是在聆听一部中国文化的大型史诗。这部气势恢宏的中华文明史诗是多么绚丽，多么壮美，多么引人入胜啊……

　　我的思绪被张先生的发言打断。只听见张先生激动地说道："刚才蒋先生在讲述音乐时是充满激情的，好多年没有听到蒋先生这样充满激情的论述了……"此时张先生深为感动，声音哽咽，眼里含着泪花。张先生是一位多才多艺的艺术家，对音乐有着极好的天赋。他与蒋先生相处多年，对阳明精舍的建设做出过许多贡献。此时，他的理解力和想象力已经将他的情感引领进了蒋先生的语境空间。张先生的情绪感染了在座的每一个人，我看到蒋先生也动容了。

　　之后，蒋先生和他们又讨论了如何用音乐形式表达人物情感和历史事件场景等具体问题。我对音乐是外行，但此时我已深深感受到儒家礼乐文化的魅力！

二

　　几日之后，蒋先生将他对《太和圣音》乐章构思的文稿交给我阅读。整篇乐章结构完整，内容浩瀚，令人振奋！

　　在以后的许多日子里，我期盼着这台儒家大型交响乐《太和圣音》问世。在漫长的期待中，我常在夜阑人静之时，心系浩瀚的星空，回顾那日蒋先生的讲座引领我们进入的史诗般的情景，反复解读蒋先生构思的《太和圣音》乐章，往往在这样的时候，心中自有曼妙清明的太和圣音响起……

终于有一天，我开了"悟"：既然心中存有"太和圣音"的交响，又何必执着于它在有形舞台上的展现？有"太和圣音"的引领，便可以任凭心灵在无边无尽的虚空中飞翔。我仿佛听到了那和谐和美的乐声在空中回荡，宫商雅和，五音微妙，在连绵不绝地召唤着人类良知的自我振动。那是天、地、人之间纯而又纯的和谐与共鸣啊，那是良知的力量在迷蒙虞渊中透射出的希望之光！

（感谢心兰提供的录音资料）

儒士社到访

听说儒士社的大学生近日来访，我很高兴。因为几年前就听蒋先生介绍过儒士社，但一直没机会与他们见面。

儒士社前身为竹士社，后因接受了儒家价值理想更名为儒士社，是一个融儒学思想性、实践性和公益性为一体的全国性青年组织，是有志大学生的集结地。多年来，他们以坚韧、挺拔、胸怀天下的精神，以"弘扬中华文化，传承先圣思想"为己任，活跃在弘扬中华文化的舞台上。他们诵读国学经典，领悟先贤智慧，学习修身处世之道；他们祭拜孔庙，表达对先圣的敬仰；他们敬老奉献，践约孝悌之行；他们知行合一，走出校园，将责任带到遥远的山区和社区，举行定期的支教活动。他们是一群优秀的青年学子，是传承中国文化的希望。

2012 年 7 月 29 日上午，早饭过后，蒋先生让我和海超、黄磊、润东、陈健、福德一起，将饭堂的凳子搬到复夏堂楼上，因为这次儒士社来的人很多，缥经阁原有的座位不够用。

雨渐渐小了，会议室刚布置好就接到蒋先生通知，说儒士社的同学们已经进山门了。

这几天一直下雨，我以为他们不会来了，没想他们竟到得这样早。他们支教的地方离阳明精舍很远，想必是大清早就起来赶车了。因此虽未见面，我已对这些年轻人平添了几分敬意！

　　同学们进入精舍庭院后，井然有序地来到奉元楼门前列队集合。这一期来的同学将近 40 人，多为女生。两位领队也是女生。他们穿着统一的白色短袖 T 恤，背面印着"儒士社"三个醒目的大字。贵州的天气素有"下雨如过冬"的说法，他们穿得如此单薄，在台阶上，我看见有几个女生似乎有些瑟瑟发抖。

　　海超负责录音，将拍照的任务交给了我。在奉元楼前，我见同学们分为两队，分别进入复夏堂，举行祭拜先师孔子的仪式。他们进门时，我已在复夏堂内找到一个拍照的位置等候了。这时，一位容貌清秀的领队面向孔子像，肃立于香案前，其他队员列队肃立在她的身后。随着领队的口令，众人静默片刻，然后拱手齐额，齐声唱颂道："为天地立心，为生民立命，为往圣继绝学，为万世开太平。"声音整齐响亮，铿锵有力，又因为队伍中女生尤多，和声中更有许多柔润。我被这声音触动了，感觉到自己的内心在颤抖。

　　唱颂毕，这位领队带领大家跪拜先圣先贤。就在他们跪地叩拜的一刹那，我泪流满面。我没法再往下拍摄了，便转身将相机交给海超，跑出门外，找了一个没人的地方掩面抽泣起来……

　　在阳明精舍服务多年，不论遇到多大困难，我从来没有像今天这样动容。触动我内心的，是这些清正纯洁、富有朝气的女学生，是她们对中国文化的那份至诚至真的热情。

　　几天前，在阳明精舍一次"盘山问学"中，我向蒋先生请益"儒家女性观"问题，其中包含女性文化自觉的内容。这是多年来一直困扰我的问题，我希望在儒家的价值理念中找到女性的归宿感。虽然近年来蒋先生给予我许多支持，可是我的"心结"并没有完全解开，我对女性参与儒家文化复兴的前景持悲观态度。今天看到这么多可爱的女大学生，她们用行动回答了我的问题。她们用行动告诉我什么是女性的文化自信与自觉，她们的行为使我感动！

儒士社同学在奉元楼前祭拜先圣先贤

不知过了多久，我听见有人在后面叫我，是海超。他说蒋先生要我立即到缮经阁参会。于是我强忍眼泪，上了楼。

缮经阁已经坐满了学生，这是阳明精舍建成以来第一次在缮经阁容纳这么多人。蒋先生正关切地向领队了解他们来精舍路上的情况。我找了个空位坐下，让自己的情绪尽快平复下来。

这次是儒士社第 15 期支教活动，志愿者来自西北农林科技大学、北京师范大学、黑龙江大学、贵州财经大学，还吸纳了一些有志于参与弘道工作的其他院校学生，如华北电力大学、浙江师范大学的部分学生。这次活动从 7 月 19 日到 8 月 5 日，共 17 天。领队介绍了这次支教活动的基本情况。

蒋先生说："今天上午 7 点多钟的时候这里的雨还下得很大，我想你们可能会被雨淋，所以主动打电话问你们领队是否需要更换时间。她说你们的日程已经都安排好了，换时间不太方便。从现在的情况来看，天气也作美，正好在你们到来的时候放晴了，看来上天也在大力支持你们啊！"众学生一听都笑了。

蒋先生说："原来你们叫'竹士社'，从去年改了名称，叫'儒士社'，我觉得这个名字比以前的更响亮，价值的诉求也更集中、更醒目。你们以前的名字，不了解情况的人还以为是一个文学团体，因为传统文人喜竹，后来才发现你们不是一个文学团体，而是一个公益性、道义性、价值性的青年学生组织。你们的改名，标志着你们经过十多年的发展，有了一个质的变化。现在大学里的社团很多，有官方的、半官方的、学生自发的，但大多数都没有一个明确的价值取向，都是朦朦胧胧的。比如国学社现在很多，但它是笼笼统统的，国学里面有好多内容，佛家、道家也算，法家、兵家也算，诗词歌赋也算，琴棋书画也算，这些都是中国固有的学问，那你们的价值诉求是什么呢？用'竹士'体现不出来。

现在你们改成了'儒士社',公开倡导儒家价值,明确地宣誓自己的信仰和追求,这就与其他社团有了本质的区别。你们的理想性、价值性更强了。"蒋先生讲到这里,前排的几位女同学露出了微笑。

蒋先生说:"既然大家已经加入了儒士社,就证明你们有了儒士社社员的身份。但入社只是一个形式,形式虽然很重要,但光有形式还不行,还要按照儒士的标准来做人和做事。什么是儒士?就是要做个君子,就是要按孔子要求他的学生的那些话来要求自己,儒家的那些价值(理想)都是儒士的价值(理想)。所以说加入儒士社只是一个开始,但做儒士可能是你们一生要努力的目标。儒士最主要的特点,就是要在他的生命中体现儒家的那些崇高价值(理想)。你们在楼下祭拜时所说的横渠先生的'四句教',就是儒士最崇高的价值理想。它很高,很难做到,但没关系,只要不断地努力追求,一定会达到。

"你们看现在的社会中,还有多少人有这样崇高的理想呢?你们大学里面将这四句话作为自己终身价值目标的人肯定很少。所以儒士的目标非常高远,要一辈子去追求。等你们大学毕业了,离开了大学里的儒士社,还要加入社会中的儒士社,一辈子都要追求自己的理想。现在的老师、家长对大学生的要求,一般只是要好好读书,学好技能,将来毕业了可以找到一份好的工作,同时给社会、国家做贡献。但如果从儒士的角度来看,这就不够了,大学是年轻人的人生观、价值观、生命信仰形成的重要阶段,大学四年应该形成自己的人生观、价值观,因为走出校门后,一辈子都要按照这些人生观、价值观来做人做事。当然知识也是要学习一辈子的,在大学所学的知识可能比较偏狭,也可能很快就过时了,你的职业可能也要不断变化,这些都可以以后慢慢学习。但是,大学(期间)最重要的是形成你的人生观和价值观,从人的生命历程来看，大学阶段是人生最困惑的阶段，也是人的价值需求最强的阶段，所以你们在大学里除了要学好专业知识外，还要形成自己的人生观和价值观，用儒家的话来说，就是要把'谋道'放在首位。"

蒋先生环顾了一下会场，说："我发现你们这次来的同学中，女生比男生多，这和往年不太一样啊！今天你们两个队的领队都是女生，也和往年不一样。往年都是男生。儒家的那些根本性的价值是放之四海而皆准的，比如说'士'的价值，也就是君子的价值，是不是人人都应该学？是不是只有男性可以学，女性就不能学？'仁义礼智信'，只准男性讲，女性就不能讲？有没有这个道理？没有。男性可以成君子，女性也可以成君子。由于时代的原因，在古代，公共事务更多地由男性来承担，但并不是说儒家的价值只是给男性规定的。仁、义、礼、智、恭、宽、信、敏、惠这些，哪里只是给男性规定的呢？这是给所有人规定的，包括男性和女性。儒家讲要做君子，做君子就是要做好人，好人既包括男人，也包括女人。'五常'是最高的价值标准，孔子在给弟子讲的时候是针对所有人的，不是说只针对男性的。仁的反面是残酷，义的反面是不道德，礼的反面是野蛮，智的反面是愚鲁，信的反面是奸诈。如果这些只要求男性做到，不要求女性做到，那岂不是把女性排除在做人的道德之外！"

蒋先生接着说："儒家讲的真理是不以时代为转移的。我们处于现代，男人女人都应该做士、做君子，既要有男君子也要有女君子，既要有男士大夫也要有女士大夫。其实在古代也有好多女君子，大家可以去看汉代刘向作的《列女传》，'列'是伟大品行的意思，《列女传》就是具有伟大品行的女性的传记。它里面记载的都是汉以前具有伟大品行的女性，里面好多都是女圣贤、女君子、女士大夫，她们在人生最困难的时候一直都在坚持自己的道德理想与价值追求，努力做一个有德性品位的人。所以，东汉经学家郑玄在解释'女士'一词时说，'女士'就是'女子而有士行者'。所谓'士行'，指的就是'君子之行'，所以'女士'指的就是'女君子'。可见，你们作为'儒士社'的'女儒士'，非常符合儒学对'女士'的解释。从中国历史来看，当社会政治发生重大动荡时，往往会有一些女性出来承担士大夫家国天下的责任，她们有些比当时的男性更伟大。比如说明末清初的时候，社会大动荡，当时的士大夫，像钱谦益，他是士大夫中的名流，清人打进来的时候，他投降了，跑到北京去了。士大夫要有气节呀，异族入侵，你可以学文天祥舍生取义，或者你抵抗也行啊，但当时最有名的士大夫钱谦益，跑到北京去接受官职了。然而，他的妻子柳如是，当时在社会上没有很大的名分，她认为国破家亡、天崩地裂，士大夫应该为国家尽忠，不应该投降，更不应该与入侵者合作。她就对丈夫钱谦益讲，我们自杀吧，投湖。钱谦益不敢，她就自己跳下去了。后来被救了起来，没死。之后，她又卖掉自己所有的嫁妆，捐出来支持抗清，自己一身戎装，到海上去向那些抵抗部队劳军。你们看，她的丈夫，朝廷的大官，不去做这些事，一个女子却站出来承担这一家国天下的责任。史学家陈寅恪先生本来是研究唐史的，1949年后他却转而研究中国历史上的女性，写了一本《柳如是别传》。柳如是是明朝的一个风尘女子，陈寅恪为什么要为她作传呢？他的目的就是要表彰中国的女性，她们在社会动乱、天崩地裂的时代往往能承担起人间正义，而那些士大夫却不能。所以，当那些男性做不到'士'的时候，往往会有女性挺身而出做到'士'。由此可见中国'女士'的伟大。这就叫'士失道而红颜修之'。"

蒋先生的讲话深深吸引和打动了在场的每一个人。蒋先生讲女性问题，讲儒家价值对女性的意义，这正是前几天我在"盘山

蒋庆先生在缮经阁为儒士社同学们讲学

问学"时提出的需要解答的问题。那天我没有听清楚的，今天与儒士社的同学们一起听到了。

蒋先生看了一下"儒士社"的统一着装，说："你们公开组织儒学支教活动，统一你们的服装，上面还印了'知行合一，道术兼备'的口号，你们走在外面就是在宣誓自己的信仰了。如果你们不信奉，你们穿它干什么？你们在学校穿不穿？（领队答：有集体活动的时候就穿。）现在儒学的命运与20世纪20年代相比，已经发生了很大的变化，你们可以公开宣誓你们的信仰，又能得到社会的尊重，社会给你们肯定的评价，你们的心里也能得到慰藉。你们还组成了社团，社团是干什么的？'君子以义合，小人以利合'，你们追求的是'义'，而不是'利'。义，就是社会的价值，生命的信仰。"

这时，同学们脸上都露出了自信的笑容。

蒋先生继续说："一百年前可不是这样，我由你们的行动联想到一个可歌可泣的历史事件。我们知道国民党是一个新潮党，是打压中国文化的，一上台就废除读经、废除祭孔。当时康有为先生在上海办天游学院，学生很少，后来由于各方面的打压，办不下去了。康先生有一个学生，是浙江人，叫虞伟臣，大概也是你们这个年龄。他写了一篇文章，内容大概就是：孔子之道，整个中国人都不相信了，全国都在反孔子。后来这个学生为了抗议这一反孔潮流，就……"蒋先生讲到这里，哽咽了好几次，最后讲不下去了，抽泣起来。会场气氛顿时变得凝重起来，讲话停了许久，蒋先生才接着说："这个学生抱着孔子的牌位，跳东海自尽了……他为了自己的信仰，为了孔子的尊严，结束了自己二十多岁的年轻生命……"

过了一会儿，蒋先生渐渐平复了情绪，接着说道："由今天回想到20世纪20年代，儒家文化受到那么沉重的打击，很多中国人都在摧残自己的文化，但是竟有这样一位青年学生，尽管他默默无闻，却敢用自己宝贵的生命殉道，使我们感到中国文化是有希望的。尽管那个时代也有成年人为中国文化殉道，比如梁漱溟的父亲梁济先生，但他是成年人，而我刚才讲的是一位青年学生，和你们一样的年龄。这也证明我们中国的年轻人是有希望的。所以看到你们儒士社的成立，我感到中国文化是有希望的，因为一个文化有没有希望，就看这一文化的命运是否寄托在年轻人的身上。如果年轻人没有希望，那整个文化也就没有希望了。所以现在的年轻人，不管男的还是女的，都要起来担当中国文化的价值，这样中国文化才有希望。当年康先生学生的情况你们不会遇到了，但他那种守道、殉道的精神是值得学习的。你们以后遇到再大的困难，我想也不会比他遇到的困难大，他生活的那个时代儒家被完全打倒，孔子被彻底否定。现在时代变了，中国人已经认识到中国传统文化的重要，你们的任务也不是守道、殉道了，而是要努力把儒家文化的价值弘扬出去，发扬光大！"

会场上，爆发出一阵热烈而持久的掌声。

此时，我想到刚才蒋先生讲到的那位以年轻生命殉道的学生，想到在2004年会讲时蒋先生所说的"中国文化托命人"，想到蒋先生在这偏僻的山林中守道践道的情景，禁不住流下了眼泪……

临别时，我送儒士社的同学们到大门口。那位容貌清秀的女领队来到我跟前与我道别。我心中有许多话要对她说，可是她向我挥挥手，匆匆转身向她的队伍赶去。我站在原地，看着她的背影，把要说的话留下了，也把女性参与儒家文化复兴事业的希望和信心留下了！

（感谢李海超提供的录音资料）

洋儒家贝淡宁来访

2008 年 8 月，云盘山被秋天的金色覆盖，阳光洒满阳明精舍的大小院落。月窟居门前的桂花树蕴藏着星星点点乳黄色花蕾，从树下走过时，我想：今年的花期提前了许多，会不会有贵客到访啊！

那天午饭时，蒋先生通知我们，贝淡宁先生一行近日要来阳明精舍，他让我们提前做好接待客人的准备。

我们都很高兴。贝淡宁先生的名字我们经常听蒋先生提起，知道他是加拿大籍学者，曾获加拿大麦克吉尔大学文学学士、牛津大学哲学硕士、牛津大学哲学博士学位，先后在新加坡、美国、中国香港等地从事教学与研究工作。2004 年他们一家迁居北京，现在是清华大学哲学系教授、博士生导师。在清华大学，贝淡宁先生的口碑很好。贝淡宁先生在英国读书时，与来自中国的女学生宋冰组成了跨国家庭，"贝淡宁"这个名字就是夫人为他取的，其中蕴涵着中国传统处世哲学中"淡泊明志，宁静致远"的含义。

同行的还有杨汝清。汝清五年前随"一耽"游学团来过阳明精舍，以后一直与蒋先生保持着联系。汝清为贝淡宁的孩子讲授儒家经典，和他们一家很熟悉。这次贝淡宁先生从北京几经周转来到阳明精舍，汝清是向导。

遵照蒋先生安排，小吉下午就将乐道园的三间居室和性天园的何言居打扫得干干净净。趁着天气晴朗，我也停下手头工作，协助小吉将房间里的被褥床垫搬到院里翻晒。陈师骑着摩托车到修文县城采购食品去了，傍晚才回来。我看见他的车后挂了一桶纯净水，感到奇怪。陈师告诉我，因为云盘山的水有水垢，蒋先生担心贝淡宁先生一家喝不惯，特意从城里买来一桶纯净水备用。蒋先生向来对朋友的生活安排细心周到，这是他一贯的作风。

26号下午，随着由远而近的车鸣声，我们知道贵客到了。我从月窟居跑出来迎接，发现蒋先生已在大门口等候多时了。

汽车停在精舍门前的草坪上。贝淡宁先生和夫人、孩子从车上下来，身后还有汝清。贝先生下车后先用儒家抱拳的传统方式向蒋先生行了拱手礼，然后又以西方的方式握手问候，并向我们在场的人点头问好。他的中文很流利，步履稳健，温文尔雅。他身旁的宋冰女士身着白色长袖衬衣，休闲裤，运动鞋。宋女士一边招呼着自己的孩子，一边走过来和我打招呼。她中等身材，苗条，清秀，说话声音轻柔，态度谦和。这位在海外留学多年、现任企业高管的知识女性，显得十分端庄大方，朴实无华。

安排好住宿，按照惯例，蒋先生请客人们到奉元楼缮经阁喝茶。入座之前，蒋先生为客人们讲解复夏堂先圣先贤的牌位，介绍阳明精舍周边的环境。然后，他们像旧友重逢一样边喝茶边聊天，轻松而愉快。

座谈结束后，还没有到开饭时间，贝先生带着他可爱的儿子走到我身边，邀我一起到书院的果园去看看。开始我以为他怕迷路，要我充当向导，便欣然同意了。一路上，贝先生向我详细了解关于阳明精舍的建设情况和这些年书院生活的情景。他问得很仔细，听得也很认真。后来我才知道，贝先生是利用空闲时间对书院进行实地调查。这在他之后的一篇文章中有所体现。

8月28日，宋女士带着孩子回北京了。当天下午，贝淡宁先生与蒋庆先生在缅经阁进行了为期三天的讨论。他们的讨论涉及的内容很多，包括对君子的评判标准、对天道的体认、儒家是普遍主义抑或特殊主义，等等。讨论中主要由贝淡宁先生提问，蒋庆先生主谈，杨汝清先生参与问答。

蒋先生在讨论时阐述了儒家对君子判定的三个标准：心性道德、科举制度与清流清议，还详细阐述了儒家对官员的选拔制度，即举孝廉。蒋先生认为"孝"可以作为判定君子的一个条件，但非主导条件。下面是根据录音整理的内容，也是蒋先生与贝先生讨论的重点内容。

贝：我想提的问题主要是学生们经常提到的，他们问到一些有关儒学方面的，尤其是政治儒学方面的问题。众所周知，儒学是一种精英主义的哲学，对君子和小人有着区分，有些学生们对此存在疑问，为什么会有这样的区别？而有些学生们可能会承认有这样的区别，但问题在于如何判定谁是君子，谁是小人？还有儒家要求人们等待圣人出现，有些学生就会问我怎么知道谁是圣人呢？回顾历史，大多数的皇帝只是利用儒家，他们并非儒家真正的信徒，当然我们也不会认为这些皇帝是真的圣人。问题的关键在于如果历史上没有真的圣人，那么现代人如何推知圣人何时出现？即使有圣人出现，又怎样辨识出他们呢？

蒋：贝先生把许多问题都提出来，而且每一个都需要详细讨论，那么我们就一个问题一个问题来解决。按照贝先生提问题的顺序，我们就先讨论君子、小人如何区分的问题吧。

首先，我们需要认清一个事实，在现代社会中人们很难进行君子小人区分的判定。就这一点，可以从君子小人区分问题提出的内在思想缘由来看。

按照韦伯的理论，中国在这一百年间已经急剧地世俗化了。

世俗化的特征之一就是没有先知。就中国而言，也就是现实中没有圣贤了。因为世俗化在政治上的一个重要特征就是消除社会上的等级，这种消除不仅是从结构上抹平了等级，而且同时在观念上通过启蒙，在人们的思想中消除了等级。之所以如此，是因为现在整个教育体系中，不论是中国还是西方，都给人灌输启蒙的思想，教育的内容和制度体现的都是"人人生而平等"的观念，把君子与小人、圣贤与百姓这样的等级观念抹平了、取消了。进而言之，这个时代在观念上没有给人类中的优秀人物留下合法存在的空间，在社会结构上没有给人类中的精英人物留下应有的合理地位。因为现代人的一些假定和社会结构都不承认人与人之间存在这种巨大的差距，即在道德上的差距。用儒家的话来说，就是在心性上的巨大差距。即使有的人承认差距的存在，承认在现实生活中，人与人之间在道德品质上存在差别，但是他们也不会承认这种差别具有社会和政治的含义，就是说这种差别在政治上、社会上是没有作用的。而这一点基本上就是启蒙和自由主义的根本思想。自由主义根本思想中的一条认为：人与人之间的道德差别没有政治意义。现代的教育制度，不论中国还是西方，基本都是按照自由主义的理念和启蒙精神的理念来设计的，所以现代人不承认人类中有优秀人物——在中国称为"圣贤"或"君子"、在西方称为"先知"或柏拉图说的"哲学王"——的存在。所以他们就会提出贝先生刚才提的这些问题，而提这些问题的人似乎也感觉到人与人之间是不同的，所以就有了如何判定圣凡之别的问题。

总之，这种判定在现代是十分困难的。因为现代的基本精神不仅不承认这种差别，并且在制度架构上通过民主制度，通过社会制度，或者通过教育制度，消除了这种差别。

其次，我们可以承认一个事实，在中国古典时期，君子、小人之别的判定比较容易进行。儒家对此就有几个判定的方法：其一为内心判定的方法。儒家对孰为贤人君子的判定，大致是依据个人的修养和内心的状况之差异进行的，一般没有外在的标准。如阳明先生所说，只要人呈现了良知，就可以达到圣人的层次了，即良知或者心性呈现出来，就达到儒家所说的"优入圣域"了。而内心的标准，主要是儒家讲的"诚"，在判定的时候确实是比较困难的。因为人有没有呈现良知，他人很难用一个外在的客观标准来衡量。孔子曾说"为学由己，而由乎人哉"，即个人学为贤人君子是内心的自觉，不是外在的要求。做学问，遵守道德，是一个人内在生命的事，做到了就是贤人君子。内心判定是一个很高的标准，能对君子贤人进行判定，但是由于没有外在的客观标准，所以不容易进行，也容易出现道德作伪的情况，容易出现个人为了功名利禄等外在的东西学圣人之学的情况，即沽名钓誉的情况。针对这种情况，儒家除通过强调"诚"的内在工夫外，主要是通过师友之间的相互印证与相互评价来判定个人是否是贤人君子。所以，儒家非常重视师友一伦。师友一伦，不像父子一伦是自然关系，也不像君臣一伦是政治关系，师友一伦建立在共同道义与精神信仰的自由结合上，所以师友之间的相互印证与评价可以作为一种标准来判定孰为贤人君子。其实，我们从《论语》的记载中就可以看到这种对人君子的评判，所以判定贤人君子并不是不可能的事。

贝：但是问题在于如果在一个很大的国家之中，这样的制度很难有体现或者说起到作用，这应该只能存在于小群体之间。

蒋：确实如此。在中国古代，这个判定方法确实在小群体之间发挥着作用。如在孔子的时代，孔子和他的学生之间通过这个方法对贤人君子进行了判定。到了宋明，阳明先生和他的师友之间也是通过此种方法对贤人君子进行了判定。这在儒家传统中都有记载。不过，师友之间的判定确实如你所说只在小群体之间发挥作用，不能在更大的群体——国家中发挥作用，在国家中发挥作用的是科举考试。

由于科举考试在全国进行，目的是选拔统治精英，有一套判定统治精英的全国性标准，所以判定贤能的范围比师友的小群体大很多。当然，在中国历史上，经由科举考试选拔出来的人，并不是人人都是贤人君子，但可以肯定的是恶人小人只是少数。在官海沉浮中，一些官场的腐败难免会影响到个人，但是在士大夫的群体里，会有一个自发形成的精神领袖作为当时士大夫的最高精神象征，被称为"清流"。而清流指的就是坚持道义，坚持按儒家所确立的绝对原则来做人、做事、做官的知识分子群体。在这样的群体中，个体之间存在着相互的道德评价与人品判定。例如在魏晋时代，士大夫会以诗来概括他人的品行。这在清流系统中是一种风气，虽然不是在国家那样普遍化的层面上，但在古代，士大夫是国家的治理者，他们之间形成了评判人物的标准，对于判定谁是贤人君子，换言之谁是真正的儒家信徒，还是有着相当广泛的意义，不仅仅限于师友之间。

贝： 那么，这些士大夫的标准在现代的社会怎么成为一个普遍化的标准呢？

蒋： 有关这个标准还需要有一些补充。此标准制度化后，科举制度本身也可以作为一个衡量标准。需要说明的是，我只是在古代语境下探讨这个情况。在古代，由于科举道路的存在，也可以算是一个判定孰为君子孰为小人的途径。在民间，一旦有人考中科举，此人在普通百姓的心目中就已经达到了君子的层次。君子有很多评定标准，除了德行以外还有学识学问，而这种学识学问不是今天的中立性学识学问，而是记载圣贤言行的价值性学识学问。考中科举，就证明这个人在圣贤之学意义上的学识学问已经达到一定阶段，即已经在圣贤之学的意义上进入了君子的层次。当然，这并不意味着，考中科举的人就绝对是圣贤君子，但考中科举无疑是学为圣贤君子的一个基础性阶梯。我曾读过钱穆先生晚年时写的回忆他儿时的文章，谈到当时乡村的风气就是所有人都非常尊重教书先生，尊重考上科举的人，因为百姓自认为自己只是普通人，而教书先生与考上科举的人则是社会人群中掌握圣贤之学的最优秀的人。因为一般的百姓只关注自己的个人生活，对于学问道义、国家大事和社会教化等重大问题都不太关心。在这种情境下，百姓是小人，教书先生与考上科举的人则是君子，因为君子不只关心自己的生活，更要关心圣贤之学的学识学问，关心教化社会，关心家国天下的普遍道义与社会政治的治理秩序，等等。

就此而言，科举制也可以作为判定君子的一个标准，它具有普遍化的特点，适应的范围非常广，即凡是考上科举的人就不再是普通百姓，就离开了庶民的阶层，进入了"士"——劳心者治人——的阶层。值得注意的是，考上科举也不意味着这个人就是儒家追求的很高层次的贤人。历史事实表明，在科举制出现的社会中，在一定程度上发挥了判定君子与小人（或者说贤人与百姓）的作用，故而科举制也可以作为一个具有普遍化倾向的判定君子的标准。

综上所述，在古代社会，君子小人之别是很自然的。虽然我们不能回归古代的生活场景，亲眼见证这个事实，但是我们可以从古书中描述的当时的社会生活中读到。老百姓对有儒家学问的人与有功名的人都非常敬重，甚至在他们去世后，老百姓还会为他修祠堂，纪念他们。这些都表明，古代老百姓承认圣凡贤愚之别，也认为贤人君子应该成为大众道德上的指导者与社会的治理者。

贝：我认为东方社会跟西方社会还是有着一些区别的。在西方国家，没有人可以说没受过教育的人不应该有投票的权利，但是在中国大陆，有些人，比方说一些高校的学生，他们会认为没有受到教育的人不应该有选举权。从这点看，现代的中国人也还是承认人与人之间存在道德教育方面的差别，他们的问题是如何判断谁是君子、谁是百姓。君子是与道德相联系的，那么在教育与科举方面存在的这些诸如考上与考不上的问题与道德有什么关系？

蒋：君子的标准包括道德和学识两个方面，仅有道德不足以称为君子，仅有学识也不足以称为君子。孔子及其学生认为，君子的道德和学养（或者说教养）要结合起来。普通百姓当中也有很多道德崇高的人，比如那些在乡间的没有很多学识、然而道德和威望都很高的老人，他们虽然受人尊重，但不能被称为君子，因为君子是需要有学养的。

贝：我的意思是道德方面的东西是比较难判断的。

蒋：的确，学养方面相对来说容易判断，如孔子的学生身通六艺，这一点也可以通过制度化的考试来判断，科举制的实质就是对这种学养判断的发展。科举考试就是考量儒生对经典的理解能力与掌握能力。

当然，最困难的部分就是你说的对道德的判断。道德对人而言，是内在的事情，不好把握，即使确立一些外在的标准，也容易出现问题。因为它是外在的规范，并非人的内心德性。古代也有作伪的事例。孝悌力田，是汉代选拔官员的两个道德标准。力田容易判断，因为努力耕种田地是可以量化衡量的；而孝悌，是内心状态，很难判断。个人可以表面上对父母很孝顺，但是他是不是真正用心在孝上呢？一般的行为可以从外面来观察判断，而孝悌的行为并不能全然从外面来观察判断，要体现为个人内心的真诚。因为别人看不到人的内心，所以可能有人为了达到做官的目的而作伪。汉代孝悌者是可以做官的，那么个人就有可能行为上孝敬父母，而内心却为了做官。所以汉代的民谚讽刺道："举孝廉，别父居。"

就此而言，由古及今，在道德上树立一个外在标准的做法是很困难的。强为之，确立一个硬性的判定君子小人的标准，实践中出现伪善的可能性很大。但是，说完全没有评判标准，也不是这样。儒家推崇的那些道德标准，如《论语》中的那些道德标准，都是软性的，是社会中自发形成的，是发自人的内心的，因而是可以对人进行道德判断的。

杨：我认为《感动中国》的例子实际上就是树立这样的道德标兵，是可以进行道德评判的。河南的谢延信被认为是当代大孝的典型。他获此殊荣的原因在于，刚结婚不久，他的妻子就因病去世了，但是他几十年如一日侍奉岳父岳母。

蒋：从这一现象来看，如果按照外在的硬性标准，他是达到了，但是实际上并没有这么简单。儒家的标准不只是一个外在的硬性规定，还有一个内在的"诚"。

贝：但是，如果要谈这些标准的政治意义，那么，就需要更为清楚明确的标准，依此来选拔有道德的人。

蒋：如果需要一个非常清楚的标准，进而将其完全制度化，从而进行从政者的选拔，这还是比较困难的。科举制设计的目的是选拔贤德之人，但由于道德难以确定，科举制选拔人才的标准主要集中在儒家经典学识上。但是，从历史来看，我认为科举制选拔人才基本上是成功的，因为儒家经典讲的都是成就君子之道。虽然不能说科举选拔出来的人都是君子，但纵观历史，通过科举制选拔出来的人绝大多数是符合贤德标准的，即是符合君子要求的。

贝：那么用科举制度选拔出的人才，再经由士大夫的讨论，从中就有可能选出最有道德的人。

蒋：可以这样说。在儒家看来，道德是有层次的，士、贤、圣是三个由低到高的层次。考上科举后进入士大夫行列，即是进入了最低的道德层次，之后则需要努力修身达到"贤"，再努力修身达到"圣"。但是，达到"圣"是非常困难的，是可遇不可求的。

另外，儒家重个人的品行，但这一品行并非一般世俗的品行，如通常谈到的"孝"，而是像"仁""诚""义"等君子更应该具备的品行。"孝"是"仁"之本，固然重要，但不及"仁"。在古代，"孝"涉及的通常是对一般民众的要求。所以在朱子看来，"孝"属于小学的范围，即属于所有人做人的基本标准，而不是作为士大夫的标准。虽然汉代有以"孝"选官的制度，但科举制度建立后就不再以"孝"作为选官的标准了。因为士大夫治国平天下，需要有更高层次的德行。当然，其行为与"孝"的原则是一致的。然而，只做到"孝"，不足以成为儒家所追求的理想人格，儒家所追求的理想人格包含了"孝"，但其道德要求比"孝"更高、更广。所以，"孝"的问题，只是对人的日常行为要求，而不是对儒者高层次的要求。

贝：可是，我们认为它是最基本的要求。

蒋：对，它确实是最基本的要求。

杨："孝"是一个士大夫立身的根本，是一个起点，一个基础。

蒋："孝"为仁之本，就是这个意思。

杨：但是，我认为儒家道德理想成就的终点也是孝。《孝经》中记载，"孝之始，孝之终"，"孝"最后能够达到治国平天下。

蒋：这个"孝"是扩展之后的孝。

杨：是的，它是扩展之后的孝。孝的根本是"立身行道，扬名后世，以显父母"。其目的是通过立身行道让自己的名声发扬光大，与此同时通过立身行道也让自己的父母得到后人的尊崇。如孟子的母亲，孔子的父亲就是如此，而这也是"孝"的表现。

蒋：但是，这并不意味着"孝"是很高层次的标准，"孝"是若干选拔标准中的一个基本标准。

杨：可是这一点，从制度上说，"孝"是一个很重要的衡量标准。如在古时候，如果某人被认为不孝，而且最后得到了证实，此人则不可能被选拔为官吏。

蒋：是的，正是这样。做人的道德都达不到，哪里达得到做士、做官的道德，所以不可能被选拔为官吏。因此，我并不否认"孝"是很重要的道德标准，但是，它在儒家的道德标准中，只是基本标准，而不是最高标准。如"仁"，才是儒家道德的最高标准。而"孝"只是达到"仁"的基础，"孝"需要扩充，才能达到"仁"。所以，在选拔统治者时，"仁"比"孝"更需要优先考虑，因为国家毕竟不是完全建立在血缘之上的。

8月30日，贝淡宁先生和杨汝清离开阳明精舍。

之后，我看到贝淡宁先生一篇关于这段记忆的文章，题目叫《儒家书院之行》。

在奥运会后不久，我到偏远的贵州省参观蒋庆的儒家书院。蒋庆是贵州本地人，著有《政治儒学》，这是为儒学作为现代政治哲学进行辩护的最系统和影响最大的书。

我非常渴望在"自然"环境中拜访蒋庆。书院位于一座小山顶上，离贵州省省会大约有两个小时的车程。自然风景确实漂亮，虽然附近的村庄十分贫穷，该地区周围还零星散布着污染环境的水泥厂。在弯弯曲曲、坑坑洼洼泥泞道路的尽头，我们终于来到书院的大门口。蒋老师出来迎接我们一家和杨汝清（教我儿子儒家经典的和善而博学的学者）。

蒋老师穿着圆口黑布鞋，明朝风格的宽松衣服，比我穿的皮鞋和半正式西装更合适。我们用传统的中国方式打招呼，拱手抱拳作揖（男人左手在上，女人右手在上），但是接着我们按西方礼仪握手。

蒋老师似乎情绪很好。他的助理范老师向我介绍说，书院传统的庭院风格是蒋老师和他的朋友设计的，书院的建设非常麻烦，涉及承包土地及与附近农民协商等。在我这个外行看来，书院气势雄伟但并不引人注目，似乎和周围环境非常吻合。客人被安排在不同的房间里，房间都是按儒家各种理想命名的。到了吃饭时间，做饭师傅就敲钟提示。蔬菜是由当地农民在书院的土地上种植的。

书院的中心是一座两层楼的建筑，上面一层主要作为讨论的会议室，蒋老师在下面一层安置了孔子塑像，同时还供有早期最著名的门徒名字的牌位。这些分开排列的牌位是按照儒家的不同流派从过去一直延续到现在（"公羊学派"强调政治改革，"心性学派"强调自我修养）。在"公羊学派"中，我有点吃惊地发现蒋老师选择纪念梁济（译者注：梁漱溟之父）的牌位，此人在1918年以保存中华文化的名义自杀而闻名。

在贝淡宁先生的这篇文章中，还记叙了在书院的业余时间看书、散步、闲谈、用餐的情景，他说自己"唯一的遗憾是没有听到蒋老师有名的歌声，也没有机会欣赏他吹箫"。他记述道："晚饭后，蒋老师饶有兴致地给我们讲一些有趣的故事，逗得我们都很开心。有时吃晚饭也喝一点酒，我还亲自尝了一口农民泡制的蛇酒。"

我清楚地记得那天贝先生喝蛇酒的情形。晚饭后是大家的休闲时间，我们在院子里聊天。陈师从屋里端出一个装着蛇酒的玻璃瓶，小心地往一只小酒杯里倒了一点，递给贝淡宁先生，请他品尝。贝先生接过酒杯，犹豫了片刻，然后鼓足勇气喝了一口，便低下头去。正当大伙疑惑不解时，他突然抬起头来，仰面朝天，皱紧眉头指着玻璃瓶里的那条蛇说："啊，今晚我会不会也变成一条青蛇啊？"说完，他双手合在胸前，故意显出很害怕的样子！这时，所有在场的人都被他逗得哈哈大笑起来。

原来，贝先生竟是如此风趣幽默，难怪网上有文章说清华大学的学生们都很喜爱他。

贝先生在文章中还写道："讨论阶段相对来说严肃些。蒋老师告诉我书院的首要使命是学术传承。每次上课都录制成磁带，一次持续两个小时。我吃惊地发现，他们总是十分严格地遵守时间限制。"

"蒋老师坚持让我挑选需要讨论的话题，我们辩论了是否可能向全世界推广儒家价值，西方能够从儒学中学到什么东西等。蒋老师注意到儒家思想的用语经过时间推移后发生很大变化，需要在新形势下更新。"

贝淡宁先生在文章的后半部分记述了自己在讨论中的提问和蒋老师解答的内容。文章的结尾，贝淡宁先生说："我还是看好儒家！"想必这是贝淡宁先生发自肺腑的信念，经过多年的探索，他寻找并认同了儒家价值理念。

在中国的学术圈里，有越来越多的人称赞这位洋博士、洋学者、洋教授，在我眼里，贝淡宁先生更是一位洋儒家！

人类的价值要在具体的历史文化中落实

——蒋庆先生答邵玉书问道

小 引

　　2006 年 6 月 20 日，蒋先生让我到贵阳机场迎接一位来自德国维尔茨堡大学的硕士，他的名字叫邵玉书。听到这个名字，我以为是一位华裔学者。在机场出口，我的目光始终在华人中寻找。可是当邵玉书按约定方式与我联络时，我大吃一惊，走过来的竟是一位金发碧眼的小伙子，一米八以上的个头，身背一个超长的双肩包，彬彬有礼。我的第一反应是该怎么与他交流？就在我向他招手示意的同时，他走了过来，没等我开口，他先用汉语向我打了招呼："您好！您是范老师？我是邵玉书，来自德国……"呵呵，一口流利的中文啊！我赶紧回答道："您好！邵玉书，蒋先生派我代表阳明精舍前来迎接您！"寒暄几句之后，我们上了出租车，向修文方向驶去。

　　路上，我与邵玉书进行了简短的交流，得知他是德国维尔茨堡大学的研究生，有志于中国文化研究，他的毕业论文将以阳明精舍及儒学在中国的复兴为题。他早闻蒋庆先生大名，这次是经张祥龙先生介绍，专程到阳明精舍来向蒋先生请益的。交谈中，我问他怎么能说如此流利的汉语。他坦率地告诉我,自己的女朋友是山东人,平时与女友交流都是用中国话。我听后开玩笑地说:"哦,原来您是我们中国的准女婿啊!"出租车司机"扑哧"一下笑出声来,邵玉书见我们笑,也跟着笑起来。可是过了一会儿,他却疑惑地问我:"范老师,什么是准女婿啊?"我真没想到他会提出这个问题,于是思考了一下说:"准女婿,是我们民间的一个称呼,也就是您与您的女朋友双方确定关系后,但是在还没正式举行婚礼,在结婚之前的过渡期中,你就是女方父母的准女婿。"小伙子"哦"了一声,似乎有些明白,肯定地点了点头,显然是认可了这个"身份"。

一路闲聊,不知不觉我们回到了阳明精舍。

在以后的几天里,蒋先生每天在奉元楼缮经阁为邵玉书讲学一个小时。邵玉书就儒家文化与全球伦理、国家与政府之区分、儒家平等观等问题请教于蒋先生。讲学时,我和周北辰、刘怀岗、陈洁在座旁听。

第一讲:人类的价值要在具体的历史文化中落实

邵:老师,您在您的书上说,今天世界上出现了好多问题,比如说贫困问题、男女问题,等等。而1993年世界宗教会议提出《全球伦理宣言》,我对他们的努力很佩服。可是您认为那个全球伦理是不可能做到的,因为全球每个民族都有自己特定的历史文化,每个民族都有自己基本的价值观,在这种情况下不能实现一个抽象的伦理。那么,从儒家的角度来看,如果不建立一个全球伦理,怎么解决现在这些世界性的问题呢?

蒋:《全球伦理宣言》出发点是好的,反映了一些宗教家对全人类问题的担忧。从政治上讲,现在虽然还存在饥荒与局部的战争,但基本上还是和平的。现在人类的问题、世界的问题，最主要是价值上的颠倒与错乱。人类的价值受到启蒙运动理性主义的影响，然后政治上有自由主义的影响，传统的道德价值遭到了破坏与颠覆，造成了现在人类价值的错乱。有些不是价值的也被认为是价值，比如说功利、追求利益，根本不是价值，从古到今，从中到外，包括西方古代，都不认为功利是价值。但是在当代世界，功利成了最主要的价值了，很多人都把功利看成价值来追求，而且把这个功利看成首要价值，这就是所谓的功利主义。这就错乱了。在中国，古代的儒家并不否定这个功利的欲望，但是认为这个欲望很危险，要用价值、用道德去限制它。在西方，基督教我们不用说了，希腊哲学，在柏拉图和亚里士多德他们看来，人的生命中欲望是最低层次的，欲望上面还有理性、情感等，这在古代都很清楚，但是现在都颠倒过来了。这是全球性的错乱，不只是在某一个国家。而这个错乱的原因在西方文化，在西方近代以来英国功利主义与法国启蒙主义的影响，还有德国的新教。我对新教有很多批评。新教把功利神圣化了。在天主教的时代，功利和欲望是负面的价值，但到了新教这里，就把它神圣化了，甚至把它变成价值了。用中国的说法，是天理和人欲的颠倒。人欲也就是功利，应该在天理的规范与约束下才具有合理性与合法性。宗教革命后，新教把追求个人的欲望，说成是实现上帝的意志，这就错乱了。所以，我认为价值错乱问题是全球最大的问题，是从西方文化传过来的。

关于《全球伦理宣言》和儒家的伦理观以及儒学有什么关联，儒家也认为人类具有共同的价值，儒学也认为自己的价值是人类共同的价值，不是一个中国的价值，也不是所谓儒家的价值。比如说仁义礼智信"五常"，"常"就是永恒普遍的意思，仁义礼智信即是永恒的普遍价值，并不只是对中国人讲的，也是对人类讲的。对于每一种学问、文化、宗教，普遍的真理都是存在的。但是，从历史上来看，它落实到现实的社会生活中就有具体的历史文化表现形式。比如儒家讲仁，基督教讲博爱，从抽象的意义上讲都是一样的。但是，这个抽象的、普遍的真理进入历史文化中的话就不一样了。儒家讲的仁，除了普遍意义外，比如阳明先生讲的天地万物一体之仁外，还有具体的意义，即在中国的历史中具有一定的独特性。儒家讲爱有差等、孝为仁之本，就是中国文化独特的表现。而基督教讲博爱，它不会认为爱有差等，而是认为对父母、对陌生人的爱都是一样的。还有孝，儒家认为仁要从孝开始往外扩充出去，如孟子，最后达到博爱，故博爱自亲始。西方文化中，基督教没有这种说法，它没有在具体社会中有这种"推"的说法。这就是差异。每个民族、每个文化的创始人，他们的智慧，他们生活的历史环境不同，都会造成这种差异。所以，儒家不否认这种普遍的伦理价值，但是，儒家认为普遍的价值一定要在具体的历史文化中才能体现，没有一种超越于具体历史文化的普遍价值。

近一百年来，西方很多的传教士、思想家认为有离开特定历史文化的普遍价值，比如自由民主的价值、基督教的博爱价值。我不这样认为，博爱是在基督教中产生的，基督教文化也是一种具体的历史文化。自由民主的价值，他们认为是通过理性产生的，理性是一种普遍价值，而实际上理性后面是具有很浓厚的民族精神的，它普遍不了。所以，自由民主的这些理念和价值，虽然很多西方人认为是普遍价值，实际上在儒家看来，是不能普遍的，因为它是从西方文化中产生出来的，其他文化中没有，中国文化中没有，伊斯兰文化中也没有。用理性来把它普遍化，是一厢情愿，实际上也做不到。虽然每个民族、每个宗教的有些价值是可以从超越意义上普遍化的，但我们只是在理解上认为它是超越的，在现实上，它则很难超越。自由民主，是在西方从希腊的传统中，经过几千年的历史，通过西方特定的文化表现出来的，它的普遍性要打很多折扣。

在这种观念下看《全球伦理宣言》，它的内容有好多不是全人类的价值，比如它讲的自由、平等，具有浓厚的西方文化的特色，与其他文化中产生的价值不一样。它讲的自由是独特的、政治上的自由，平等是独特的、形式上的平等，宽容也是如此。当然，它的有些内容，我们可以有选择地接受。但是，如果把这些原则用到极端，就不能接受了。

《全球伦理宣言》，有些内容还是好的，比如尊重其他民族的宗教等。但为什么它是不可能的呢？我的基本判断，现代的人类还没有到达太平大同的世界，我们还是以民族国家的格局来生存，这个格局现在还无法打破。各种宗教、学说都希望能打破这种民族国家的格局，但是现在还做不到。民族和国家还处在以文化作为生存状态的格局中，而这种格局就束缚了普遍价值。在这种情况下，人为地制定一个普遍的道德标准，不可能落实，因为人类的道德都是自然地在每个民族的历史文化中形成和发挥作用的。因此，现在的人类没有抽象的、普遍的道德存在，只有通过特定的历史文化体现出来的道德的存在。一种文化、一种宗教道德可以提倡，但是它要变成一个民族的道德，需要很长的历史过程。《全球伦理宣言》如果要让全人类都接受的话，一定要通过相当长的时间使其变成每个民族自己的文化传统。现在能不能使其变成每个民族自己的文化传统？变不了。用人的理性与愿望，一群人在一起开个会，然后写出一个文本，要求全人类都服从这个文本中提倡的道德——这个道德当然是好的道德。但这不可能，在现实中每个民族只会服从自己历史文化中形成的道德，不会服从这个抽象的普遍道德。就像以前有人提要讲世界语，大家好沟通啊，但最后也不了了之。我们只能说《全球伦理宣言》的动机是好的，但是没办法实现。如果要实现这个普遍的价值，必须经过相当长的历史过程才行。现在已经提出来十年了，有哪个国家按照这个宣言来做呢？没有。

讲到这里，蒋先生对邵玉书说："以上是我所讲的第一个问题，如果有其他问题，还可以提出来。"

邵玉书想了想，笑着答道："我所准备的问题，蒋老师都回答了……"在场的人都被他的幽默逗笑了。

第二讲：必须区分国家与政府

邵：在《政治儒学》中，老师讲到现代中国民族主义的问题，老师分析了现在国家和政府的关系。为什么要区别国家和政府的关系？老师说到马克斯·韦伯，我认为他没有这个区分。

蒋：我讲的这个合法性与马克斯·韦伯的说法不一样，有些人认为我讲的合法性是从马克斯·韦伯那里来的，其实不是，我还是从儒家思想来的，我只是受到他的一些启发。马克斯·韦伯也关心合法性的问题，并做了专门研究。

你问的问题很重要，因为现在好多知识分子，包括中国的知识分子，也包括西方的自由主义者，一直搞不清楚国家和政府的关系，他们把国家和政府混淆在一起。比如说最早期的自由主义者洛克，已经开始混淆了。他讲的社会契约论，认为国家产生的同时政府也产生了，他没有区分。他讲到政府怎么产生的，他说是权利产生的，讲政府也是讲国家，因为他是用理性去解释这个现象，所以没有区分。那么，我为什么要区分？我认为自由主义者们理性的政治哲学只能解释政府的产生，不能解释国家的产生。当然，说他们只能解释政府的产生，也比较勉强，实际上政府也不像他们所说的完全是由理性产生出来的。如果勉强地说，他们的政府产生说还是有一点说服力，但是对国家的产生就没有说服力了。国家的产生和政府的产生是不一样的。

国家是一个历史中产生的有机生命体，但与自然的有机生命体不一样，自然的有机生命体有产生与死亡的特定时间，而国家则没有产生与死亡的特定时间。也就是说，国家不是通过某一个民族中的某一些人按照理性的设计突然在某一天产生的，不是像社会契约论认为得那样，把我们的权利让渡给主权者后国家就产生了，然后我们就获得了国家对自由与生命权利的保障。从历史上来看，没有这样一回事。所有现存的国家都是在长期的历史中自然产生与演进的，都经过了一些非常复杂的历史过程。而国家的有机生命产生出来后，会延续，国家的生命远远大于每一个个体的生命。国家按中国的话来说是可久可大的，这是《春秋》里的思想。孔子在《春秋》里表达了这样的理念：现在的国家是以前的国家的延续，将来的国家是现在的国家的延续，它的生命是一个有机体，会不断延续下去。所以，国家不是按西方的政治哲学家所说的那样，是人类的理性、意志与契约的产物。从历史来看，国王会改变，国家则会延续下去。中国历史上变换了好多个朝代，但中国作为国家则一直延续下去。

现在的政府，就是以前的朝廷，四年或者多年一换，经过大家的投票，即经过理性的选择，决定哪个人当总统或总理。这可以换来换去，可以用理性来解释。这些现象归根结底就是西方"社会契约论"思想的体现。说得通俗一点，西方国家这种选举式的民主制，理论基础就是自由主义者政治哲学的体现。所以，美国每几年通过民众的选举、通过理性的设计，来选择一届政府。在选举的时候，民众就把权利让渡给政府了，政府就合法了，它就有权利来统治我们了，我们就有义务来服从它的统治了。因为政府是用我们的理性设计选出来的，我们就把我们的权利让渡给了它。所以，政府是可以通过理性来解释的，成立政府的理由是西方两百多年来的政治哲学。但是，国家是有机生命体，不能通过理性来解释，不是哪一些人选举的结果，是在自然过程中产生发展变化的结果。所以，我们就有必要把政府和国家分开。

具体谈到合法性的问题，政府的合法性和国家的合法性是不一样的。国家的合法性是历史文化的合法性。政府的合法性，我把它叫作人心民意的合法性，马克斯·韦伯把它叫作理性的合法性。我与马克斯·韦伯的说法不完全一样，人心民意的合法性包含了理性，但比理性广，还包含意愿、利益、道德、情感等因素。这种人心民意的合法性可以通过特定的制度体现出来，即可以通过西方的普选式民主制度体现出来，当然也可以通过其他政治制度体现出来，如通过君主制度体现出来。但是，国家的合法性，就不能通过这种方式了，因为国家是一有机生命体，国家的合法性超越了理性，所以国家的合法性就体现为历史文化的合法性。这是保守主义的根本理念，而自由主义的理念则是强调人心民意的合法性，或者强调理性的合法性。

所以，首先要把政府和国家区别开来，它们的合法性是不一样的。那么，为什么要提这个问题呢？因为现在这个世界主要是受自由民主主义的影响，它们是主流思想。在对待合法性的问题上，它们基本上只倾向于理性的合法性，或者说倾向于人心民意的合法性。它们否定历史文化的合法性，不承认国家是一有机生命体，是一历史文化的产物。我们也知道，现在的世界，实际上受美国的影响最大。对每个国家的干预，主要是美国。而美国人的思想，就是这种极端的自由民主主义的思想。美国没有真正意义上的保守主义，美国只有激进的自由主义与温和的自由主义，或者古典的自由主义与现代的自由主义的区别。美国的保守主义，是保守自由主义，所以不是真正的保守主义。保守主义主要产生在英国和德国，这个传统是很古老的，像你们德国基督教民主党就是保守主义的，还有很多思想家都具有保守主义倾向，如黑格尔与萨维尼。

美国因为自己历史的特殊原因，没有保守主义。但是，它这种自由民主主义的思想，影响又特别大。这就容易给人一个误解，好像谈到合法性就只有人心民意这一重合法性。这就会造成合法性的"一重独大"，其结果就必然是不尊重历史文化，不尊重其他国家的历史文化合法性。所以，国家的合法性从哪里来？从历史文化来，国家的合法性来自对本国历史文化的认同，而政府的合法性则来自民众的认同。

实际上，历史的文化认同，是更广义的民意的体现。因为现在的政府，是现在活着的这些人，即现在的成年人通过投票产生的，而几千年前的祖先没有参加投票，还没出生的子孙也没有参加投票。而国家不像政府，不只是现在活着的这些人的国家，同时也是祖宗的国家，又是子孙的国家，为什么你们现在活着的这批成年人就可以决定这个国家的命运呢？如前所述，现在活着的这批成年人可以决定他们政府的命运，但不能决定他们国家的命运。所以，历史文化的合法性体现的是更广泛的民意，它包括了祖先的民意与子孙的民意，因为国家是一有机生命，具有永久延续的特性，而不像政府是短暂的存在。

第三讲：儒家讲的平等是实质上的平等

邵：老师在《政治儒学》中提到，西方的平等不是事实上的平等，只是形式上的平等，而儒学的平等才是事实上的平等。事实上的平等，也就是儒学所讲的平等，老师您可以再讲一下吗？

蒋：西方的平等大家都很清楚，因为西方对整个世界的影响很大，它主张的是理性的平等、平面化的平等、形式上的平等，而不涉及具体内容。这种平等观，不是说它完全错误，它也有一定的价值。因为社会生活很复杂，有些社会生活中的现象，很难具体地一一处理，而形式上的平等容易操作。比如法律上的平等是形式上的平等，就容易处理复杂多样的案件；又比如，选举法规定，凡是十八岁以上的成年公民都有选举权，还让一人一票，选举容易操作。但是，它把具体的内容给抽掉了，除了十八岁以上的公民，其他的就不管了，即不管十八岁以上的公民是否有德行、是否有智慧、是否有学养，等等。这种法律上的形式平等也体现在刑法上。那么，为什么说这种形式上的平等还是有它的用处呢？因为它好操作，有效率。但是，它不好的方面会否定掉实质性的平等。实质性的平等，就是亚里士多德所说的"以不平等对待不平等"而体现出来的平等。比如说选举法，有德行、有智慧、有学养的成年人相对于无德行、无智慧、无学养的成年人应该拥有更多的投票权，这才是对有德行、有智慧、有学养的成年人的平等，即才是实质性的平等。当然，如何确定成年人的德行、智慧与学养是一件困难的事情，不容易操作。所以，形式平等的好处是容易操作，而问题则是否定了实质性的平等。

儒学也讲平等，但和西方的平等观相比有一个很大的区别，儒学在看平等的时候，要看这个社会中的人处于什么样的状态，具有什么样的具体特性。按照西方的平等观，首先把社会中具体之人的差别抽象掉了，它看到的人是没有差别的、普遍的人，是理性上抽象的人，是把具体的历史文化、生理、性别、德性、智慧、学养等内容全部去掉后的一个光秃秃的人。西方思想正是以这种抽象的人为基础来讲平等，来设计制度的。儒学不是这样，儒学很现实，因为这个社会本身就是有差别的社会，社会上的人有各种各样的不同，即有圣凡贤愚等的不同，那么要设计一个制度，就要尊重这种已经存在的差别来设制度，来讲平等。儒学就认为，只要人类社会存在，人类社会构成的人就是不一样的，它在立体上有差等，在平面上有不同的角色，在人的德行上、知识上都有差别。对这样本身就存在差别的社会，怎么办？如果照西方的做法，不管差别，先把差别抽掉，看成是人人都平等，再依此设计制度。这是西方理性思维的根本特色。它不光在社会上，在哲学上、经济上、政治上都是这样，把具体全部抽象掉来解决问题。实际上，现实中的人是有差别的，比如有道德的人，有学养的人，有地位的人，有财富的人，个个不同；又比如有小人，有君子，有圣贤，有男女，有老幼，等等。这些各种各样的差别，你讲平等的时候是相对什么来讲的？比如两个人，你是相对于两个平等的人来讲平等，还是针对每个具体的人来讲平等？儒学是相对于每个具体的人来讲平等的，而西方的平等观是针对两个一样的人来讲平等的，这就不一样了。儒家讲实质上的平等，西方讲形式上的平等。就算我们承认西方的选举，比如说在设计选举法的时候，面对不同的人，我们希望选出一个好的统治者，但是什么样的统治者是一个好的统治者，大家不清楚，因为不是每一个十八岁的人都能鉴别什么样的人是好的统治者。但是我们也知道，社会很复杂，一个社会要存在，除了实质上的平等外，还要有形式上的平等，所以我们也不完全否定形式上的平等。

还有在道德上的差别，自由主义很反对人在道德上的差别具有政治意义。其实古老的政治，比如中国、包括西方的中世纪，包括古希腊的柏拉图与亚里士多德，都强调人的道德因素具有政治意义。近两百年来，自由主义把这一条古典政治原则给去掉了，所有的人在政治上都是平等的，从而人在道德上的差别不再具有政治意义。自由主义并不否定人有道德上的差别，但是认为道德上的差别没有政治上的意义。而儒学则认为人在道德上的差别非常巨大，圣人与凡夫、上智与下愚、君子与小人的差别在现实中是非常巨大的，并且这种差别具有非常重要的政治意义，即政治权力必须掌握在圣人、上智、君子手中，而不能掌握在凡夫、下愚、小人手中。也就是说，政治资源应该向圣人、上智、君子倾斜，而不应该向凡夫、下愚、小人倾斜，才能实现"权力分配的正义"。因此，一个国家的权力应该掌握在有德者的手中，也就是"贤者在位"，这是儒家最根本的政治诉求。儒家注重贤者，儒家理想的统治者都具有非常高的道德。如果照儒家的这一理想来设计制度，一定要考虑到用特定的制度架构来保障人的道德差别具有政治意义，即一定要考虑到用特定的制度架构来保障贤者必在高位。因此，在儒家看来，没有道德就没有统治的权利，因而就不能获得统治的权力。但是，现在流行的民主思想却不是这样，民主政治是量的政治，是数人头的政治，不是质的政治，即不是道德的政治。只要根据法律，按法定人数选举通过，统治权力就合法了，就有权利进行统治了。所以，民主政治考虑的不是权力的道德性质，不是通过制度架构保障"贤者在位"，不是使人类道德具有政治意义，而是只重形式，只看数量，不考虑民意的道德因素。美国人按照法律通过民意选出了总统，这一届政府的权力就合法了，就可以打伊拉克了。然而，一个国家决定攻打另外一个国家，无论如何都是不道德的。

我还强调一点，儒学并不完全否定形式的平等，反对的只是西方近两百年来把形式的平等极端化了，在所有的领域都用形式上的平等去解决问题。所以，在这种形式的平等占支配地位的世界里，不仅中国的圣贤政治不可能，西方古代的哲人政治不可能，中世纪的道德政治也都不可能了。所以，我们反对形式的平等走向极端，反对在一切领域中都追求形式的平等。这就是韦伯所说的"形式理性"压倒"价值理性的"的"理性化铁笼"吧。

实质的平等是"礼"的精神，形式的平等是"法"的精神，二者是不一样的。西方是韦伯所说的"法理型社会"，中国是梁漱溟所说的"礼乐型社会"。礼的精神"别异"，其特征是分殊而具体的，不同的人遵守不同的礼。在礼制中，比如父与子、夫与妇、君与臣、师与生等，都不要求他们遵守同一个规则，即对他们的礼的要求是不一样的。礼制的精神不是普遍性的标准，不是要求所有的人都去遵守同一个普遍化的规则，而是要求父遵守父的规则，子遵守子的规则；夫遵守夫的规则，妇遵守妇的规则；君遵守君的规则，臣遵守臣的规则；师遵守师的规则，生遵守生的规则。因为他们的社会存在是不同的，对他们要求服从的规范也是不同的，这样，社会中每个人的礼，也就是名分，是不一样的。你作为学生，就要尽到学生的名分；他作为老师，就要尽到做老师的名分，而不是去遵守一个共同的普遍化的标准或规范。现在西方形式上的平等把这些不同的礼与名分都给抹掉了，所有的人必须服从同一个标准，遵守同一个规范。这也就是西方的人权观点，它不考虑具体的内容，不考虑人的具体存在状态，只用普遍化的标准来要求不同的人，这样就会出现问题。然而，只要人类还存在，人的差别就会继续存在下去。不仅有生理上的差别，还有社会上的差别，都不可能一样，不可能被抹掉。如果非要把人的差别抹掉，肯定就会导致人类社会生活的颠倒错乱，肯定会出现大问题。总之，形式的平等对西方的影响非常大，走到了极端，影响了世界。如果从哲学上来找原因的话，普遍的理性主义是形式平等的根源，而儒家不是普遍的理性主义，当然也不是具体的特殊主义，儒家是中道主义，而建立在礼上的实质性平等，就是中道主义。

中国古代的儒家制度，我认为比较合理，它是靠法制和礼制同时来治理国家。中国古代也有法律，比较简单的、普遍性的问题用法律来处理，比较复杂的、具体性的问题就用礼来处理。所

邵玉书向蒋先生问道

以古代的中国是"法"和"礼"兼治。古代西方应该也是这样。当然，基于儒学的看法，我希望今后中国社会的治理，要法治和礼治相结合才合理。尽管现在主流的知识分子和政治家大部分都强调"法"，因为他们搞不清"礼"，中国的礼文化已经崩溃一百多年了。中国儒家传统既强调法又强调礼，是形式平等与实质平等的有机结合，我认为这是最合理的制度。所以，我们要强调礼在今天的作用，要恢复礼治，以补法治的不足，即补形式平等的不足。

几天后，邵玉书问道即将结束，他要返回德国了。6月23日，蒋先生安排我和刘怀岗陪他游览了王学圣地。在阳明洞阳明先生塑像前，邵玉书随我们一起向阳明先生行了祭拜礼。祭拜过程中，他十分虔诚。

6月24日午饭过后，邵玉书又背上了他那个超长超大的双肩包，在感物厅前徘徊。他在等待向蒋先生告辞。见我过去，他恳切地对我说，这次阳明精舍之行，收获非常大。说话间，他眼里饱含着泪花……

（感谢心兰提供的录音资料）

要向大众传播真正的儒家价值

——蒋庆先生答郭志刚问道

小　引

2008年6月11日，天下着蒙蒙细雨，我们正吃早饭，听见有人敲精舍大门。进来一位不速之客，中年人，文质彬彬。没有师友推荐，事前也没有任何联系，独自冒雨而来。以往精舍也经常有这样的客人，都是慕蒋先生之名而来的，他们的心里都揣着一份对儒家文化的向往。我佩服他们的执着。

来者自我介绍，名叫郭志刚，是一位中国传统文化爱好者，计算机专业硕士学历，在上海某文化传媒公司工作。他递给我一张设计精美而独特的名片，上面印着"瑜琴园"三个字，这引起了我的兴趣。

蒋先生让我先与他交谈。我向他简单介绍了阳明精舍的情况，当然也免不了告诉他蒋先生近来身体欠佳，谈话的时间不宜过长，请他就主要问题向蒋先生请益。

以后的几天里，在奉元楼缊经阁，蒋先生就郭志刚提出的问题进行了解答，这些问题主要包括如何在文化传媒中推广儒家六艺，如何理解中国礼乐文化的本质及作用，如何理解《易经》的义理等。我和心兰在座旁听。

郭志刚这次问道的内容分几个专题，现将其整理摘记如下。

关于传统文化传播

郭：我在上海主要从事计算机动漫方面的工作。在工作中，我有些迷茫。王阳明先生非常注重立志，我希望在中国传统文化方面做点什么，但总觉得一个人势单力薄。我也曾经做过一点努力，希望在动漫方面进行传统文化的传播。然而中国的动漫，不能温故知新。我平时也弹琴，现在弹琴的人对中国文化的理解并不一定很深。所以，我希望能用一种通俗的方式来改变中国人的观念，而不仅是在理论上探讨，这是我这次来的目的，希望能得到蒋先生的指教。

蒋：你说到弹琴，包括你所说的动漫，都是"艺"。孔子也会弹琴，但孔子并不是以艺人的方式名世。弹琴是需要有内涵的，义理就是艺的基础。如果没有义理，艺也就没有意义了。当然，如果只有义理而没有艺，也很干枯，就是不能润泽生命，并且言而无文行之不远；也就是既不能艺化自己的内心，又传播不出去。但是，能直接深入体认义理的人毕竟是少数，直接深入体认义理是最高层次交流的基础。交流也就是你说的传播。如果搞大众传播，最好是义理与技艺同时掌握。现在搞动漫的人非常多，但他们大多只懂技术，昧于义理，所以他们的作品就没有深刻的内涵。

至于说对于大众，儒家的学问需不需要传播？当然需要。儒家的道理，除了贤人君子需要了解外，一般老百姓，即中才以下的人，也需要了解。但由于传播的目的不同，传播的方法也有异。对老百姓的传播，我们需要寻求最好的传播方法，即把高深的义理变成一般老百姓热衷接受的方式，这就是六艺中的礼乐系统。这主要不是通过文字、知识、观念、论说来传播，而是通过语言、行为、音乐、情感来熏陶。这即是书院之外大众化的传播形式，包括礼乐、祭祀、戏剧以及现在所说的文学、动漫等。从传统上来看，除了在书院中进行高层次的义理传播外，就是在大众中进行礼乐传播。朱子、阳明除重书院高层次的义理传播外，也重乡约教化等礼乐传播。中国古代的戏剧，体现的是文以载道的精神，也是礼乐教化的一种形式，目的是为了传播儒家的价值理念。通过戏剧，传播忠孝仁义等儒家理念，老百姓不知不觉受到戏剧的感染，也就是接受礼乐文化的价值熏陶。所以，《乐记》认为，礼乐的作用是移风易俗。

郭：现在的人太急功近利，所以他们的传播也会出现偏差。我一直在想，要有一种传播，就是把真正适合传播的东西拿出来，让大家真正了解和接受。

蒋：我完全同意你的看法，我们需要向大众传播真正适合的价值。实际上儒家高深的义理，通过长期的历史教化，已经潜移默化地变为一般人不自觉的行为，这在现实生活的各个方面都能看得见摸得着，是活生生的生活呈现。比如"忠孝"，在历史上已形成了好多人物事迹，只是我们没有去发掘而已。现在的技术这么发达，传播的形式不成问题，问题是缺乏内容。礼乐感人至深，是润物细无声的。美国人制作的动漫《花木兰》就不错，它不仅生动地表现了中国传统的孝与忠的价值，还体现了中国传统女性的担当精神与伟大气概。辜鸿铭说中国的女性是世界上最伟大的妇女，我们的历史文献上有很多典型。问题是我们要以喜闻乐见的形式把它表现出来，让大家接受。比如说动漫、电影，大家看到后，感动了，就成功了，而这样的资源中国文化中太多，可惜发掘的人很少。

郭：但是要想写好，非常不容易。

蒋：这不是问题的本身，在中国不缺乏技术，缺的是理念。他们自己没有理念，却想急功近利。还有一点使其不能成功的是，人们在感觉上觉得儒家文化是个资源，但又不相信儒家文化的义理，而是想功利地用这个文化来谋利，儒家的价值在他们那里只是工具，是谋利的资源，而不是生命信仰，因而不能形成创作的巨大力量。一个人如果没有信仰的动力，根本写不出好的剧本来。不诚无物。第一是你要有儒家的信仰，第二是你觉得自己有传播儒家价值的责任，第三是你对大众传播有兴趣，第四是你具有大众传播的技术，这样才会成功。现在写孔子传的人非常多，但写得最好的还是日本人井上靖写的《孔子传》，因为他是以朝圣的心写的。我们现在没有信仰的力量，所以创作人员只有补课，达到生命信仰的高度后，才能创作出好的作品。我想井上靖在写《孔子传》的时候，能不能出版根本不是他考虑的问题。他那么大岁数了，为了写好《孔子传》，专程到中国来沿着孔子周游的路线亲身走了一遍，深入实地体认孔子当时的心灵世界。他甚至为了搞清楚为什么孔子到了富涵那个地方就不往楚国走了，两次到那个地方去看实际情况。所以，没有信仰的力量，就不能写出好的儒家作品，更谈不上去传播儒家价值了。

郭：可是我了解琴花了两年的时间，如果让我了解一个文化，那需要花多长时间？

蒋：并不是说你要当个儒家文化的专家，做专家恐怕一辈子的时间都不一定够用。我的意思是，你要有对儒家的真诚信仰与基本信念，不把儒家价值当成资源与工具去用，也就是说，最起码你要信奉这一儒家价值。古琴在中国文化中不是工具，它不是用来表演给人听或看的，而是用来表达自己的心灵境界的。如果你真正了解古琴的精神，应该可以举一反三。你如果真正想做弘扬儒家文化的事，就不要等。

郭：我们现在只能把弘扬儒家文化当作业余的来做，因为还需要工作，所以可能我们在这方面比较欠缺。

蒋：不是欠缺，恰恰是阳明先生所说的需要事上磨炼的工夫，因为道在伦常日用。另外，还必须全面理解孔子，只通过《论语》了解孔子并不全面，《论语》是曾子一系门人编撰的，所以体现了曾子的偏好。孔子的弟子非常多，不同的弟子禀性不同，志趣不同，追随孔子的时间不同，接受孔子教诲的内容也不同，传承孔子的思想也自然有所偏好。因此，要全面了解孔子，必须通过六经。《论语》主要集中在人道方面，如"己所不欲，勿施于人"，是人道中最高的忠恕之道，并不是天道与地道。自宋明以来，特别是现在，人们普遍只是通过《论语》来了解孔子，而不是通过六经来了解孔子，这样对孔子的理解就不够全面。

同样，也只有通过六经的思想，才能真正了解《论语》。人们普遍认为《论语》最好懂，实际上《论语》很难懂，因为《论语》只记录了孔子的谈话内容，很少记录孔子谈话的背景。但我们并不能主观猜测孔子谈话的背景，只有站在六经的高度，全面了解孔子的思想，才能比较正确地理解《论语》中孔子所谈论的内容。实际上《论语》里也有天道的思想，比如"天何言哉，四时行焉，百物生焉""凤鸟不至，河不出图，吾已矣夫"。

儒家文化的传播，应该有三个层次，即心灵交流、义理传播与境界顿悟的层次。圣贤之间是心灵的交流，是直接的以心印心，心心相印，那是最高层次的交流。在圣贤间的心灵交流中，语言只是外在的符号，记录交流的结果而已，而心灵交流则是超乎语言的。如颜回、子夏、子游等，他们对孔子的思想是心灵的直接悟入，不是靠语言进行外在的分析。义理传播是针对中下之才，六艺是在中下之才中传播的。传播者首先要有对儒家义理价值的信奉，要有对儒家经典全面深入的研习了解，还要有孟子大丈夫舍我其谁的弘道气概，然后才谈得上义理传播。

关于境界顿悟，由于时间关系，蒋先生没有展开论述。

关于礼乐

郭： 周敦颐说过不懂礼就无法懂《春秋》，又说礼为阴，乐为阳，这是否说明礼乐是很重要的？请蒋先生谈谈如何理解中国的礼乐文化？

蒋： 礼乐肯定是非常重要的。梁先生用礼乐来概括中国文化的本质，说中国文化就是礼乐文化。实际上中国文化和西方文化的最大区别，就是在礼乐方面。西方人自己研究他们的社会，像马克斯·韦伯所说，西方是法理型社会，从希腊时期一直到现在，基本上都是这样。中国社会则不同，中国是礼乐社会，社会的治理主要是通过礼乐来实现的。虽然儒家文化中常说"礼乐刑政"，但以礼乐为主，刑政是辅助礼乐的。现在的所谓新派人物，总是认为中国的社会与西方社会相比，差距太大了，形不成一套完整的、主导性的法律治理体系。然而，这可能正是中国文化的长处。中国主要不是通过法律体系而是通过礼乐体系来解决社会问题，效果应该比完全依靠法律好，因为这种治理方式可以形成一个有秩序的、稳定的、建立在自发良俗上的合乎道德的社会。而法理型社会，现在不管从中国还是从西方来看，都已看出它的问题来了，它是建立在人为的理性计算的利益基础上的，而礼乐社会则是建立在人自然的情感的道德基础上的。法理型社会要建立一整套法官系统、律师系统、暴力系统与监狱系统，而礼乐社会则是靠自发的良俗而治，这就是孔子所说的"为国以礼"。

但是，中国礼乐治国的理想在历史中没有充分实现，而是出现了一些问题。孔子的理想固然是靠礼乐来治理社会，中国社会的特质是礼乐型社会也没有错，但是，在中国的历史现实与礼乐治国的儒家理想之间仍存在着差距，礼乐治国只是儒家理想大体的落实。比如，从"乐"的方面来说，自东汉的大乱以后，懂"乐"的人就越来越少了，因为"乐"不像"礼"可以通过文字保存下来，当时缺乏有效的记谱技术，战乱中"乐"（即古代先王用于礼仪的雅乐）很快就亡了。另外，因为"乐"有愉悦的功能，在"乐"的发展过程中，就会出现纯粹追求声音旋律的感官享受情况，而失去了"乐"的社会教化功能。儒家所推崇的"乐"是宗庙音乐，即圣王的礼仪音乐。这种音乐的最大特色是表现道德情感，具有社会教化的功能，而不是民间流行的纯粹感官享受之乐，即不是桑间濮上之乐。孔子虽然不一定会完全反对纯美意义上的民间流行音乐，但孔子肯定把圣王的教化之乐放在首位。所以，当齐国送女乐给鲁国时，孔子就离开鲁国了，因为孔子认为接受女乐就意味着鲁国抛弃了圣王的礼乐教化，与夷狄无异了。儒家所推崇的音乐，当然是与民间的桑间濮上之乐不一样的。桑间濮上之乐是刺激感官的音乐，所以魏文侯一听到先王的雅乐就打瞌睡，而听到桑间濮上之乐就兴奋。这是因为先王的雅乐是很严肃的，是用来表达道德情感的，不是用来刺激感官享乐的。先王雅乐培养的是人的道德感、神圣感与虔诚感，而不是纯粹的愉悦感。当然，先王雅乐也会给感官带来愉悦的美感享受，否则，孔子就不会评价《韶乐》尽美尽善了。我想，孔子当年听《韶乐》三月不知肉味，就是处于这种神圣庄严的美感状态。所以，子夏对魏文侯所讲的先王雅乐，实际上就是这种神圣感与美感相结合的音乐，即先王时代的仪式音乐。在古代，吉、凶、军、宾、嘉"五礼"都配有音乐，《诗经》也配有音乐，但是不同场合的音乐给人的感受是不一样的。比如打仗，音乐是激励士气的；祭祀，音乐是慎终追远的。总之，音乐不是纯粹为了寻求感官刺激的。所有这些都是先王雅乐，是儒家所推崇的。

现在，我们应该把先王雅乐恢复起来。但"乐"是专家之学，而声音这种东西又非常深奥微妙。孔子是懂的，但是在技术上没有传下来。《乐记》只传了音乐理论，没有传下技术性的东西。孔子说："乐云乐云，钟鼓云乎哉！"我们也可以反过来说，如果没有钟鼓，礼乐也无法存在。所以，礼乐的精神和音乐的技艺之间具有非常密切的关系，二者是缺一不可的。如果只在文字上建立了礼乐的义理，而没有建构起音乐的技艺，就不能真正表达礼乐的精神。因此，儒家文化的缺陷就是，礼乐的义理保存了下来，而礼乐的技艺却没有完整地保存下来，因而我们在今天很难体会与表达礼乐的精神。鉴于此，我们今天要复兴中国的礼乐文化，关键就在于恢复乐，特别是恢复乐的技艺。当然，礼可义起，乐也可义起。我们可以通过儒家经典与史书的记载，把乐的技艺首先恢复起来。

关于《易经》

郭：经过这几天的交流，收获很大。我还有一些问题，希望得到蒋先生的教诲。我的感觉，中国儒家的思想，似乎是从《易经》开始的，是以《易经》为本的。孔子读《易经》，后世的朱子、邵雍、周敦颐、张载、阳明先生对《易经》都有独到的见解。因为我是学数学的，所以对《易经》只是从数字方面把玩，对义理方面还没入门，所以请蒋先生指导。

蒋：在儒家的经典中，每一部经都不一样，都有各自的特点。其实，孔子本人并没有特别强调哪一部经最重要。我们看孔子留下来的言论中，只是对各个经的作用进行了说明，指明了不同经的适用方面，如兴于诗、立于礼、成于乐。孔子并没有把《易经》放在前面。实际上，从宋儒到现在的学术界，很多人都把《易经》

放在六经之首，这样似乎《易经》的重要性比其他经高。但孔子没有将六经分等级，将六经分等级是后儒的事。因为后儒有自己的理解与偏好，他们所遇到的社会历史问题也不一样。比如孔子传经，有不同的学生，每个学生对经的理解与偏好不同，每个人所传的经也就不同。为什么曾子传《孝经》，因为曾子的性格偏好于守约之学，而孝的最大功能就是约身。你生活在这个时代，而且是学数学的，就容易对《易经》产生偏好，这是很自然的现象；如果是学文学的，也许对《诗经》更感兴趣。正是因为不同的人对不同的经有不同的偏好，不同的人就会认为其所偏好的经比其他经重要。还有，人们受时代学术的影响，也会对经有所侧重，比如宋儒为什么把《易经》放在六经之首？这主要是因为来自佛教的挑战。佛教的挑战主要来自性与天道，而六经中《易经》则多言性与天道，其他经如《春秋》《尚书》言历史与政治更多一些。因佛教的挑战不在历史与政治方面，所以宋儒就对《易经》特别感兴趣，希望以《易经》来回应佛教的挑战。正是因为这一原因，宋儒才提高《易经》的地位，把《易经》推崇为群经之首。现在的人受宋儒的影响，都重视《易经》，同宋儒一样认为《易经》是群经之首。然而，前面已言，六经在圣人那里是不分高低等级的，只是后儒因个人的偏好与时代的需要，才对六经有所侧重，划分了等级。儒学的义理博大精深，孔子之后儒分为八，产生了不同的学派，以后产生的学派则更多、更复杂，每个学派对经典的重视和解释都不一样。比如宋儒重《易传》，在汉初，实际上是把《春秋》作为群经之首的，然后是《孝经》。而《四书》只是在宋以后才被重视，作为主要经典。所以，汉人的思想资源主要来自《春秋》，《春秋》是那个时代士大夫必读的经典，司马迁就说他自己是效法《春秋》来作《史记》的。原因是什么？因为汉代初年遇到的问题主要是历史、社会与政治问题，而不是心性问题。要理解历史的意义，要重建一个社会，要稳定政治秩序，《春秋》当然就重要了。所以，我们不能预定哪部经是群经之首，某部经的重要性往往是由时代的需求决定的。现在来说，我们要有更大的胸怀，六经都是圣人所作，区别只是功能上和适用上的不同。举个简单的例子，如果一个人病了，捡的中药中有六味药，你能说哪味药重要吗？都重要，只是具有不同的作用而已。六经也一样，各自解决的问题不同，比如《诗经》对人的性情进行熏陶，通过"诗教"培养出温文尔雅的人；《书经》可以了解圣王对社会政治的治理，疏通知远，使得心胸开阔；《易经》洁静精微，可以培养知几的智慧，等等。所以，每一部经的作用是不一样的。如果你只读《易经》的话，对儒家的经学即六艺的了解就不全面。儒学对人的熏陶是综合性的，是要实现完满的人性。理解了这个道理，就不能讲哪一部经最重要，六部经都同等重要。

我们现在遇到的挑战，是西方文化全方位的挑战，所以我们要回应西方文化，就必须全方位地回应。西方文化也有抽象的形而上学部分，港台新儒家就是从抽象的形而上学角度来回应西方文化的，比如牟宗三先生的第一部著作就是说《易经》的。当然，现在看来这部书是牟先生的习作，是用西方的数理逻辑来解释《易经》的。但是，从中我们可以看到他们的理路，即港台新儒家是从抽象的形而上角度来回应西方文化的，所以他们的思想资源主要是《易经》。熊十力先生也是这样，他用形而上学回应佛教，同时也回应西方，思想资源也主要是《易经》。但是，如果我们是活在宋代，也许只从这个形而上学角度回应就够了，因为在宋代中国文化没有崩溃，只是佛教进来在心性方面造成对儒家文化的挑战。也就是说，如果我们是活在宋代，用《易经》回应时代的挑战就够了。但现在，我们所面临的挑战是全方位的，如果只用《易经》的形而上学系统来回应时代的挑战，就不够了。在现代，我们必须整全地用所有儒家经典来回应时代的挑战，来全方位地解决时代面临的问题。

蒋：具体到《易经》的解释系统，是非常复杂的。对我来说，比较倾向于义理派这一系统，当然，也不否定象数派这一系统。但是，对中国士大夫影响较大的还是义理系统，特别是宋以后。我主张以义理为主，辅以象数，这应该是孔子赞《易经》的用心。孔子的《易传》是讲义理的，但离不开象数，因为《易传》是建立在象数上的义理，而不像其他经典讲义理的方式，如不像《诗》寓情言理，《春秋》托事明理。孔子教我们学《易经》的目的，是不要犯大错误，而不是像古希腊哲人，只是满足于抽象思维的快乐。汉以后有易学家沉浸于象数变化的玄妙快乐中，这不是孔子赞《易经》的宗旨。实际上，《易经》并不玄妙，历史上的好多政治家都受到《易经》的影响，他们处理政务时都能运用《易经》的智慧，即都运用《易经》的义理来避免自己犯大错误。所以，古代的皇帝经常和大臣在一起讲习《易经》，并且也不是把《易经》当作学术来讲，而是当作智慧来讲，真正相信《易经》是指导他们行动的指南。而现在，大学里把《易经》当作学术来讲，没有多大意义。近代以来研究《易经》受西方学说的影响，从历史学、人类学、考古学、神话学以及意识形态方面来研究《易经》，把《易经》仅仅看作是证明某一西方学说与意识形态正确的文献资料，那更是歧出，更不可取了，因为这种研究《易经》的方法实际上就是解构《易经》。古人把《易经》当作人生的智慧指南，因而《易经》是非常神圣的、神秘的、严肃的、不可为典要的。现在，《易经》却变成了学术研究的文本对象与历史考据的文献材料，《易经》在中国儒家文化中的正面价值与伟大作用已经荡然无存了。因此，现在我们应该回到孔子的智慧，把《易经》当作我们的行动指南，用《易经》的义理来指导我们的人生与社会，这才是我们学《易经》的根本目的所在。

郭：谢谢蒋先生的回答，现在我明白了六经同等重要。但我对《易经》感兴趣，并不仅仅是受数学的影响，我认为《易经》在吉凶祸福、阴阳消长的逻辑关系上，是非常有说服力的。前天是端午节，我看了一遍《离骚》，屈原的出生都是按照卦象来取的，他的一生也是按照礼法来约束自己的，但他的结局却是非常悲哀的。当然，我们凡人不能与圣贤相比，圣贤是把生死置之度外。但是，按照我们凡人的理解，是否明白了《易经》，结局会好一些呢？这是我学《易经》的一点感觉。

蒋：你问如果精通《易经》的话，是否就能避免不好的结果？我想可能《易经》没有这个功能，因为现实与历史相当复杂。孔子赞《易经》，只是教人尽量避免大过，但并不能说精通《易经》就能完全避祸得福。如果学《易经》完全是为了避祸求福，那么，这就是小人读《易经》了。小人读《易经》，总希望把所有的天机都搞清楚，然后追求福报，避免灾祸。这是人类的一种傲慢，因为人没有能力完全知晓天机。然而，小人总是很自大，认为自己学《易经》完全能够掌握天机，故传统易学为了纠正这种人类的傲慢，指出"《易》为君子谋，不为小人谋"。这即是说，不能把《易经》看成是纯粹的算命书，而应看成是形而上学的义理书。孔子也读《易经》，也赞《易经》，但他也没有办法靠《易经》来避祸求福，他也没有办法在他所处的时代靠《易经》来避免他"道不行"的命运。君子是不算命的，天机是不可泄露的，如果妄想泄露天机的话，那本身就是狂妄，所以命本身是算不出来的。就算命能算出来，又有什么意义呢？因为既然是命，就是不可改变的，算出来也没用。所以，学《易经》不是为了全面地掌握天机，而仅仅是为了"知几"，即为了了解事物的初始状态，采取应有的处理方法，以避免犯重大的错误。《易经》上往往讲到"贞凶"，就算正固也不排除凶，并不是说按道的要求做了，一定会是好的结果。所以避免犯大错误和追求自己的福报是两个概念：小人学《易经》是为追求福报，君子学《易经》是为避免大过。至于结果，泰然处之，吉来不喜，凶至不忧，自己按照《易经》的告诫做就是了。孔子一生战战兢兢，也不能完全避免凶的结果，如因于陈蔡之类。如果按照小人的心理来看，则会认为孔子不应该有那样的结果，因为孔子精于易道，怎么就算不出好的结果来呢？所以，"《易》为君子谋，不为小人谋"，我们学《易经》按照《易经》的教诫去做就行了，不要去执着追求一定要有好的结果。

（感谢心兰提供的录音资料）

"盘山问学录"之女性问题

2012 年夏,阳明精舍有常住后学四人:樊润东、李海超、黄磊和范必萱。蒋先生每周为我们举办一次问学活动,名为"盘山问学"。每次问学由一人主问,蒋先生作答,其他后学可以适当插话。7 月 13 日,轮到范必萱请益,蒋先生就儒家关于女性问题的观点做了论述。现根据录音节选如下。

一、儒家该怎样安顿女性

蒋:今天是"盘山问学"的第三次,范老师先提问吧。

范:谢谢蒋老师。我的问题还是有关儒家女性观的一些疑惑和思考。近十年来,随着儒家文化复兴进程的加快,儒家对女性的观点引起越来越多的人关注。当代儒家面临的社会状况和古代不同,在古代的社会生活中,女性是缺位的,生活的风采多半由男性来书写,而社会习俗又较多地表现出对妇女的歧视与束缚。如"男尊女卑""夫为妻纲""唯女子与小人难养""女子无才便是德"等观点的流布以及纳妾制,等等,直接影响了女性对儒家文化的亲和。随着生产力的发展和人类文明的进步,妇女已经大规模走上社会舞台。但是在进入社会角色的过程中,当代女性遇到了新的尴尬和困惑。我的问题是:如何使当代女性尤其是知识女性从生命信仰的意义上认同儒家、亲近儒家，使她们在儒家文化复兴的过程中建立依托感和归属感？这些是我多年来一直思考的问题。今天向蒋先生请益，希望能得到蒋先生的指点。

　　蒋：范老师把这个问题讲得很全面，儒家在近现代以来面临着一个需要正面解决和回应的问题，也就是女性问题。即在儒家义理中，女性的价值是什么？女性应该得到怎样的安顿？我们不要把儒家有关女性的义理和女性在传统社会中的生存状况完全等同起来，因为女性在传统社会中的生存状况有些是社会习俗的产物，是和儒家义理无关的。比如纳妾，在儒家义理中，我们找不到经典的依据。而在古代习俗中，诸侯是不再娶的，只能结一次婚，甚至正妻死后也不能再娶，因为再娶会造成政治权力在继承上发生混乱。不能再娶，正妻死了怎么办？诸侯又不能因为不再娶而独身，于是古代社会的习俗就允许诸侯一妻多偶，这就是古代诸侯娶妻时姊妹陪嫁为配偶的"媵制"。但是，这一"媵制"也只限于拥有国家权力的人，在社会中并不是普遍存在的。我们看古代的儒家人物，孔子、孟子、司马光、朱子、王阳明、刘蕺山都没有纳妾的情况，刘蕺山在当时成立"证人会"会规中还明确规定不准无故纳妾。也就是说，只有在妻子确实不能生育的情况下，为了继承香火，才允许纳妾。但儒家并没有把纳妾普遍化，认为人人都可以无条件地纳妾，更没有鼓励纳妾。其实一夫多妻的现象是所有古老民族的习俗，与儒家的根本义理没有直接的关系。

　　当然，在古代的现实生活中，那些有钱、有地位的人常常会纳妾，特别是民国以来那些军阀，没有了礼法制度的约束，无所顾忌，一纳就十几个。这些军阀很难说是儒家人物，他们是基于社会习俗的影响而纳妾，当然也不涉及儒家的根本义理问题，不能以这个理由来批评儒家。至于某些儒家人物纳妾，如康有为，那只是少数现象，不足以否定儒家不纳妾的主流。所以，儒家还是主张一夫一妻制的，对于社会上纳妾的习俗，儒家只是最低限度地默认，从来不会正面地鼓吹。当然，历史上也有不少人是出于私欲而不是出于传宗而纳妾的，民国时期的知识分子批判的主要是这种情况，儒家对此也是谴责的。朱子就说过"一夫一妻，天理也；三宫六妾，人欲也"。不过，由于古代政治上有一妻多偶的习俗，帝王们为了自己的私欲往往把这一习俗推到极端，经常到各地选妃，后宫佳丽三千，但这明显是与儒家婚姻观冲突的。

虽然儒家有条件地默认纳妾制度，虽然古代现实生活中为私欲纳妾的情况确实存在，但也不像知识分子们批判得那样，说这是吃人的制度，是对女性极度的压迫与摧残。在古代，妾虽然不是正妻，但是有法律地位的，是妻的一种，不像近代以来法国的情妇习俗与现在中国的包二奶现象那么随便。纳妾要走礼法程序，比如要有主婚人，要纳彩礼，要举行婚礼等。在家中，妾比正妻的地位低，这主要是指家中主要事务与财政一般由正妻来管理，所以正妻又叫"院君"。但重要的事情，在正妻与诸妾商量后，最终由正妻定夺。如果正妻有病，或有其他原因，那么妾的地位就高了。如果正妻亡故，妾则有机会升为正妻。古时候一些风流士大夫也纳妾，比如苏东坡。苏东坡对他的妾王朝云感情很深，曾为她写下不少首诗。他被流放到海南的时候，他的这个妾跟随他度过了艰难岁月。朝云去世后，苏东坡在墓上筑六如亭纪念她，并亲手写下一幅楹联："不合时宜，惟有朝云能识我；独弹古调，每逢暮雨倍思卿。"辜鸿铭纳了个日本的妾，他和这个妾的关系也非常好。她早死后，他还专门写了一首悼亡诗来怀念这位日本的爱妾："此恨人人有，百年能有几？痛哉长江水，同渡不同归。"后来辜鸿铭在出版的英译《中庸》的扉页上，深情地写道："特以此书献给亡妻吉田贞子。"他还购置了上海最好的墓地，亲自在墓碑上书写了"日本之孝女"。

其他的问题，比如裹脚，这个就更不值一驳了，在古代的经典中从来也没有裹小脚的明文规定。这个习俗，有学者考证是宋以后慢慢形成的，并且是民间自发形成的。因为每个时代都有每个时代的审美取向，那个时代大家都认为女孩裹脚雅致，容易嫁出去。当时男性也许也有这样的审美观，觉得小脚与大脚比起来，要好看些，也许并不觉得好看，只是社会习俗形成了这种看法，他们也就顺从了。这样就给女性带来了很大压力，即使在穷乡僻壤，不管有钱没钱，都裹小脚了。但是，儒家是反对这种习俗的。比如，在清代，有做地方官的儒家士大夫就向朝廷反映，说乡间裹小脚的太多了，而且很不人道，希望国家立法来禁止，后来国家也制定了禁止裹足的法令。但习俗的力量太大，那个法令也不起作用，形同虚设，大多数女性仍然裹足，法不责众啊！对此，辜鸿铭也有一个说法，他说，如果说我们裹脚残酷，西方人束腰更残酷。那个时候法国有一种风尚，认细腰为美，从小就把腰束起来，长大后自然就细了。可是这样会导致身体畸形，并且会使女性丧失生育能力。所以，裹足和儒家一点关系都没有，而是社会风尚与传统习俗使然。

还有社会层面的问题，也是知识分子批评儒家最严重的地方，认为儒家所塑造的社会是把妇女完全束缚在"三纲五常"等礼教之中，并且通过这种束缚，给妇女带来极大的压迫，使妇女丧失人格、丧失自由、丧失个性。总之，在儒家塑造的社会中，妇女都生活在水深火热之中。实际上，任何时代都有极端例子，你在这么悠久的历史中去找极端的例子，肯定能够找得到。然后再把这些例子放大，就是鲁迅的话了：中国两千年的礼教都是"吃人"。他们说两千年来中国人已经够悲惨了，妇女又是这悲惨人群中更悲惨的一群。我们认为，在悠久的历史中发生一些压迫妇女的极端例子，西方也好，中国也好，古代也好，现代也好，都是难以避免的。然而，儒家礼教的根本用意，是要根据女性的自然属性与社会属性，给予妇女一个公正合理的安顿，赋予属于女性自身的生命意义与存在价值。这就是"礼"的"别异"精神，也就是所谓"妇道"。这一"礼"的精神是相对于妇女来说的，不是对所有人都普遍适用的。比如"夫为妻纲"是知识分子批评的一个重点，他们对"夫为妻纲"的解释是：夫是家庭的主宰，妇女完全要听从夫，在家庭中没有发言权，没有自主权，没有地位，完全是处于从属的奴隶地位。实际上，"纲"的含义，不论在义理上还是社会现实中都不是这样的。

古代的家庭很大，有时候简直就是一个小社会。在民国初年仍是如此，一个家庭有好几十口人。我们在韩愈的文章中看到他经常叫穷，他没有办法只好非常不情愿地去做幕僚，因为他至少要养活家庭中的五六十口人。由于他没有纳妾，他的家庭人口数量恐怕还不是最大的。在这么大的家庭中，必须要有一个自然产生的、主导性的中心人物，否则这样的家庭无法管理。民主只能在陌生的人群中才行得通，因为它是通过非自然的、理性的选举产生的。但家庭则不一样，家庭是血缘的产物，是自然形成的，不是理性选举的结果。一个家庭，特别是一个古代的大家庭，必须要有一个主导者。所谓主导者，就是既有权力又有责任的人。什么是权力呢？就是家庭的吃饭、生活、居住、秩序、纷争等一切事务必须由你管。所以权力并不是一件好事情，有权力的同时也意味着你有责任。韩愈虽然不愿意去当幕僚，但生活所迫，不得不去：因为这是责任，如果不去，几十口人就没饭吃了。因此，"夫为妻纲"的意思就是讲，在一个家庭中要有一个责任的主要承担者，如果家庭出了问题，就要由"纲"来负责，"纲"就是家庭的主导者与责任的承担者——夫。

当然，这并不意味着妇女在家庭中就没有作用，只是说供养家庭的主要责任不由妇女来承担。比如，家里没饭吃了，不找妻，要找夫，如果夫也不能完全解决，妻也要和夫一起来承担。例如，在农村，夫出去干活，妻操持家务，但妻有时也要去干活补贴家用，但主要的农活、重活与散工还是由夫承担。在古代的儒家社会，妻还有一种特有的责任，就是子女的启蒙教育，因为看管与养育幼儿是女性的社会分工与自然天性，女性教育幼儿是最自然不过的事。大家都知道，在一个家庭里父爱和母爱是不一样的，小孩子一生下来就由母亲养育看管，小孩有什么心里话自然喜欢跟母亲说，而且妻出于天性也非常关注小孩子的事情。中国古代圣贤好多都是父亲先死，由母亲培养成人的，比如孔子、孟子、欧阳修、顾炎武等。而且，古时候家政以及家庭内部管理往往也是由妻负责的，供养家庭则是夫的事，怎么开销是妻的事。这种家庭的分工没有法律规定，而是自然形成的。所以，"夫为妻纲"是指夫要承担主要的家庭责任，而不是说夫在家中大权独揽，压迫妻子。实际上，在传统的家庭中，妻是家庭内事务的总管，权力是很大的，特别是家庭的财政权。况且，女性在家庭中的地位随着年龄的增长越来越高，如果到了老祖母的地位，她就有最高的地位与权力，她说话儿子也不敢反对。比如《红楼梦》中的贾母。

二、传统婚姻中女性的幸福感问题

范：在传统婚姻中，由于多是"父母之命，媒妁之言"，女性难有自主选择的权利，这会不会影响到她们婚后的幸福呢？

蒋：关于传统婚姻中女性的幸福问题，知识分子批判说古代的婚姻是包办的，所以女性无幸福可言。其实，如果婚姻真的依"礼"进行，男女双方要经过来回好几个环节，其中并不是完全排斥女子的意见，而是每一个环节都很慎重，中间哪一个环节通不过，这桩婚事就不能进行。只有少数很贫穷的家庭，才指腹为婚，出生后成为童养媳。古时候婚姻要稳定得多，离婚是没有意志自由的，不像现在离婚可以没有理由，合不来就行了。古时候的"七出"大家都知道，达不到这些条件就不准离婚。（范插：还有"三不去"，是保护女性的。）所以，古代礼法中规定了离婚的条件，有很高的门槛，对妇女是一种保护。现在结婚自主了，离婚自由了，没有条件限制了，结果给弱势的一方带来了悲剧。比如，容易衰老是女方的一个弱势，如果没有法律的保护，就可能造成家庭的离散。比如胡适是传统婚姻，但胡适的太太很幸福，他对太太很恭敬，到美国做大使时也把太太带上，你看她的幸福感有多高。

所以，我觉得古代婚姻的幸福感相对要高一些，因为除了法律保护外，古代还有社会习俗的保护。并且，古代女性有多重幸福感，古代女性的幸福感不只是建立在她丈夫一人身上，因为夫有夫的礼，妇有妇的礼，古代女性有许多幸福感是建立在"妇礼"之上的。比如孝敬公婆、相夫教子、主持家庭、维护名节就是妇的礼，妇做到了这些礼，就会产生很强的幸福感。如果一个妇女能培养出一个优秀的孩子来，得到社会的广泛称颂，她的幸福感该有多高啊！在相夫一面，如果她尽力在道义上、生活上、事业上支持夫君，使夫君有所成就，也会给她带来很大的幸福感。古时候许多女性在这方面都做得很好，像《列女传》中就有很多这类女性的典型，她们深明大义，在重大的政治原则和社会原则上为其夫君出主意，鼓励其夫君保持崇高的节操与人格。

以上这些都表明，儒家是根据女性的自然属性和社会属性来给女性以合理的安顿，使女性在"妇道"与"妇礼"中获得属于自己的生命意义与存在价值。

当然，那是古代社会，现在社会变了，儒家的这套女性观是不是过时了呢？我觉得并没有过时。由于受到西方自由主义的影响，许多婚姻都面临着巨大的危机。家庭是社会的细胞，如果在文化上没有一种价值来稳定维系家庭，家庭一旦崩溃，社会也就崩溃了。在这种情况下，我觉得儒家的女性观与婚姻观应该加强。现在中国的家庭还隐隐约约保留着一些传统的因素，比如在教育子女上，我们看到那些带着子女去陪读的绝大多数是妇女。妇女的天性会使她更关注孩子的教育，这是她作为母亲的家庭责任，也是她主持家庭的权力。还有现在大多数家庭的财政也是由妇女来掌管的，很少有妇女说我不管钱，把钱全部交给丈夫的。另外，儒家讲"夫义妇贞"，贞就是正，"夫义妇贞"的意思就是夫有夫的名分，妻有妻的名分，比如夫要对家庭"忠"，妇也要对家庭"忠"，我想没有一个女性结婚时是希望家庭不稳定，希望对家庭不忠诚的。当然，对男性也是一样的要求，也要对家庭"忠"。

不过，这些观念要想说服人，还需要做一些工作。现代有些人一听到在婚姻生活中讲责任就很反感，他们只讲权利讲自由。你要讲责任讲义务，他们就不高兴了，就感觉自己受压迫了。其实我们从常理和经验来看，结婚之后，尤其是生小孩之后，婚姻的维持主要就是靠义务和责任了。当然，在中国还比较注重情感，如果婚姻是靠自由、权力和性爱来维持，那婚姻到生小孩后就处于危机中了。婚姻不是靠人的自然属性来维持的，是靠道德、义务和责任来维持的，这样对婚姻双方才会有约束力。比如，通过各种道德、礼俗、舆论来约束男性，不准他包二奶破坏家庭，这难道不应该吗？西方的天主教国家现在仍然把婚姻的稳定放在教会事务的首位，新教国家，如美国，在福音派兴起后，他们感到家庭崩溃的危机，也强调回到传统婚姻观。所以，小布什上台后，第一次拨款给宗教组织，用以维护传统家庭价值。我认为，在中国，我们可以靠儒家文化维护传统家庭价值。

三、夫妇间的权力和责任是不是抽象的

范：蒋老师讲得很好，解决了我多年来一直在思考的问题，很受启发。可是，夫妇间的权力和责任是不是抽象的呢？反观女性自身，当她们的社会属性张扬出来的时候，我们应该建立一套什么样的价值体系来提高她们的理性自觉呢？

蒋：我知道你的意思，很多人都问我这个问题，这当然要靠女性自己去解决。她们的存在感、意义感、幸福感、成就感、归属感，都要靠她们自己去争取。

在儒家理想的社会里，男女有别，夫妇有别。儒家虽然也讲普遍的"仁"与"良知"，但不像西方的理性主义，不倡导一种超越具体社会关系的抽象价值。比如说，男女是性别的特殊存在，夫妻家庭的特殊存在，西方的理性主义把人的这些自然属性与社会属性抽掉，以普遍的、无差别的、抽象的人作为立论的基础，即以普遍抽象的人来讲人权，来讲男女夫妻的权利，忽视了男女夫妻的特殊自然属性与社会属性，即忽视了儒家所说的男女有别与夫妇有别，认为男女夫妻在自然属性与社会属性是平等的，都有同等的权利与自由。然而，儒家却是从具体的自然属性与社会属性上来看人，把夫妻看作是社会关系中具体而特殊的存在，因而夫妻具有各自不同的权利与责任。这就是说，在儒家关于男女夫妻的义理结构中，男有男的理，女有女的理，夫有夫的理，妻有妻的理，这个理不是抽象的普遍理性，而是具体的特殊名分。西方理性主义的婚姻观是男女都要遵守同一个理，即男女都具有法律上的权利与义务，而儒家的婚姻观则认为男要遵从男的理，女要遵从女的理，男女夫妻各自都要按照自己在社会关系中的不同名分生活。实际上，我们在现实生活中从来没有看到过抽象的

人，我们看到的只是男人和女人，结了婚后看到的只是丈夫和妻子，夫妻中还看到年轻的夫妻和年老的夫妻，有孩子的夫妻和没有孩子的夫妻，这些都是不一样的、具体特殊的人，而不是一样的、抽象普遍的人。所以，儒家在你说的成就感与社会归属感等方面，并不给出一个男女夫妻都可以共同遵从的普遍标准与抽象价值，而是给出相对于各别男女夫妻的具体标准与独特价值。比如说，夫要义，妇要贞，男守男的礼，女守女的礼。所以，在家庭生活中，在社会生活中，在政治生活中，男和女、夫和妻的作用、成就感、归属感都是不一样的。因此，儒家没有拿出一个普遍的抽象标准来要求男女都一样，要求男女都平等，即要求男的要这样做，女的也要这样做。儒家认为男与女虽然会有一些共同的价值，如"仁""孝"等，但相对于男与女的自然属性与社会属性，男与女的成就感与归属感肯定是不同的。

范：我刚才的问题是说，当代的女性尤其是知识女性如何在儒家的义理中找到自身价值的归宿和依托，也就是说，她们如何在儒家的义理价值当中找到安身立命的依托？我现在不说在儒家的义理中去找资源，而是说找依托。当代女性就面临这样一个问题，感觉在生命信仰的追求中有些茫然。

蒋：现在是个职业社会，出现了知识女性，也出现了职业女性，古代的女性基本上不参加社会的公共生活，当然也有，比如皇太后或皇后干预朝政，还有女性做皇帝，但这些都是例外，不代表社会主流。现在的知识女性的归属感或者说寄托感应该是多方面的，儒家"礼"的设计也是多方面的，就是辜鸿铭说的：做女儿就做个好女儿，做母亲就做个好母亲，做妻子就做个好妻子。现在社会发生了变化，女性可以获得各种知识并从事各种职业，因而可以参加社会的公共生活，因此，我们应该再加上一句：女性做事业就做个好事业。古代儒家对"女士"的解释是："女子而有士行者。"

"士行"就是参加社会的公共生活,现代女性参加社会的公共生活,就是现代"士行"的体现,并不违背儒家的根本精神。具体来说,孝敬父母公婆,被人称颂,扬名于后世,就是做个好女儿;养育孩子,使孩子健康成长,品学兼优,就是做个好母亲;按照妻的名分做好自己的分内事,主持维系好家庭生活,一生问心无愧,就是做个好妻子。这是中国女性从传统社会到现在依然存在的三个方面的角色定位,或者如你所说,是中国女性从传统社会到现在依然存在的三个方面的价值依托,如果三个方面都做到了,就可以问心无愧地安身立命了,即能获得你所说的女性的成就感与归属感了。然后,才去考虑在现代社会的公共生活取得成就,成为一个成功的职业女性。但是,做好女儿、好母亲、好妻子是女性的自然属性与家庭属性的必然要求,是衡量中国女性生命意义的最基本的价值依托,因而是中国女性成就感与归属感的根本所在,至于参加社会的公共生活,做一个成功的职业女性,则不是对中国女性的必然要求,更不是中国女性生命意义的最基本的价值依托,自然也不是中国女性成就感与归属感的根本所在。做一个成功的职业女性,顶多只是女性在社会公共生活中的一个附带要求,不能将女性的生命意义与存在价值依托在外在的职业上,更不能将女性的成就感与归属感寄托在可遇不可求的事业成功上。也就是说,知识女性或职业女性在事业上的成功,只有在不违背上述三种女性角色定位的前提下才有意义。当然,如果你是一个全职太太,不在外面做事情,做一个好女儿、好母亲、好妻子就够了,完全可以实现女性的生命意义与存在价值,获得女性自足的成就感与归属感,即获得女性本有的价值依托。但是,现在要做到这种情况很难了,全职的家庭妇女现在已经很少了,再加上西方男女平等观对中国女性的影响,许多女性不自觉地都把参加社会公共生活取得职业或事业的成功看作是自己最基本的价值依托与成就感、归属感所在，甚至看作是最根本的生命意义与存在价值。这样的话，就背离了女性的自然属性与家庭属性，女性就不再是女性了，而是与男性没有区别了。因此，西方的男女平等观实际上是要求女性按照男性的标准做女人，而不是允许女性按照女性自己的标准做女人，因为当今世界所谓成功的职业与事业，都是按照男性的标准来定的。比如说做一个伟大的政治家，基本上是以男性的标准为标准的。

虽然现代儒家不会否定女性在职业、事业上的成就感，但并不意味着职业、事业上的成功就是女性一生追求的唯一目的与根本价值，更不意味着女性建立在自然属性与家庭属性上的其他角色定位就无足轻重。现在有些知识女性把职业、事业的成功放到最重要的位置，其他的方面都忽视或轻视，这样儒家就不赞同了。但是，时至今日，如果只强调女性建立在自然属性与家庭属性上的传统角色定位，看不到现代职业、事业上的成功也是女性成就感与价值感的一个补充，可能又太食古不化了，因为我们现在已经不可能要求女性全部回到家庭，完全以家庭为中心了。如果今后中国的社会分配比较合理，男方的工资很高，维持体面的家庭生活绰绰有余，女性就可以完全不工作了，一心一意主持家政，那女性的价值就完全可以通过上述三个角色定位来实现了。但现在还做不到，因为现在中国的分配制度不合理，逼着女性非得出去找工作，才能维持家庭的经济开支。就算是现在年轻人的小家庭，如果女方不工作，男方的工资也养不起这个家。你说妇女真的愿意离开家外出工作吗？我想按照妇女的本性是不愿意的，只是没有办法。如果我们设计的制度合理一点，男方的工资高一些，可以把整个家养起来，同时又设计出能够保护妇女的制度，如法律规定男方的工资有一半是国家通过男方分配给女方的，这样男方就没有理由认为全由自己养家而歧视女方了。如果有这样的制度安排，能够保障女性实现自己的自然属性与家庭属性，使女性在家庭生活中获得自己应有的尊严感与成就感，那又未尝不好啊！现在城里的学龄前儿童几乎都是爷爷奶奶看管，爸爸妈妈除了星期六、星期天外，就没有时间看管孩子。如果爷爷奶奶不在的情况下，就得请保姆，但保姆管不到教育，更建立不起亲情的交流。现在很多母亲都想自己来看管孩子，但碍于会影响家庭的经济收入，只好作罢。所以，现在这个工资分配制度不合理，需要改革重建。

四、如何增进儒家对女性的亲和力

范：我还有一个问题，即如何增进儒家对女性的亲和力？比如佛家，在宣传上，就给走进佛门的女性一种安全感和亲和力。而儒家相对来说，这种对女性的亲和力就比较稀疏，似乎还存在某种程度上的排斥和歧视。我认为儒家需要从义理的源头上找到依据，并梳理出一套比较适合现代女性修身齐家的理论，让女性在儒家这里找到自信。在佛教的经论中，或多或少可以看到对女性的关怀，当然，有的也许只是一种心理抚慰，但却体现了佛家对女性的悲悯和同情。

蒋：我知道，你讲的是生死灵魂的问题，这已经不是我们刚才讲的社会家庭层次的问题了。因为我们刚才讲的都涉及家庭、社会、政治，而你现在焦虑的已经是出世间法了，如果用佛家的术语来说，儒家讲的是入世间法，我们刚才讲的就是入世间法。佛教超越世间所有人的自然属性与社会属性来看待生命，认为众生一切平等，当然包括男性与女性的平等。实际上，你说的这个问题男性也一样存在，一旦进入佛教信仰以后，男女差别没有了，家庭名分没有了，社会责任没有了，五伦关系没有了，所有人世间的道德标准与价值标准也都没有了，一切都是无自性的缘生法，即一切都如梦幻泡影，一切都空了，佛教的《心经》《金刚经》说的就是这个道理。然而，儒家虽然强调入世间法，但儒家也有自己的出世间法，即儒家对于上帝存在、灵魂不灭、生命信仰、心性永恒等问题，都有自己独特的看法。儒家也认为灵魂是不死的，这和佛家一样，但儒家没有灵魂再来的轮回观念，这是不一样的。讲灵魂不灭是所有宗教的根本特征，但每个宗教的具体讲法不太一样，佛教有很复杂的轮回学说，基督教有末世审判的学说，儒家既无灵魂轮回也无末世审判，而是相信善人的灵魂升天"在帝左右"，享受天福，恶人的灵魂则变为厉鬼，不能升天，并继续危害世人。还有，儒家重视礼，特别是丧祭之礼。祭祀之礼的前提就是灵魂不灭、生命永恒，如果灵魂灭了，祭祀就没有意义了，因为祭祀就是通过祭礼使灵魂自上天降下人间享用祭品。

在中国古代儒家传统中，不管是男性还是女性，对祭祀都非常重视。他们通过祭祀来与不灭的灵魂交往，以见证生命的永恒。在《诗经》特别是"二南"里面有好多妇女都参与祭祀，而且很多祭祀的准备工作都是妇女做的，妇女对祭祀活动非常虔诚、非常积极，采集祭菜、清洁扫除、布置礼器等都是妇女在做，她们通过祭祀实现了与祖先生命的沟通与交往，实现了对灵魂不灭与永恒生命的见证。所以，你说女性的归宿，归宿到哪里？活着时通过祭祀归宿到祖先之灵的周围，去世后灵魂不灭归宿到上天的"在帝左右"。只要你不做坏事，你的灵魂就可以永远在天上享福，但并不是说灵魂上了天就没事了，善人的灵魂还要对子孙起到保佑的作用，这不分男女，都是一样的。但是，我们必须承认，汉以后的儒家学者对儒家的这一灵魂不灭信仰重视得不够，所以，人们往往感觉到儒家在这一方面的资源没有佛教多，不能给人的生死焦虑带来应有的慰藉，这才使你感觉到儒家的亲和力似乎不如佛教。

为什么你在佛教里感受到的这些东西，在儒家里面感受得少呢？一是儒家本身的缺陷，因为儒家是士大夫的学问，主要考虑治国平天下，在这个角度用心不多，虽然儒家里面有这个资源，但他们的所长不在这个方面，这是儒家本身的缺陷，是有待提高和改善的；二是因为一般女性参与社会政治生活的冲动相对要弱些，男性参与社会政治生活的冲动相对要强些，而一个参与社会政治生活冲动很强的人，在佛家里面往往找不到资源，因为佛家不谈政治、不谈礼法。宋明理学家在佛教里面还可以找到点感觉，因为宋明理学家谈心性，而汉儒在佛教里面就真的找不到感觉，因为汉儒谈政治。虽然生死问题在汉儒的生命中也有焦虑，但这不是他们的第一焦虑，他们的第一焦虑在治理国家。所以，他们到佛教里面就找不到感觉。反过来看女性，她们对政治、社会、礼法、制度方面的关心比较弱，虽然现代也有些女性关心社会与政治，但始终是少数，大部分女性天生是情感性的，而男性天生是思维性的。这样的话，佛教就很容易打动女性，因为佛教不讲社会与政治，只盯住一个生死问题，而生死问题最切近自己的生命，又往往能够激起人的悲悯情感，所以能够打动重感情的女性，让女性感到佛教有亲和力。

你问到生命的终极解脱问题，这也许对重情感的女性很重要，对男性来说好像并不是很重要，像梁漱溟先生虽然终身信佛，但他主要的焦虑还是家国天下的治理，如中国国家的重建与中国乡村的建设等方面，在他的生活中，并没有把生死问题放在第一位。他积极参加政治活动与社会重建，在这些政治社会活动中得到解脱，即得到归宿感与成就感，亦即得到充实的生命意义与存在价值。因为女性在天性上是情感性的，就大部分女性而言，可能就不倾向于从外在的社会政治活动中寻找自己的生命解脱与意义安顿。佛教对女性焦虑的那些生命问题都有解答，所以你就感觉到佛教有亲和力，希望在情感性的存在焦虑中寻找自己生命解脱、安顿、依止与归宿的答案。如果你焦虑的不是这一问题，那你在佛教中就找不到归宿与亲和力了，因为佛教中没有这个资源。相反，你会在儒家中找到归宿与亲和力，因为儒家正是这种治国平天下的信仰体系。

（感谢李海超提供的录音资料）

后学印象篇

阳明精舍自创建以来，山长蒋先生按照传统书院的管理模式，坚持书院的读书、传道、讲学功能，使阳明精舍不仅成为海内外儒生谈学问道的道场，更成为儒门后学的精神家园。曾经在这里读书论学的后学们，有着家国天下的情怀，有着传承儒家文化的担当，他们所长不同，性格各异，给我留下了极为深刻的印象。我在与他们共同接受儒家文化涵养的同时，也从他们身上学到许多优良的品质。然而，还有不少阳明精舍的后学，也各有成就，但因我在精舍时未曾与他们见面，此篇只好阙如，深感遗憾！

周北辰

一

北辰是我在阳明精舍见到的第一位后学。

1999 年年初，我第一次来到阳明精舍。这时，北辰已经跟随蒋先生学习好几年了。那天我随蒋先生一行乘车来到精舍，在精舍大门前，有一位身着浅色中式上装、戴着眼镜的年轻人伫立在等候的人群中。见我们下了车，他疾步从人群中走出，来到蒋先生跟前，恭敬地喊了一声："蒋老师好！"然后便转身去搬卸随车带来的物品。看得出，他对这里的情况很熟悉。之后，客人们在庭院中交谈，他安静地站在一旁，只是倾听，也不插话。他不苟言笑，眉头微锁，好像总在深思。后来我知道他的名字叫周北辰，这次是特意从外地赶来拜望蒋先生的。

晚饭过后客人们都走了，感物厅里只剩下蒋先生、北辰和我。夜幕降临，蒋先生点燃蜡烛（当时精舍不通电），让我们围在小餐桌旁座谈。这时的北辰和刚才见面时的情境大不一样，十分健谈，接连向蒋先生提出一系列关于儒学的问题。谈话中，北辰表示自己打算辞去公职，全身心投入儒学复兴的事业。我对此有些吃惊，因为我知道他有一份不错的大学教职工作。闪烁的烛光下，

北辰向蒋先生问道

师生二人谈得十分投契,我只是在一旁聆听。他们谈了很久。那天,我想我见到了两位20世纪的理想主义者。

二

周北辰名亚林,字北辰。生于1965年,祖籍贵州遵义。1987年毕业于贵州师范大学中文系,1990—1998年在贵州师范大学任教。自1996年起,他师从蒋庆先生,并随蒋先生创办阳明精舍。

在以后的接触中,我对北辰有了更多的了解。他青年时期就有着强烈的文化情怀和对社会政治的关怀,这也是北辰走向儒学的动因。北辰自幼喜欢读书,照他的话说,那时读书只是喜好而已,并无功利目的。大学一年级时,他开始读四书五经,之后接触到新儒家思想。后来,他在新华书店看到蒋先生的《公羊学引论》,这本书中的一句话深深震撼了他:"蒋先生说'公羊学的焦虑,是制度的焦虑。'这句话如同打通我的气穴,使我长时间振奋不已!"于是,他主动给蒋先生写信,终于在1996年见到了蒋先生。

2000年,北辰辞掉公职到阳明精舍,一边读书、一边管理精舍的基本建设。两年之后,为了生计,他离开了精舍,回遵义办了一家公司。

在经营公司期间,由于他心系儒家事业,深感精力不济。2006年,他关掉公司,卖了汽车,只身一人到曲阜建立儒家道场,成立曲阜儒家文化联合会,全身心投入儒家文化复兴的事业,并在全国各地传道讲学,开始了实现自己理想抱负的生涯。如今,北辰是深圳孔圣堂主事、曲阜儒家文化联合会会长、香港孔教学院教授兼深圳分院院长。他近年著有《儒商管理学》等书,发表了《中华文明的突围之路》《论义利之辩》《国民教育危机及其对治之道》《儒家的贫富观》等论文。北辰除了在儒学复兴的组织化实践上取得了很大的成就，在学术思想上也取得了可喜的成就。

多年来，北辰凭着他的坚韧与执着，在理想的道路上迈出了坚实的步伐。北辰取得的这些成就，除了他的坚定信念，还得益于他厚实的古文功底和历史文化基础。我在整理阳明精舍资料时，曾看到他于 1997 年秋季写的一篇骈文——《阳明精舍序》。其文字内容对仗工整，声律铿锵有力。字里行间抒发了他对中国历史文化的眷顾，表达了他对儒家文化事业无限向往的情怀。

北辰的才艺是多方面的。2006 年秋季，精舍组织"丙戌会讲"，闲暇时同道们聚集在一起弹琴奏箫。北辰也常常吹箫为大家助兴，获得众人喝彩。北辰对我说，他吹箫是跟着蒋先生学习的，这些年来没有间断过。每次到精舍，他都随身携带自己的那支洞箫，有空就吹上几曲。

"丙戌会讲"期间，在一个风清月朗的夜晚，蒋先生带领后学们到鉴性湖畔赏月。北辰应众人邀请吹奏了他自己创作的《黄河秋色》。此曲如泣如诉，委婉深沉。当时我并不理解其中的含义，蒋先生解释说："听了北辰所作的这首曲子，仿佛听到了中国文化一百年来的历史……"我才恍然大悟。我想，北辰此曲创作应当圆满，因为他有了蒋先生这位如此难得的知音！

三

但凡阳明精舍组织重要活动，北辰不论工作多忙，总是赶来参加。平时，他也利用工作空隙时间，到精舍向蒋先生请益。每每他所提的问题，都能获得蒋先生称赞及详细周全的回答。在我经手记录整理的录音文件中，北辰向蒋先生请益的专题就有不少。

周北辰抚琴

在精舍，蒋先生经常对我说："学问如叩钟，大叩大鸣，小叩小鸣，不叩则不鸣。"我不善'叩钟'，但爱"听钟"。我称北辰是一位善于"叩钟"之人。每逢北辰到阳明精舍向蒋先生请益，我都会放下手中工作，到现场旁听。那些"叩钟"的情景，我至今还记忆犹新。

2002 年 5 月 25 日，雨后初晴，北辰到阳明精舍向先生请益。晚上，繁星满天，银盘高挂，奉元楼笼罩在淡淡的轻霭之中。性天园芳草清香，寒蛩低鸣。师生二人在园中曲径漫步片刻，便在圆丘的围栏边坐了下来。蒋先生见月朗风清，一时兴起，让我到屋内取出洞箫，与北辰一起合奏。那一刻，四野俱静，古调幽婉，远山传来布谷声声，好似与箫声合鸣。天地万物宛如一幅和谐美妙的画卷……

曲罢，北辰向蒋先生请教"儒家宗教观"问题，蒋先生详答不倦。蒋先生从宗教社会学的角度、从存在哲学的角度、从人类学的角度、从民俗学的角度、从神学的角度阐述儒家文化的终极关怀和信仰。这次谈话，开始是在性天园中，夜深天寒，我们便转移至明夷堂屋内，一直谈到次日凌晨……

2002 年 6 月末，阳明精舍奉元楼刚刚竣工，北辰又来到阳明精舍向蒋先生请益。缙经阁内书案古雅明净，楼外白云蓝天。此时清茶一杯，清风几许，山中论道，此乐何极！这一次，北辰向蒋先生请教的是有关"王道政治"的问题。蒋先生从王道政治的特质、历史与展望等不同角度，全面论述王道政治的三重合法性，指出王道政治就是仁政、德政，是阳光下的政治。后来，北辰说他获益良多。作为旁听者，我也感到受益匪浅。

2008 年 7 月上旬，云盘山阴雨连绵，鉴性湖雾色空蒙，阳明精舍格外幽静。4 日中午，北辰冒雨前来向蒋先生请益。午后，在奉元楼缙经阁，蒋先生回答了北辰关于儒家"创世问

山间自有叩钟人

题"的提问。蒋先生就儒家经典中关于"人格神"的观念和世界生成的论述，谈儒家"中和之魅"的特征，谈儒家信仰既强调超越神圣的"人格神"，又承认人的理智在认识宇宙本源上的作用。

蒋先生从修建精舍以来，诸事繁杂，很少写诗。我在蒋先生的诗稿中，偶然发现了一首 1999 年正月于阳明精舍送北辰去北京圣陶学校任教的诗，现录于下，以见当时师生情谊之深厚。

送周北辰之旧京

男儿立志出黔中，
烟雨苍茫锁乱峰。
他日相思回眸处，
盘山云冷抚孤松。

我喜欢听北辰"叩钟"。在北辰向蒋先生请益的过程中，我常常听到气势恢宏、余音袅袅的美妙"钟声"！

王瑞昌

一

2006 年 7 月，阳明精舍举办"丙戌会讲"，我见到了王瑞昌。几年前我就听蒋先生说起过瑞昌，虽然未曾见面，却不陌生。

王瑞昌，字乃徵，号米湾，是蒋先生在西南政法学院任教时最早的学生，从游蒋先生已经三十多年了，同道们都喜欢叫他米湾。瑞昌先后获西南政法学院法学学士、北京大学法学硕士及北京大学哲学博士学位。现在是首都经贸大学人文学院教授，长期在高校及民间公益文化机构主讲儒学经典及中国哲学。瑞昌曾访学北美，传播儒学及中国文化；著有《陈确评传》《追望儒风》等书，译有《自由与传统：柏克政治文选》等书。瑞昌出生在一个教育世家，从小受到良好的家庭教育。祖母是一位传统女性，善良勤俭，乐善好施，对瑞昌品格的形成影响很大。瑞昌生活简朴，学养厚实，英文和古文都相当不错。他不仅翻译了许多外文资料，而且可以直接用英文撰写文章，向海外传播儒学。

这次参加会讲的后学较多，我们提前对各位住宿的房间进行安排。蒋先生特意叮嘱我将"诚明居"留给瑞昌。我不解其意。蒋先生解释说瑞昌每次来精舍，都是入住这间居室。这是一间与其他居室一样简单的房间，日常生活却不如其他房间方便，瑞昌为什么偏偏独钟于此呢？

后来，我读到瑞昌一篇题为《诚的意蕴》的文章，文中的独特视觉和独到见地，使我感到"诚"字在他心目中有着特别的分量。

要吃透"诚"的意蕴，并不那么容易。一方面，诚实、诚信是我们从小到大、从少到老都一直被反复灌输的观念；另一方面，以欺瞒、诈伪之手段得其"实惠"的事实在现实生活中也随处可见。究竟是"诚"好，还是"伪"好，成了摆在我们面前的一个问题。

当屈原在两千多年前发出"吾宁悃悃款款朴以忠乎，将送往劳来斯无穷乎"之问时，实际上也是在为此问题困扰着。……西方近代功利主义伦理学中的"诚信"之梦，即把"诚"建立在利益的博弈上，期望通过利益之博弈过程而达到"诚"之境界。可惜，由此实现的"诚"不一定是"真诚"，或者是千疮百孔的"诚"。由此可见，单纯基于"利益"、出于"策略"的"诚"，不是"真诚"。其基础不稳固，在风雨飘摇的世事中，随时可能澌灭。即便辅之以法律，慑之以刑罚，也难以杜绝欺瞒诈伪现象之发生。这里隐含着一个悖论：一方面，由于"诚"可以给自己带来利益，人们为了利益去遵守"诚"的原则；另一方面，在某些情况下，人们为追求利益，又违反"诚"的原则。为了追求利益，人们既遵守"诚"的原则，同时又违犯"诚"的原则。可见，利益博弈不出"真诚"。……如果"诚"是一种可欲的东西，我们将不得不在利益之外、之上另寻其根据，重建其基础。"诚"另外之根据何在？在心。确切地说，在本心或良知。这是一条东方儒家所采取的路线。儒家认为，人有"本心""习心"两者。"习心"乃属"气质之性"范畴，即所谓"从躯壳起见"，不能尽善。而"本心"则是"不学而能"

之良知，纯善无恶。明儒王阳明说良知"只是一个真诚恻怛"。可见，良知是一"真实无妄"之体。因为本心、良知真实无妄，故人一旦做出背信弃义、诈伪欺瞒之事，本心有所亏欠时，内心便"不安"。"羞恶之心人皆有之"，所以为了廉耻感、荣辱感，为了求其"心安"，人要以"诚"立身，以"信"处世。也只有真正"诚"了，才能"心安理得"。孟子所谓"反身而诚，乐莫大焉"即是。这一意思，集中表现在儒家"慎独"之说上。《礼记·大学》说："所谓诚其意者，勿自欺也。如恶恶臭，如好好色，此之谓自谦①，故君子必慎其独也。"……在"自慊"这种义理背景下，人之好"诚"，"如好好色"；人之恶"伪"，"如恶恶臭"。这样"诚"便有其深厚之基础、牢固之保障，即便在"神不知鬼不觉"的情况下也不会做出违背"诚"的事来。把"诚"建立在本心之"自慊"上，要比建立在"自利"上稳固得多。……要建立坚如磐石、牢不可破的"诚"，必须进一步追寻"诚"之基础。这便是"诚"之形上基础。这也是儒家所谓的"上达路线"。……若能进而于"自慊"上求其"诚"，则可称君子了，其促成的无疑是"和谐社会"。如果能上达不已，以至臻于"至诚如天"之境，则优入"肫肫其仁，渊渊其渊，浩浩其天"之圣域无疑了。儒家所悬之大同理想在此。

总之，理会、实践"诚"的意蕴多一分，社会就多一分光明，多一分美好；反之亦然。《中庸》上说："诚者，物之终始，不诚无物。"——诚的意蕴，说它有多深，就有多深。

文如其人。我想，瑞昌一定是一位以诚待人的谦谦君子。

会讲的前一天，瑞昌抵达阳明精舍。他身着一件白色中式对襟布衫，言谈举止谦和而诚恳，果然是一位谦谦君子，只是比我想象的更多了几分斯文。

---

① "谦"与"慊"通，愉快之义。"自慊"即内心满足，安适宽平。

二

那一年，蒋先生因精舍修建与讲学著述操劳过度，身体欠佳，会讲便委托瑞昌协助主持。作为学长，瑞昌义不容辞地承担了这一重任。

开讲第一天，同道们各自介绍走向儒学的心路历程。瑞昌说他走向儒学的过程是很艰难的。他自幼喜欢人文，但高考时却因故选择了法律专业。在西南政法学院学习期间，他博览群书，追求超越。他研究过佛经，也了解过道家文化，当时他感觉进入儒家很难。瑞昌说自己有点眼高，上学期间一直因为寻找不到适合的老师指点而困惑。蒋先生虽不是他的授课老师，但见到蒋先生后，他被蒋先生的儒家情怀所震动，之后他们一直保持联系，他时常向蒋先生问学。毕业后，他接受蒋先生的影响和引导，渐渐走进了儒家。

为时一月的会讲，议题非常之多，主持人要把握好会场讨论的深度和综合各种不同意见，不是一件容易的事。但是瑞昌做到了，而且做得很好。这次会讲，气氛活跃，争论激烈，但同道之间却始终保持着亲和与友善，体现出"君子和而不同"的儒门风范。

会讲结业那天，在阳明精舍的奉元楼复夏堂，瑞昌主持了隆重的"祭拜圣贤释菜礼"。瑞昌在丙戌会讲期间不仅尽心履行论学主持人的义务，还使祭孔祭圣贤的礼仪主持得非常成功。一个月的会讲活动圆满结束，他也受到了与会道友的一致好评。也正是由于他身上体现出的儒者风范，他在同道中威信很高！

平时温文尔雅的瑞昌，有时也很活跃。8月1日这一天，书院没有安排集体活动。早饭后，瑞昌带领晓路、光伟、心兰、国雄等几位道友，步行远足，到修文县瞻仰阳明先生胜迹。一路上，

瑞昌与蒋先生在俟圣园

他们意气风发，激昂高歌，合唱几天前才在精舍学会的《宣圣颂·文成颂》等歌曲。歌声引来路人好奇的目光，他们也无所顾忌。他们朝气蓬勃的身影，成为龙场镇一道特殊的风景……

寂静的夜晚，我们总能听到瑞昌悠扬的箫声。《梅花三弄》《平沙落雁》《阳关三叠》，都是他非常娴熟的曲子。瑞昌吹箫也是蒋先生教的，但瑞昌可谓青出于蓝而胜于蓝了：他不仅箫吹得好，还会亲手制作洞箫。制作洞箫的工艺很复杂，不仅要懂得选材，掌握好吹口与音孔的定位，还必须根据所选材料来确定音阶音调，实属不易。瑞昌制作的洞箫精致完美，真可谓是才艺双全！

瑞昌带回竹子，准备制箫

杨汝清

一

在阳明精舍的后学中，我与汝清见面较多。提起汝清，总有许多抹不掉的记忆。

2003 年 8 月，"第二届中华经典文化导读交流会"在长沙召开。会议主办单位邀请蒋庆先生作为嘉宾参加。我随安徽团队参加。当我找到蒋先生下榻的住处时，房间里坐了许多客人，汝清就是其中的一位。蒋先生介绍说："这是北京'一耽学堂'的参会代表杨汝清。"汝清起身与我打招呼，他身材魁梧，说话却很温润，彬彬有礼，给我留下深刻印象。

在以后的接触中我了解到，汝清生于 1970 年，是河北张家口人，先后毕业于张家口师范专科学校中文系、河北师范大学中文系、清华大学法学院。汝清曾供职于河北警界，后执教于清华大学、河北佛学院、国际青年研修大学。近年来致力于弘扬儒家文化和民间公益事业，创建了北京莘杭书院。此前，他曾长期担任"一耽学堂"宣传干事与义工。

也正是在这次会议期间，汝清向蒋先生提出"一耽学堂"前往阳明精舍游学的意向。经过商议，才促成了当年 10 月在阳明精舍组织的"一耽游学活动"。

几个月后我在阳明精舍见到汝清，他是这次游学活动的组织者之一。因为这是阳明精舍建立以来的第一次学术活动，经验和条件都非常有限。那一年，蒋先生因腰椎病复发，不能过量活动，会里会外，汝清成了我的好帮手。

座谈会上，游学团的学子们向蒋先生提出了许多有关人生社会的问题或困惑。汝清的提问始终围绕儒家的义理，请益自己在学习中遇到的问题。当时我们就看好这位后生。

为期一周的游学活动结束后，汝清随游学团回北京。他在给我的 E-mail 中说："精舍的几日留给我的将是终身的财富，感谢蒋老师对我和大家的关怀！很怀念山上的日子，让我感到就像回了家一般。接下来的日子我会仔细整理和回味蒋老师的谈话，并认真读书，全面体会儒家文化的精神内涵，不辜负蒋老师对我的期望。"

二

汝清没有食言。他在以后十余年的岁月中矢志不渝，研习儒家思想文化的传承及师道的回归，致力于以孔孟之道为旨归的儒家价值的学术探讨，以及书院制度的重建、孝道礼乐与现代法治的会通、蒙学教育与现代民间公益事业的实践等。如今，他担任莘杭书院山长兼儒家文化研究院院长、立人乡村图书馆执行理事、中国人民大学孔子研究院客座研究员、美国旧金山燕京书院导师、河北佛学院客座教授；他还创建民间公益网站——华夏礼乐网。他所著的《大孝至尊——〈孝经〉与成功人生》《以孝治天下》等书也已经正式出版，社会反响很好。

汝清以他的实际行动在护卫儒道的实践中取得了可喜的成就！

2008 年夏，我又一次在阳明精舍见到汝清。这一次他是陪伴

清华大学教授贝淡宁先生一同来的。在蒋先生与贝淡宁先生进行
学术思想交流的座谈中，汝清一直参与了问答。这时的汝清与几
年前相比，在学术义理上的长足进步实在是令人赞叹！

汝清说，自己这两年一直在思考"儒家如何融入现代社会"
的问题：一是儒家的学理应通过什么样的渠道让所有人都了解？
二是对那些完全不接受儒家的人，我们应以什么样的态度去对待
他们？汝清的思考，在当代儒家学者中很有代表性。

三

2006 年阳明精舍组织"丙戌会讲"，当时正在北京执教的汝
清出差路过贵州，特意绕道参加了一天的会讲。汝清是 7 月 18
日夜晚到达精舍的，"丙戌会讲"已进行了三天。那些日子，蒋
先生因身体不适很少出来活动，但是这天晚上，蒋先生为等候汝
清在院里坐了很久。山区的夜晚寒意袭人，大家都劝蒋先生回屋
歇息，可是蒋先生执意不肯，一直要等候汝清到来。我清楚地记
得当时的情形。师生二人在感物厅门前相互问候之后，蒋先生叮
嘱我安排汝清住宿，便转身回俟圣园休息去了。汝清目送蒋先生
的背影，低声对我说："蒋先生憔悴了……他的身体为什么这样
虚弱？……真令人担忧啊！"说话时，他眼里含着泪花，哽咽了。
我理解汝清此时的心情，更理解他们师生之间的情谊。

汝清对蒋先生与阳明精舍的深厚情愫，在他 2008 年所写的
《道在山林不远人》一文中充分体现出来。

2008 年 8 月，与清华哲学系贝淡宁（Daniel A. Bell）先生全家
偕行，来到已然天高云淡的贵州龙场，走进隐于万山丛中的阳明
精舍。这是我第三次造访精舍，但踏入那略显斑驳的大门，看到
那高低错落的庭院时，依然沉醉于其中的静穆与淡雅，时间恍若

· 232 ·

汝清与蒋先生于俟圣园

又回到了五年前。

那时精舍刚刚落成，当我与"一耽学堂"的同道诸君来到奉元楼前时，蒋先生指着楼前的匾额略带兴奋地说："这最后的一块匾是我昨天连夜挂起来的，为了迎接你们的到来。你们是精舍建成后第一批来求学问道的人，这也是精舍第一次学术活动。"言犹在耳，但五载光阴弹指而去。低处繁花点点、绿草如茵，高处枝叶扶疏、亭亭如盖，就连当年在奉元楼上可一览无余的数顷清波也在葱茏的香樟翠竹掩映下，只微露出星星水面，别具一番"犹抱琵琶半遮面"的风姿了。

在这五年的风雨岁月中，儒学由隐而显，继而被热炒、被贩卖，身处其中的蒋先生也因其创建阳明精舍、提倡少年读经、重视政治儒学等异乎常人的举止而屡遭毁誉，甚至承受了来自各方的压力，但我透过柔和的眼神依然可以窥到先生淡定的心境、从容的自信。精舍也并未随世态的炎凉而有所改变，依旧固守着那一份超然、雅致，在青瓦白墙、楹联牌匾间随处可得的传统。

随后的一周，我流连在这熟悉但又透着新鲜的环境中，抛却了世事的牵缠，得以在山林间、星空下静观默想，品味着那种古典式的悠然，有充裕的时间向蒋先生、贝先生求教，并依照儒家书院的传统，进行了一次小范围的会讲。

2014 年，我再一次见到汝清，不是在阳明精舍，而是在合肥。汝清是作为儒家学者应邀参加孔子宗亲举办的一次联谊会。会上，汝清作了关于儒家文化的精彩学术演讲。当看到汝清受到与会者的广泛赞扬时，我想起十年前的汝清，从一个尚带稚气的有志青年，成长为一位成熟而受人尊敬的学者，被同仁们赞誉为"虔诚的儒门守护者"，真是可喜可贺！

王达三

一

2004 年 7 月 10 日至 17 日，蒋庆先生邀请陈明、梁治平、张祥龙、盛洪、康晓光等著名中国文化保守主义人士，以"儒学的当代命运"为题，会讲于贵州龙场阳明精舍。这次会讲后来被称为当代中国思想史上具有划时代意义的"中国文化保守主义峰会"。

在这次会上，我见到了达三。

会前蒋先生告诉我说，达三和吹剑都要参加这次会议，要我提前将"经纶居"收拾整洁，迎接他俩居住。达三和吹剑的名字，我在"儒学联合论坛"上早已熟知。蒋先生到北京开会时见过他们，回精舍谈到他俩时，总是掩盖不住赞赏和喜爱的神情。达三和吹剑多年来利用网络平台，为中华传统文化交流，为普及和提高儒家学术思想，为儒家文化事业的复兴，做出了杰出的贡献。有同仁称他俩是一对"铁肩担道义，妙手著文章"的黄金搭档，此话一点不假。

7 月 10 日晚饭后，云盘山雨后新晴。朦胧的月色笼罩着奉元楼，桂竹园里飘散着青草的芳香。星光下，盛洪老师、康晓光老师和我们一起围坐在复夏堂门前的石台上，一边等候陈明老师他们的到来，一边听蒋先生吹箫。夜里十点多钟，陈明老师到了，同行的还有两位年轻人：一位是王达三，另一位是任毅。吹剑因临时有事没能来，我们都感到十分遗憾！

二

达三他们的到来，给会议增添了不少活力。会议期间，达三一直很忙，他和任毅不仅要进行会议记录，会后还要抽空对几位学者进行采访，晚上还要整理会议材料，几乎没有闲暇之时。

达三是山东人，哲学博士，虽然文质彬彬，却不乏阳刚之气。言谈举止中随处可以见到他的睿智与机敏。他文思敏锐，笔锋犀利，具有浓厚的儒家情怀。

达三会上很少发言，但他的一段发言令我印象深刻。他说："我个人感到这次会讲的意义很大，不但是中国文化保守主义者公开的、集体的亮相，而且表明参与会讲的诸位先生，由于不同的学理和路径，对当下中国的思想文化形成了不同的儒学观点和关注领域。"他的这段话被公开以后，在许多报道和文章中都被广泛引用。

会讲快结束时，一天晚饭过后，达三终于有了一点空闲，我们在一起聊天。他向我讲述了自己学习经典的经历，有一段故事令我十分感动，至今记忆犹新。

2003 年，达三和妻子以及三岁的女儿共同奔赴北京读书，达三攻读中国哲学专业的博士学位，妻子攻读有机化学专业的硕士学位，女儿上幼儿园。妻子课程紧张，又常做实验，照看女儿和维持家庭生计的担子落到达三肩上，那时他们的日子十分艰辛。

但是达三始终认为，儒者必须反复诵读四书五经等中国传统文化经典，从中汲取精神涵养。他没有整块的时间去阅读，就利用点滴时间，甚至连接送女儿乘坐公共汽车的时间也不放过。

那时他刚到北京，租住的房子离女儿上学的地方约有十里。从周一到周五，每天清晨6点半，他准时叫醒酣睡中的女儿，收拾完毕，把女儿扛到肩上，一路奔跑去赶公交车。上车后，他一手抱着女儿，一手拿出经典来诵读。年幼的女儿总想爸爸与她说说话，可是他告诉女儿，爸爸要看书，懂事的女儿就不吱声了。公交车上拥挤不堪，人声嘈杂。达三拿出书来，先是默读，然后小声诵读，最后便摇头晃脑地大声朗读起来。那时中国传统文化的复兴还处于低谷，人们对背诵英语单词的人可以理解，但是对诵读四书五经的人，感到十分诧异，时常有人向他投来异样的目光。可是达三并不在乎，依然故我……

当他读到《孟子》"吾善养吾浩然之气"一节时，感慨万千，不禁潸然。他感到天地万物齐集于己心，感到了"至大至刚"又"配义与道"的"浩然之气"。他想，自己如今的艰辛与努力，在学理上的探索，难道不正是这种"浩然之气""行有慊于心"而又"志不坠于地"吗？不正是孟子所说的"富贵不能淫，贫贱不能移，威武不能屈，此之谓大丈夫"的意思吗？他感到了前所未有的力量和勇气……

经过一年多时间在这样艰苦的环境中诵读经典，他对儒家经典的精神有了更多理解，这些精神契入他的生命之中。他说："中国传统文化经典，是先人生命智慧和生存经验的积淀，塑造了中国人的文化性格和精神气质。生活之树常青，与我们生命意义休戚相关的中国传统文化经典之树也是常青的！"

三

达三刻苦学习的精神令人十分佩服，以后他又用了几年的时间对公羊学进行深入研究。

我在达三的博客中看到了他的《公羊学录初辑》。他经过近三年努力，读春秋公羊传经传注疏数遍，博览公羊学相关基本著作若干，了解公羊大义，录辑凡七十二条。所录七十二条，逐字逐句，皆为达三精心研习公羊学后的所得所悟，对学人亦有指引之功效。如此治学精神，在当今学者中不多，实在可敬可佩！

如今，达三又通过网络平台，成立"公羊学·今文经学大本营"读书会，邀集喜爱公羊学和今文经学的同仁一起读书交流，旨在学习讨论春秋公羊学义理，以及公羊学义理在当下现实中的应用。他还在群里立了规矩："以仁心说，以学心听，以公心辩，鼓励每个人谈心得体会，反对自以为是动辄反驳别人……"树立良好学风，是儒门学子"同契涵泳"的前提。达三一开始就注意到了这一点，相信会使更多学者在交流过程中学有所得、学有所悟。

达三，儒门学林之中坚，路漫漫兮任重道远，矢志不渝兮上下求索！

孟晓路

一

孟晓路，字庆弗，号童庵。1970 年生于河北献县，2000 年于中国人民大学中国哲学专业博士研究生毕业，以后一直在河北大学哲学系任教。著有《圣哲先师孔子》《七大缘起论》《形上学方法》《寒山诗提纲注解》《儒家之密教——龙溪学研究》等书。他说自己是梁漱溟先生的私淑弟子，蒋庆先生是他的亲炙之师。多年来他亲近蒋先生的学问，敬佩蒋先生的人品。他曾利用假期到寺院参加生活禅夏令营活动；经常到南方修习唐密，一住就是几个月；平时，他长年租住于郊外农舍，远离尘世喧嚣……

在当代知识分子中，晓路颇具传奇色彩。

7 月 23 日下午，2006 年"丙戌会讲"已经开讲几天了，晓路才匆匆从广州一个佛学研修基地赶来。到精舍时已过了午饭时间，因炊事员不在，我到厨房给他做饭。他告诉我，自己已经吃素多年了，不吃荤。刚好厨房有些素菜，我就为他简单准备了几样菜，他凑合吃了。

以后，厨房每餐都专门为他准备一份具有贵州特色的素菜，如水煮新鲜瓜豆、凉拌野菜等。他吃得很开心，对炊事员的厨艺赞不绝口。有时晓路还利用餐后时间娓娓不倦地向大家宣传素食的好处，就算会引来不同观点者的争议，他也不急，总是慢条斯理地和他们辩论，常常引得笑声不断。晓路与人相处十分随和。

精舍附近的松树林中有一间小木屋，叫"退藏菴"，年久失修，这些年很少有人光顾了。但晓路发现这间木屋后，多次向我打听能不能到里面打坐。也许是因为这里清静，也许是他对"退藏菴"几个字有所偏好，总之，他对这间小木屋倍加关注。在征得蒋先生同意后，一旦有空闲时间，他便独自带上一条毛巾被，到木屋打坐去了。

一天早上，集体晨诵活动结束后，有人在存心斋门口干净的石板路上发现了一串泥脚印。因头天夜里下了雨，大家断定这些泥脚印是从门外的泥路上带进来的。于是大伙沿着脚印追踪到精舍西门口，发现脚印确实是从那里过来的。大清早的，没有外人进来呀！这些脚印是谁的呢？后生们个个都像"神探狄仁杰"，认真地进行勘验分析，唯有人群中的晓路一声不吭。他似乎注意到我正在看着他，便笑着走了过来，低声说："本来还想蒙混过关哩！现在大家穷追不舍，看来只好坦白交代啦！"我还没来得及答话，只见他转身对大家说道："是我，这些脚印都是我的……"大伙愣住了，沉静片刻，爆出一片笑声。晓路继续"交代"道："天亮前我到退藏菴打坐，进来时忘了擦鞋，走到存心斋门前才想起来，但是晨诵即将开始，我就在草坪上胡乱擦了几下……"说话时的神情，就像一个做了错事的小孩子，引得众人哈哈大笑。

类似有趣的事在晓路身上还发生过好几次。在会讲结束时的总结会上，主持人王瑞昌评价说："晓路就像一个赤子，淳朴而率真。"我们都认同这个看法。

二

根据会讲议程安排，有一个"儒佛之辩"的论题。在进入该论题讨论之前，主持人瑞昌用一个单元的时间安排晓路主讲，让他向大家介绍唐密和禅宗，介绍佛教与儒家的关系。晓路对唐密的渊源和基本教义、七大缘起、四大曼陀罗、三密加持以及学法次第、唐密精髓等做了简单介绍，后来他又讲到禅宗的"明心见性"等，条理清楚，言简意赅。晓路的介绍为第二天"儒佛之辩"的议题提供了许多可供借鉴的素材。

在介绍完佛教显、密二教的区别后，晓路竟提出了一个令在场所有人都惊讶的论点，他说："儒家也有显、密两教之分，龙溪学就是突出代表。"

又是一片哗然！会场上许多人都不同意他的看法。

晓路依旧是不紧不慢、不温不火地阐述自己的观点。他先是以梁漱溟先生的"人生三种态度""人类三大问题"和"文化三大路向"作为引子，展开自己对儒家存在显、密二教观点的论述。他认为，《大学》倡导的是"显"的功夫，即如何在伦常日用中达到圆满；而《中庸》则是显、密双论，"修齐治平"是显的维度，君子慎独、莫见乎隐、莫显乎微、明心、见性、参天地之化育等，退藏于密，则是"密"的维度……他还说："'明心见性'不是交给所有人的，而应交给立大志、发大心的大器者的。"

他这一观点的亮出，会场上争论激烈，众说纷纭，莫衷一是。

后来还是蒋先生出来调停。蒋先生说："晓路将儒家心性学分为显、密两教，名词上可以再斟酌，但事实上是存在的。中庸之道，心性之学，是体悟之学，不容易理解，此为'悟解'，不是'知解'，但这个事实是存在的。"

　　蒋先生说，阳明学讲生命性体，讲证道工夫，即是"归寂"；讲大悟，不只是了生死，还了宇宙。在阳明先生的心学系统中，确实是存在"大彻大悟"的，这与工夫相关联，即是"良知"的显现。阳明先生从未否定生命中有大彻大悟的传统。"明心见性"不只是佛家的，也是儒家的。"无善无恶心之体"，那是很高的境界。儒家存在一个"体认之学"，只是现在还没有被激活。如果此"体认之学"不被激活，又如何回应佛家的挑战呢？

　　之后，晓路继续对这个问题进行探讨，他有意借鉴唐密的修法弘扬儒家密教的修炼工夫。2007 年，他的《儒家之密教——龙溪学研究》一书正式出版。他在该书的序言中写道："龙溪学于儒学传统中自有其不可磨灭之特出价值。蒋庆先生在给作者的书信中曰：'阳明门下龙溪一脉，则得超善恶之究竟法门。'盖儒学中本有一明心性了生死之秘密教法存在，然一直隐没不彰。龙溪起而显说之，从而使此一教法大明于世。龙溪之学使此一直依附于儒家显教内圣学未获独立存在之教法，从显教中分出成立为一门独立之学术，得与显教并列，而称密教焉。孔孟之心髓依此乃可以上探，儒学之精要依此乃可以了达。龙溪阐扬圣学之功大矣哉！有志于实悟良知心性从而自利利他之大心之士，不可不取龙溪之学于自家性命上彻底究之。"

三

　　以后我与晓路有更多的交流，因此也了解到他的一些心路历程。十二三岁时，他到父亲工作的地方上初中。夏天的夜晚，他常常一个人坐在开阔的郊外仰望浩瀚的星空，思索宇宙的秘密。少年的他有一个理想，长大后要找出一个公式，将宇宙人生的真理全部囊括在其中。后来他选择走自然科学之路，研究理论物理。

上大学期间，他写了一篇题为《对物质结构层次以及时空观念之思考》的文章，文中批判相对论的时空观，主张一种有绝对参照系并允许超光速存在的新时空观。他说这成为他二十年后撰写《七大缘起论》的思想萌芽。他后来读到的两本书使他研究自然科学的思想产生了动摇，一本是《熵的世界观》，另一本是《现代物理与东方神秘主义》。他意识到科学技术给人类造成的危机，现代物理学绕行千年之后，又回到古老的东方智慧。他对儒释道等东方文化产生了强烈兴趣。于是，他开始了对人生价值和意义的探索。

他研读佛经数年，虽理论上有所收获，却很难进入修证法门。大学三年级时，他读到梁漱溟先生的《朝话》一书，深感契机，仿佛句句话都是为他所说。以后他遍寻梁先生的书进行阅读，依照书中指示从事儒家的修养功夫，从此人生实践折入儒家一路，并进一步深入学习四书五经等原著。在中国人民大学读研时，他撰写《圣哲先师孔子》一书，作为五年学习儒学的总结。

成书之后，晓路一度深感迷茫，心境痛苦，竟产生了厌离之念。1997 年恰逢几位校友邀他参加生活禅夏令营活动，他再次接触佛学，用心研读唐密，参究世界起源问题。冥思苦想，夜以继日，他最终作出一幅"七大缘起图"。2005 年，他撰写《七大缘起论》一书。他说，"七大缘起"在佛教缘起说中最为究竟，"七大"即地、水、火、风、空、识、智。他在书中写道：《七大缘起论》认为宇宙真相中的任一"种性"皆是由"七大"构成，皆不出"七大"之范围。

晓路认为："今日复兴儒学，必不能再走新儒学显密混谈以密充显又空谈理论不重实践之老路，而应亦如孔子当年，于显、密二者严加区别之，对机而施教，注重功夫实践，以行为主。对于少数已发大心欲为往圣继绝学之上根之士，应显密双授，令之实悟一乘，而下弘人乘。对于多数普通人，则唯弘人乘之显教，令实践乎六艺人伦政制之教法。如此，则儒学之全体大用方能充量发挥之，且道统有继，儒家教法之特质亦不致流失云尔。"

孟晓路，少年立志，在探索真理的道路上进行不懈追求；以后从自然科学走向东方文化，从儒家到佛家，又由佛家复归儒家。归来时，他有了更开阔的视野，更圆融的学识，更宽厚的胸襟，更扎实的功夫。

刘怀岗

刘怀岗，网名心兰，取"我心若兰，清馨淡雅"之意。我们都习惯叫他心兰。人似其名，心兰喜静，平时寡言少语，但求学做事都十分勤勉，行为也刚健果决。心兰是山西沁县人，自幼在农村长大。本来在大学时学的是市场营销专业，毕业后也一直从事市场营销工作，但后来因读到四书五经，深感先圣义理之博大，遂立志学儒。于 2005 年初辞去工作，走上求学之路。

2005 年 4 月，心兰经多方打听，在同道的推荐下，首次拜访了蒋先生。在深圳的家中，蒋先生热情地接待了心兰。心兰向蒋先生表达了自己志于儒学复兴的意愿，蒋先生深有感触地说："这一百年来，儒学遭到了致命性的破坏。我们这一代人，在儒学方面是靠自己起来的，没有师承，这很不容易。这需要面临各种社会问题，包括朋友亲人的不解。儒家不像佛家与道家，佛家与道家在面临社会问题时，可以采取出世的方式，而儒家不同，儒家必须在劳尘烦恼中做道场。所以，儒者的一生是艰难的、寂寞的，这就需要同道的相互鼓励。在网上交流也算一种相互鼓励，但最好的方式是面对面的交流与鼓励。"

"儒家必须在劳尘烦恼中做道场。所以，儒者的一生是艰难的、寂寞的。"心兰对蒋先生的这句话铭记在心。

蒋先生还对心兰说："要承担起复兴儒学的重任，必须有三方面的担当，即仁心担当、义理担当、气魄担当，少了哪一方面都不行。仁心担当就是儒家讲的仁，儒家的伟大抱负就是天下归仁，即圣人入世以情不以理；义理担当就是儒家讲的智，由于一百年来儒家受到西学的冲击，在义理方面出现了曲解与歧出，现在需要用智慧去深入了解儒家义理的真义；气魄担当就是儒家讲的勇，现在的年轻人要立下大志，勇于为儒学的复兴而奋斗。"蒋先生说现在儒学的复兴需要全面的复兴，最难的是社会方面的复兴，也就是重建礼乐。而推动儿童读经是儒学在社会中复兴的第一步……

那次对蒋先生的拜访深深鼓舞了心兰，坚定了心兰潜心学习儒家经典的决心。后来心兰在珠海平和书院期间又多次拜访了蒋先生。

辞职后的心兰专心于儒家经典的学习，先从《论语》学起。他学习《论语》，做了一万余字的读书笔记，最后总结为两句话："行当常思夫子叹，退且自寻孔颜乐。"一忧一乐，正是儒者的情怀。而对于《论语》的学习，他认为"《论语》诲人，必比善而从，反求诸己，敬以行之，此乃成德平易之法。然成德在个人，行道在人群，为学当志在人群社会，勿限于一己之陋隅。孔子汲汲以行，非斯人之徒与而谁与？是以不知孔子平生所为者，不足以读《论语》。"在去阳明精舍之前，心兰以同样的方法学习了《尚书》等经典。

为了随同蒋先生到阳明精舍学习，心兰在深圳租住了几个月。2006 年 5 月中旬，心兰随蒋先生从深圳来到阳明精舍。此后，心兰长住于阳明精舍，一边读书，一边协助蒋先生处理一些学术上的事务。

那几年，阳明精舍每有学术活动，都是心兰进行录音并整理成文。同时，心兰还陪同蒋先生外出从事一些重要的学术活动，如一同赴京参加凤凰卫视"世纪大讲堂"的讲演，一同参加珠海平和书院主办的"蒋庆儒学思想研讨会"。其余大部分时间，心兰都用来读书。在阳明精舍期间，心兰专心于学习阳明学与《周易》。受蒋先生影响，心兰从三才之道的角度去学习易经，深有所得。

2008 年仲夏，心兰因家庭生计所困，不得不离开学习、生活近两年的阳明精舍。在离开精舍之前，心兰向蒋先生请教了一系列问题，并整理成文。

尽管失去了静心读书的环境，但是心兰依旧勤学不辍，又相继学习了《春秋公羊传》等经典，并帮蒋先生校对修订《公羊学引论》。修订版《公羊学引论》出版后，心兰写了一篇文章发表于"儒家网"。他在引用蒋先生关于"历史文化焦虑"的论述后，结语这样写道："读《公羊学引论》，更能实际感受这种历史文化之焦虑。这是一种大焦虑、深焦虑。而蒋先生的一切思想，都由此焦虑所发。甚至今日儒学界的各种思想，都或多或少受到了这一焦虑的影响。如此说来，凡具有历史文化焦虑者，不能不读《公羊学引论》。所以，把《公羊学引论》作为现时代儒学入门读物是非常正确的，把《公羊学引论》作为当代儒学的开山巨著，一点也不为过。"

如今，为谋生计，心兰在世间劳碌奔波，但他始终记得蒋先生的那句教诲："儒家必须在劳尘烦恼中做道场。"

心兰身在劳尘，心中却依旧有着一份坚持与守望。

王国雄

但凡与国雄相处过的人，都会对他的质朴、谦虚和虔诚留下深刻印象。

"丙戌会讲"之前，我们忙于紧张的筹备。一天上午，我接到一个陌生电话。电话那头介绍自己名叫王国雄，是贵州师范大学的在读硕士生，恳请参加阳明精舍即将举办的会讲。语气中透出诚恳。我解释说精舍因住宿条件有限，恐不能如他所愿，待会讲结束后欢迎他来精舍小住几天。但我不忍将这个未曾谋面的后学拒之门外，便将此情况向蒋先生做了汇报。蒋先生说自己也接到了王国雄的电话，这位后学之前曾经到过阳明精舍，求学十分诚心。但由于精舍住宿安排困难，也只能婉言谢绝了。我们心中都留有一些遗憾。

第二天傍晚，国雄又打来电话，再一次恳请，再一次表明只是旁听。他说自己绝不会给精舍增添其他麻烦，如果住宿困难，只安排一个可以睡觉的地方就行，甚至可以打地铺……我被他的话打动了，再次去请示蒋先生，看能不能满足他的心愿。蒋先生听后也很感动。于是我们对原来的住宿安排进行了大幅度调整，终于设法为国雄挤出一个铺位。

国雄来到阳明精舍显得十分高兴，行为举止却小心翼翼。看得出，他对这次学习机会十分珍惜，对这个儒家的清静道场存有一种发自内心的恭敬。

那些日子，每天清晨醒来，我都能听到国雄和心兰的琅琅读书声。早晨在存心斋集体诵读时，由于屋内没装电灯，国雄往往选择光线较暗的位置入座，将明亮之处留给视力不好的同道。诵读时他神情专注，从不懈怠。会讲时，他仔细倾听，认真笔记，发言时态度也很是谦恭谨慎。每次集体活动，国雄总是主动协助我做一些杂活，勤勤恳恳，从无怨言。

国雄出生于江西农家，自幼好学，深受长辈喜爱。上大学后对国家民族怀有忧患意识，有志为国出力。后经友朋指引，追求西学，以为那是立身之本。但没想到学习越深入，内心的困惑就越多。他秉性纯真，好学向善，总感到十分迷茫。2000 年，他读到蒋先生的《公羊学引论》，犹如醍醐灌顶，才明白西学中的谬论，明白修身善己、立己达人的道理，从此起信于儒学。2003 年，国雄考上贵州师范大学硕士研究生，修习传统文化。在此期间，他得知蒋先生在龙场云盘山建阳明精舍，承继儒门道统，便主动上山拜谒蒋先生，请益求教。

"丙戌会讲"结束后，国雄给我发来短信："精舍一月，同道汇聚，请益蒋公，切磋义理，体道弘道，受益颇深。每日里同道之间秉性而学、率性而为，那份纯粹、那种信念，是当今社会所缺乏的，国雄十分珍惜"；"国雄在精舍受全方位熏陶，蒋公之善诱，同道之辅励，终立一生根本，好之乐之不能忘怀！"

以后的一段时间，国雄与我保持着联系。他多次表示阳明精舍是他的精神家园，蒋先生是他的精神导师。他说，听蒋先生讲学问，如沐浴春风。不论在学识上还是人格上，蒋先生都是他最尊敬的导师。2012 年，国雄到广州增城工作。应深圳孔圣堂主事周北辰邀请，他利用业余时间到孔圣堂向同道讲解《孟子》。他说第一次讲经自己很紧张，那天下午在讲经开始之前，按照孔圣堂的规矩，他们首先进行了祭拜先师仪式，大家起立合唱《宣圣颂》。这是在阳明精舍学唱的儒家歌曲，他并不陌生。之后，他从司马迁《史记·列传》对孟子的评说开始讲起，介绍孟子的身世，讲孟母仉氏善于教养，三迁而教，成就了孟子德行；再讲到孟子受业于子思之门人，私淑孔子，传承先王之道，倡性善，辟异端，等等。讲经持续了两个多小时，结束后他匆匆辞别北辰兄与诸同道，赶回增城上班。经过四个多小时的车程，晚上十点半左右才回到他工作的校区。人虽很疲劳，但心中却充满快乐。他说，孟子学问对于当今中国的教育意义很大，如今功利至上、道德沦丧，如能弘扬孟子之学，社会风气定能大有改善。

后来国雄因工作变动，不能继续到孔圣堂服务，对此他时常自责，深深负疚。

国雄说："如今我虽为谋食奔波劳顿，但终是保持素位而行，安贫乐道。工作之余，读经诵典，修身善己，不为世转。"

愿国雄在今后的日子里，守住"家国天下"的情怀，不为滚滚劳尘所肆志。

樊润东

一

我清楚地记得第一次见到润东的情形。2012年6月中旬的一天，我从合肥到阳明精舍，一路辗转，十分疲劳。那天下午，出租车开到平地村村口，被路边的建筑材料拦住了去路，滞留了半个多小时也无法通行。我打电话与阳明精舍的陈师联系，刚巧他的摩托从县城回来，但车上已载满物品，只能带走我的行李，无法带人。他叮嘱我在原地等候，很快返回接我。但天色已晚，我很着急，便背着双肩包独自走上了去阳明精舍的山路。由于刚下过雨，山道泥泞，加上几天的旅途劳顿，我举步维艰。走在陡峭的山崖边，突然听见远处有人说话。随声音寻去，山上走下来两个人，一位是蒋先生，还有一位身材魁梧的小伙子。我喜出望外，便大声向他们招呼起来。随着蒋先生回应的声音，小伙子迅速小跑过来，二话没说，便将我的背包接了过去。后来蒋先生介绍说，他叫樊润东。

润东是贵阳人，但从小在国外长大。当时是加拿大双学位的留学生，正在攻读哲学和政治学专业。这几年，每当学校放假，他便从国外回来，在家中住上几天后，就来到阳明精舍来向蒋先生问学问道。他在精舍静心学习儒家经典，向蒋先生学习古文，一住就是几个月。润东只有二十岁出头，应当是阳明精舍后学中年龄最小的一位。

润东虽然年龄不大，但却很懂礼节，对自己的要求十分严格。对精舍的规章，他从不怠慢。不论是每天清晨的集体晨诵，还是在复夏堂举行的朔望告拜礼，润东总是第一个到达。他恭敬地守候在门前，等待蒋先生和其他同道到达后，自己才最后一个跟进门去。他平时身着一件深蓝色夹克衫，行朔望告拜礼时，便换上汉服，神情端庄凝重，行为稳健。

润东的一些生活细节也给我留下了深刻印象。精舍由于节省开支，饭堂里的餐巾纸是用卷筒纸代替。每次用餐快结束时，润东总会提前起身去撕下几段卷筒纸，叠成一个小方块，然后双手恭敬地递给在座的长辈；精舍偶尔收到城里朋友送来的水果，按常住精舍的人数平均分配给每人一份。有几次，我发现分到润东手中的那一份又被他悄悄地放了回来。我问他为何不带回宿舍自己吃？他说陈师的孩子快放假回来了，留给弟弟妹妹们吃。这使我感到非常意外，一个九零后的年轻人，竟能如此懂得节俭，懂得辞让，实在难能可贵。在润东身上，一点儿也看不到富家子弟的痕迹。

相处时间长了，润东和我渐渐熟悉起来。他有时利用中午时间到月窟居与我聊天。我们有时讨论学术问题，有时拉家常。他向我讲述自己小时候的成长经历，讲在国外留学时经历的许多事情，他说自己在国外经常与母亲通话，交谈起来就像朋友一样。看得出，润东和母亲的感情笃深。母亲豁达坚毅的品格对润东的成长影响极大。

我在精舍期间曾见过润东的母亲一面，她给我留下了良好印象。她是贵州一家著名企业的老总，是当地有名的成功人士，可是她为人低调，知书达礼。多年来，她在致力于企业发展的同时，重视打造企业文化，以儒家文化作为企业文化的基础，关注中国传统文化的传播，并时常给予民间公益组织经济上的支持。我对润东说，你取得今天的成绩，除了自己的努力外，可能还得益于有这样一位好母亲吧？润东连连点头称是。

二

这一年，在阳明精舍读书的后学还有两位，一位是李海超，另一位是黄磊。润东和他们都相处得很好，相互尊重。遇上晴天，晚饭后蒋先生带领大家到附近的草地上散步，这也是师生间能够轻松交流的最佳时段。大家交谈的话题很多，内容广泛。这时的润东总是跟随在蒋先生身后，认真倾听蒋先生与师兄们的交谈，很少插话。然而在每周的"盘山问学"时，润东却会抓住各种机会向蒋先生提问请益。他的问题不仅能引起蒋先生的重视，也使同道们饶有兴趣。

在一次"盘山问学"中，润东对蒋先生说："我在加拿大学伦理学时，对康德和功利主义的伦理学都不太满意，而我看了您书中对价值理性与工具理性的探讨后，更觉得理性只是功利的。我看康德和功利主义都只强调普遍法则，他们说，如果每个人都守诚信，就不可能出现不守诚信的事情，原因是我们都不喜欢不守诚信。可是，他们并没有说明为什么我们喜欢守诚信而不喜欢不守诚信。所以，我认为，理性不是道德的根源，良知才是道德的根源。因为良知使人们看到事物之后马上就会发念，而这个'念'是超越理性的。理性也只是对此念的阐述。我看《大学问》，觉得理性才是恶的根源。因为人们总不会说自己是错的，总相信自己是对的，而任何正确的事物总是相对于我们的认识才会有正确与错误，这样理性就把你、我分别开来。事物总要进入我的系统才会正确，而相对于我排出去的东西就可能是'不正确'。这样一来，就不像康德说的通过理性可以进入道德，反而理性会使人变恶。所以，我觉得理性是无价值性的，蒋老师，您看我这么思考对吗？"

蒋先生听后，称赞润东思考的路子已经有了"以中解西"的倾向，并说外国的学生即便听了康德的课，如果没有中国文化作参考，是不可能对理性有如此深刻的思考的。

又有一次，也是在"盘山问学"时，润东向蒋先生提问："蒋老师，我想问一下历史的形态。按照西方理性主义的历史逻辑，认为历史有一个终极的目标，或者是基督教的天父已经把人类社会设计好了，那人类的行为还有什么意义呢？如果历史是既定的，或者是独立于人类社会的，那么人的任何行为对于历史都没有意义、没有价值，我们就可以什么都不用做，历史自己也会向前走。相反，按照存在主义的观点，人类什么都可以做，如果这样，历史也没有意义，因为当你觉得什么都有意义，那就什么都没有意义了。我想如果历史是有意义的，它就不应该有开始和结束。可是人们总是会问历史开始之前是什么样的？历史结束之后是什么样的？历史究竟是什么样的呢？"

蒋先生对他的这个提问很感兴趣，便从西方古典哲学和现代哲学所代表的不同历史观等方面回答他的提问，指出儒家和西方的理性主义、西方的宗教是有区别的。西方的理性主义和宗教都要预设一个历史的开始和终结，这是他们根深蒂固的思想。而儒家认为历史没有终结，从不认为历史哪一天会结束，也不去追问历史从哪一天开始。《易经》的最后一卦是"未济"，"未济"就是历史没有终点，它不断地发生，生生不息。历史可以有好坏、善恶、理想与不理想之分，但是历史没有终始之分。自然的个体生命有开始和结束，但是人类的生命是没有结束的，除非人类自己毁灭自己，比如通过核武器竞赛、高科技发展等。但就人类自己的理想而言，历史是没有结束的。

润东的这些提问和蒋先生的回答，使我们在座的每一个人听后都感到获益不小。

三

润东在精舍读书四年，学习很用功。在蒋先生的指导下，他的古文进步很快。他有一篇古文《尊韩论》就是按儒家的理路写的。

如今，润东正在德国准备攻读哲学硕士学位。我深信，不论他身在何方，都不会忘记自己是阳明精舍后学中的一员。

李海超

　　海超本科就读于河北大学哲学系，是孟晓路的学生。蒋先生对他而言，可谓是太老师了。也许因为他与晓路老师的性格有许多相似之处，二人关系尤为要好。晓路老师介绍他读蒋先生的书，但当时他并不向往儒学，对儒学的学习与关注只是因为他存在一些人生困惑，他正在思考自己的人生道路究竟应该怎么走。后来晓路老师又向他介绍佛学，但是海超认为自己与佛学不相应，他说自己是一个很重情感的人，尤其是对于父母的亲情割舍不了，所以不可能向佛。以后他到南京大学哲学系读硕士，选择了对儒家礼学的研究。在南京大学读书的日子里，他的困惑依然存在，不过那时他对儒家的价值已很认同了。他认为儒家支持人们过一种现世的生活，人们可以在现世中寻求对社会人生的更多关怀。他思考儒学究竟应该怎么转变才能对当今的社会有意义，这时他想起以前读过的蒋先生的书，感到蒋先生是位很有见地的老师，为当代儒学学术开拓了一个方向。于是他通过孟晓路老师推荐，利用 2012 年暑假的空闲时间到阳明精舍访学。访学结束后，他从南京大学毕业，报考了黄玉顺老师的博士生。现在在山东大学儒学高等研究院学习。

　　初与海超接触时，他给我留下的是一个阳光男孩的印象。他做事虽有主见，但从表面上看，少了些一般学者的专注与执着，在非正式场合的讨论时，显得有些漫不经心。我们每天傍晚一起到户外散步，其他后学都利用这个机会向蒋先生请益解惑，而他更多的时候是观星望月，享受山间野趣。有时候，他娓娓不倦地向我讲述校园见闻、家乡趣事，有时讲他爸爸妈妈的故事，这时海超会不加掩饰地流露出对父母亲的眷念，那神情简直就是一个大男孩。

这一年，阳明果园的杨梅树结果不多，我们散步时发现树上的杨梅熟了，海超十分高兴，便摘了几颗回来。后来蒋先生知道了，很严肃地批评道："杨梅树已经承包给别人了，怎么能随便采摘呢？这样会影响农户的收入啊！"海超低下头来，没说一句话。气氛有些沉闷。我便提议到那家农户赔礼道歉。海超一听，立即响应。于是我们去了农户家，向他们说明情况，赔了不是。谁知女主人爽快地对我们说："吃吧，吃吧，该摘的我们都摘过了，剩下的我们也没工夫去管了，你们看见了就摘回去吃吧！"我松了一口气。海超却高兴得跳起来，连蹦带跳地向后山的杨梅树林跑去。我和黄磊只好气喘吁吁地跟在后面。

来到杨梅树下，发现树上剩的杨梅确实少之又少。他俩都近视，我在树下观察，只要发现一颗，就告诉海超，他顺我手指的方向寻找。找到后，便兴高采烈地设法采摘下来。大约忙乎了半个多小时，天色已晚，我将摘下的杨梅用小手绢包起来，交给海超。他捧着杨梅一路小跑回到精舍，沉浸在欢乐之中。海超的快乐不在于杨梅本身，而在于他对这山间自然野趣的一份热爱。

但海超做起学问来，却与平时判若两人，他的执着和专注令我惊讶！

记得一日晚饭过后，大家在一起交谈儒家礼仪的问题，讲到在《士婚礼·亲迎礼》中的"奠雁"这个环节，即婿到女家后，由主人亲自迎接，进入庙门，升自西阶，北面奠雁，然后行再拜稽首之礼，拜后即降出。[①]

① 《士婚礼》："宾升，北面奠雁，再拜稽首，降出。"

礼经中没有讲明婿在此所拜的对象是谁，对此，历代礼家各执一词，莫衷一是。蒋先生说："海超，你是研究儒家礼学的，有空时也研究一下这个问题吧。"当时我以为蒋先生只是随口一说，并没有在意。没想到海超却认真了，第二天便开始了对这个问题的研究。

他在蒋先生书房借了《通志堂经解》，又在网上查了许多资料，将历代礼家的各种观点进行梳理。在以后的几天里，每天中饭以后，海超都会把我拉到一旁，专门讨论这个问题。他按《士婚礼》原文的叙述，让我扮演其中的某个角色，一会儿要我面向东，一会儿要我面向北，演绎着当时的各种场景，以确定迎亲的女婿所拜的对象到底是谁。他研究的结果认为，历代礼家的基本观点有两种：一种认为婿所拜者是妇，另一种认为婿所拜者是女方父母，各有各的理由。海超每天都将一些新查到的论据告诉我，然后对这些观点进行分析，并征求我的意见。开始几天我很耐心，仔细听他分析。后来他搜集的论据越来越多，我的耐心被他的执着挑战了。有一天，我终于忍不住对他说："海超，我们能不能跳出礼学家们固有的思路，还原常理，用最简单的思维方法来分析这个问题呢？"我说，婚礼中的主要角色一般只有六位，即婿、妇、男方父母和女方父母。根据这几天所列的论据，在其他环节中，婿、妇互拜和拜男方父母的情形都有出现，唯独女方父母在这些程序中缺位，所以我认为行"奠雁礼"时应该是婿拜女方父母……我的话没说完，海超哈哈大笑起来，他拍了一下自己的脑袋，高声说道："好啦，范老师，您就等着看我的文章吧！"说着便飞身跑回自己的宿舍。

第二天，他的一篇约六千字的文章出炉，题目是《"士婚礼"婿亲迎拜何人考》。文中对历代礼家的基本观点及其理由、笔者的观点及其理由进行了详尽的分析和阐述，认为"婿迎亲所拜者应为女方父母"。通过这件事,我对海超的治学精神有了更多了解,对他做学问的效率更是赞叹!

后来海超将他撰写的许多文章复制给我,希望能对我今后探索儒家女性观有所帮助,如《先秦儒家夫妇观研究》《论"仁者无敌"》《先秦儒家对夫妇伦地位及影响的阐释》以及《生活儒学多元开展之可能与必要》等。

海超对我启发更大的是,他希望我今后写文章可以不必追求论文形式,因为论文文体的阅读面比较窄,适合于学者,而建议我用自由文体表达,自由文体可读性强,受众面宽。他严肃地对我说:"道不远人,文以载道啊!弘扬儒家文化,需要争取广泛的社会支持,需要我们发挥桥梁的作用。"海超的话正符合我多年来在传承儒家文化中的自我定位。我非常感激他,并记住了他中肯的建议。

海超说他在阳明精舍学到了很多书本上学不到的东西,尤其是蒋先生的为人给他留下了深刻印象。他过去只是读蒋先生的书,以为蒋先生在生活中是一位守旧、古板的人,刚到书院时,他见到蒋先生还有些战战兢兢,通过后来的接触,才发现蒋先生十分平和、风趣,而且平易近人。

海超说,蒋先生总是教导后学们不要随波逐流。他清楚地记得蒋先生给他们讲的一个关于"如何做保持棱角的石头"的比喻。蒋先生说有的石头被雨水、河水长年冲刷碰撞后变成了圆滑的鹅卵石,而有的石头却埋在泥土中保留着自己的棱角,人也应该保持棱角,千万不能随波逐流。海超说他在听这个故事时,感到蒋先生就是在讲他自己的故事,蒋先生就是一个操守坚正的人。

海超告诉我,他忘不了离开阳明精舍的那一天,蒋先生帮他付了下山的车费。他说自己经常在思考这个世上什么最值得珍惜,这就是别人对你寄予的那份真情、那份希望。他说永远也不会忘记蒋先生对后学寄予的厚望,也不会辜负蒋先生对自己的这份厚望!

姚舜雨

　　与舜雨第一次见面不是在精舍，而是在合肥。2014 年深秋的一天，我收到舜雨发来的短信，说他刚从阳明精舍回来，蒋先生有一本新书送给我。我们约好在合肥包公园附近的一家茶社见面。那天下午我刚到，迎面过来一位青年，中等身材，文静而有几分腼腆，就像一位在校的大学生。他就是舜雨。

　　入座后，我向舜雨了解阳明精舍的近况，开始他有些拘谨，随着话题深入，我们的交流越来越通畅，我发现他是个十分健谈的青年。我们的话题主要是围绕阳明精舍展开，我谈精舍的过去，他谈精舍的现在，然后我们谈到蒋先生在阳明精舍守道的不易，谈到我们共同熟知的那些人和事……不知不觉，十多个小时过去，我们忘记了时间。

　　虽是初次见面，由于阳明精舍的缘故，我和舜雨平添了许多亲切感。

　　后来我和舜雨又有几次见面，我对他的了解逐步增多，知道他不仅爱读书，而且会读书。交谈时，他会将这本书里的人物与那本书里的人物串联起来，讲述与这些人物相关的故事，生动有趣；在讲某些历史人物时，他会将这些人物经历的事件变得鲜活起来，一个个人物栩栩如生。

　　谈到读书的乐趣时，舜雨显得十分轻松，但是当谈到他走向儒学的曲折心路历程时，他眉头紧锁，显得十分沉重。

舜雨自幼喜爱读史，因家有范文澜《中国通史》，课余时间他自己便取来阅读。由于受当时学风影响，他认为历史是以阶级斗争为动力而推进的，后来接触到胡适、新月派诸文人的思想，便追求自由主义、全盘西化的理论。十七岁时，他读顾颉刚，为其古史之辩所滋惑，对上古史冥冥茫茫，但又感到不可据信；再后来又读黄仁宇、费正清的书，自己开始建立大历史的观念，对百年中国革命颇有同情感；之后，他研读冯友兰、钱穆的书，孜孜不倦。他说自己私淑钱穆先生，钱先生深邃的思想深深吸引着他。同时他又信奉清人章学诚"六经皆史"的主张，甚至大有"六经皆神"之感慨……

那时，他开始认为现在的教科书只能教人以规矩，却不能使人心思灵敏，因此对教科书的痼疾很是排斥。但是他后来又感到，教科书并不能缺少，因为人对世界的认知首先必须懂得规矩，规矩是认识世界的入门。

当时舜雨就读于安徽一所重点高中，平时学习成绩名列前茅，深得家长和老师的喜爱。或许是由于这段时间他醉心于读史，影响了高考成绩，他未能考入自己心仪的学校。以后他辗转到北京上了一所大学，报考了一个自己并不十分喜爱的专业。依他的资质，完成学业只需占用很少时间，于是他在北大附近租住一隅，有选择地到北大旁听各位名师讲课，既有西学，也有中学。他期望在北大浓郁的人文环境中接受熏陶，拓宽视野，继续学习自己喜爱的史学及经学。

他在北大旁听时期，只身一人，没有同学交流，没有师承援引，度过了几年孤独寂寞的时光。也正是由于这番孤寂，他积累了许多人生体验。他说他感谢这段艰苦的时光，每日有选择地听讲，有计划地读书，终日乐此不疲。几年里，他购买了数百册书，堆放在自己的床上，每晚只能侧身而眠。一天，他想起唐代诗人卢照邻的那首《长安古意》诗句："寂寂寥寥扬子居，年年岁岁一床书。"心中自有几分欣慰，却也感到几分迷茫……

也就是在北大旁听期间，他听到了蒋庆先生的名字，得知蒋先生是当今儒门之清流。从那时起，他就对蒋先生充满仰慕之情。

他从北京返回合肥后，没有出去工作，只是整日闭门读书，手不离卷。但心中时有困惑，冥思苦想，终不能舒心释怀。这时他游离于佛老心性之间。有一位禅门方丈见他清静超脱，劝他出家，或许是略知他有向儒报国之志，方丈对他说："念佛也可以报国。"此时他想到《易经》所说："举而措之天下之民，谓之事业。"如果远离人伦、遗弃世事，又怎能报效家国天下、求得尽心之道呢？他很矛盾。几经内心痛苦挣扎，他最终还是归依了阳明心学。

如此，他的心灵经历了两次较大的"蜕变"：一次是从自由西化转至中国传统的保守之学，复古更化；第二次是依释教禅宗的心性之学，归祗阳明心学之良知本体。

两次"蜕变"之后，舜雨决心南下求学拜师。他先后两次到阳明精舍，拜谒蒋庆先生。后来终于得到蒋先生应诺，在阳明精舍读书学习。

舜雨告诉我，在精舍他随时感受到先生儒家典雅之气象。先儒说读书可以变化人的气质，确实如此。他说自己过去治学漫无章法，如今得入儒门，当揆守其道，发微《政治儒学》以制解经之义理。傍晚散步时，他得蒋先生亲自授业，每有疑义，请益先生，总获先生详论不已。蒋先生多次对他说："儒家尤重品藻，首推名节，遁世而无闷。"并给他讲二曲先生的故事，诲以蓄德；蒋先生鼓励他多读书，说："读书是继往圣之绝学之一等大事。"蒋先生的这些教诲，舜雨都一一铭记于心。

舜雨说他喜爱阳明精舍的幽静环境，这里天朗地清，外来的宾客都很羡慕。但是精舍创业之艰辛，天道人事之纷繁，如果不长住于此，个中滋味是外人难以理解的。若不是立志于中国文化的复兴，又有几人能守得住这份寂寞呢？所以，他十分钦敬蒋先生的人品。

舜雨说自己是安徽人，选择致力于经学，也是受地域文化的影响。他说治经不是一件容易的事，经学是一个庞大的系统，要使经学与史学、子学、小学、纬学相表里，不是一件容易之事。还有经与经之间的相互佐证，都需要下一番功夫。他读《诗经》，便将齐、鲁、韩、毛四家诗逐一佐证；他读郦道元《水经注》，便结合相关地图，包括《禹贡九州图》，结合黄河、长江两大水系的流向，进行认真研读。

他说自己是带着读书人的情感去读经的。在读《水经注》时，读到有一地名叫"蒲昌海"，这是我国仅次于青海湖的第二大咸水湖，也就是现在所说的"罗布泊"。当时那里的人们依水而居，过着安详的生活，可是后来被人为地抽水、移民，使这个美丽的湖泊永远消失了……读到这里，他十分痛心。

在阳明精舍，凡来访客，多由舜雨沏茶接待。凡有初入儒门来问学者，则多由舜雨代蒋先生释疑解答。舜雨犹如五百年前王门之钱绪山与王龙溪，俨然为今日阳明精舍之"教授师"也。

舜雨，儒门学林中又一名后起之秀！

后　记

　　十余年前，我应蒋庆先生之邀，到阳明精舍协助工作。那时的阳明精舍还鲜为人知。在那里，我亲临了许多珍贵的学术活动和感人的场面。在寂静的山林里，我常常和自己的心灵对话，于是我开始用笔记下那些感人的场景与内心的感悟。当时并没有打算给别人看，更没有打算出书，只为着记下自己的一段人生经历。没想到在不经意间，为本书积累了许多宝贵的素材。

　　后来，我在"儒学联合论坛"陆续发了几篇小文章，没想到引来许多网友对蒋先生与阳明精舍的关注。其间，网友读书吹剑给予我持续的鼓励。"儒家中国网"建立后，任重总编应网友们的要求，专门为阳明精舍开辟了一个专栏，让我提供相关文章。就这样，便有了《月窟居笔记》一书的雏形。2013年11月27日，我收到任重主编的电子邮件，要我将以往发表的文章汇集起来，准备收入"儒生文丛"第三辑正式出版。于是，我对过去的笔记、资料进行整理，开始了写作。在撰写过程中，任重主编和知识产权出版社的江宜玲编辑给予了具体指导，此书稿才得以成型。

　　蒋庆先生不仅为本书提供了珍贵的照片和文字资料，在书稿完成之际，还在百忙中对书稿进行审核，订正了不少笔误，为此付出了许多精力。

可以说，《月窟居笔记》书稿的完成，是多人合力之作。在这里，谨向蒋庆先生、任重主编、江宜玲编辑及给予支持和鼓励的同道们表示感谢！

范必萱
二零一六年三月十五日记于合肥静心斋

"儒生文丛"第一辑〔三册〕

一、《儒教重建——主张与回应》
(任重、刘明主编,中国政法大学出版社 2012 年版)

对儒教重建的关注,是当代"大陆新儒家"的一大突出特点。中国自古儒、释、道三教合一,儒教居三教之首。在传统向现代交替的过程中,儒教是否是宗教、儒教是否该重建、儒教在今天应该是何种形态等命题成为学术思想界的热点,不断引发讨论。本书刊载了当代儒家新锐对儒教有关问题的深入讨论和最新看法,为中国现代精神价值体系建设提供了新的思路。

二、《儒学复兴——继绝与再生》
(任重、刘明主编,中国政法大学出版社 2012 年版)

因为儒学是治世之学,与一般的儒学研究者不同,儒门中人学习、研究、弘扬儒学,绝不是为了学术而学术,而是有着明显的问题意识和现实感。儒者、儒生对于儒学,不仅在理念上自觉认同,有明确的身份意识,而且还有着强烈的历史担当,立足当下,直面现实。本书所选编的当代"大陆新儒家"的思想探索成果,对当代中国所遇问题进行了精彩解答,乃"为往圣继绝学",而非"纯学术"之作,值得一读。

三、《儒家回归——建言与声辩》
(任重、刘明主编,中国政法大学出版社 2012 年版)

尽管儒家在今天的中国已呈回归之势,但人们对他们的所作所为知之甚少。本书对"大陆新儒家"参与当代文化建设的一些事件，如五十四位学者联署发布《以孔子诞辰为教师节建议书》、十名青年博士生《我们对"耶诞节"问题的看法》、五十多个儒家团体《致电影〈孔子〉剧组人员公开函》、十学者《关于曲阜建造耶教大教堂的意见书》，以及参与讨论读经、国学、教师节、通识教育、国服、礼仪、节日等热点问题，予以了集中展示和说明。

"儒生文丛"第二辑（七册）

一、《儒家宪政主义传统》
（姚中秋著，中国政法大学出版社 2013 年版）

全书着力探讨中国历史上两个立宪时刻儒家之理念筹划和政治实践，即汉初儒家进入政体、驯化秦制，与近百年来儒家构建现代国家。就前者，重点解读董仲舒"天人三策"，阐明其天道治理观之宪政主义意涵。就后者，通过思想史的梳理，揭明现代中国存在着一个保守—宪政主义的思想与政治传统。

二、《儒家文化实践史（先秦部分）》
（余东海著，中国政法大学出版社 2013 年版）

《儒家文化实践史（先秦部分）》共两部。从儒家道统的角度，对先秦历史和历代政权进行梳理和评判。第一部：大同王道的原始模式（尧、舜、禹）；第二部：小康王道的三代实践（夏、商、周）。《儒家文化实践史（先秦部分）》旨在：集儒家外王学之大成，揭道德实践史之真相，破先秦政治史之天荒。这是一本与众不同的关于中华政治、历史和儒家义理之书，道眼烛史，新见迭出。

三、《追望儒风》
(米湾著，中国政法大学出版社 2013 年版)

本书收录作者历年来课余之暇各种机缘下所撰文字，约二十万言。或议或叙，或文或白，修短随意，不拘一格，其要则欲追武前修，跂望儒风也。略分六部分：儒学视野中之现实问题；儒学讲演；儒者传论；时论短评；游访纪事；实用文笔。得也失也，达者鉴之。

四、《赫日自当中——一个儒生的时代悲情》
(张晚林著，中国政法大学出版社 2013 年版)

本书是作者多年来浸润圣学之心得与体会，固然与其精研儒家经典有关，但绝非徒从读书得来，更有其切磋砥砺之功，故非有切身之痛痒、谨策之信仰，不可读其书也。本书内容共分五个部分：第一部分校正了社会大众对儒家相关义理之误解，以确立儒学之纲目与信仰；第二部分痛斥当代职业化教育对儒家教育精神的背离，以期回到儒家之人文精神之中，匡扶人心；第三部分乃以心性学重述儒家之婚姻伦理精神，以批判当代社会把美学形态之爱情作为唯一基点的婚姻观，由此而修身齐家，和谐社会；第四部分资儒家之根本义理，以隽永之小品文，思考当今社会之相关问题，其形式虽短小精微，但其理却博厚悠长；第五部分乃作者与友人之论争与讲辞，以见作者捍卫与宣扬儒学之决心与情怀。总之，本书乃作者用"心"之验，而非"才"气之作，有心者当善会也。

五、《"亲亲相隐"问题研究及其他》

（林桂榛著，中国政法大学出版社 2013 年版）

"亲亲相隐"问题是横跨文、史、哲、法诸领域的一个重大问题。本书对孔子"父子相为隐，直在其中矣"是何语义、唐律以来中国古代法制或律典中的"亲属得相容隐"为何内容、"亲属得相容隐"与"干名犯义"两律制有何区别、"亲属得相容隐"和汉律"亲亲得相首匿"有何区别、柏拉图或柏拉图笔下的苏格拉底是否赞成 Euthyphro "告父杀人"为绝对虔敬或公正及何理由等做出系统辨正；以"不显"及"知而不言（隐默）"训正"隐"，以"视"及"辨别是非"训正"直"，以"容许什么样亲属对犯案人什么样行为保持沉默不发"训正唐律以来的"亲属得相容隐"律条，从而指出"亲属得相容隐""亲亲得相首匿"是权利设置而"干名犯义"等不许告亲尤告尊亲是义务设置，且"亲属得相容隐"仅仅是指言语行为而非其他行为。本书另有《孟子》"徒法不足以自行"究竟何意、儒家思想与人权话语的交集、儒家应该向基督教学习什么、儒家书院的文化功能与重建前景等专论，视野开阔，内容丰富，思想锐利，见解独辟，于儒家礼乐刑政问题多有阐发及学术辨正。

六、《闲先贤之道》

（陈乔见著，中国政法大学出版社 2013 年版）

本书所收录的文章，以儒家义理为中心，以儒学辩诬为羽翼，以中西比较为背景，辅以学术评论和短议，对儒家伦理尤其是"亲亲互隐"、仁义孝弟、公私观念等皆有自己独到的理解和阐释，对中西哲学中的论说方式、思维方式、家庭观念、伦理特质等提出了一些新颖的见解。作者秉持独立思考之精神，不苟同于学术权威，不苟合于流俗之见，字里行间流露出作者闲先圣之道、阐儒学之蕴、解现实之惑的思想旨趣和现实关怀。

七、《政治儒学评论集》
（任重主编，中国政法大学出版社 2013 年版）

本书以蒋庆先生"政治儒学"思想为中心，收录了来自各界的学术论文和思想性评论。甲编为儒门内部批评，乙编为较有明显思想立场的儒门外部批评，丙编为较为中立的评论。

"儒生文丛"稿约

出版目的：弘扬儒学，提携后学，促进各界对儒家的全面了解，推动中国学术繁荣、文化发展、社会进步、民族复兴。

征稿对象：自觉认同儒家的学术研究者，主动弘扬儒学的社会实践者。

内容要求：学术性与社会性相结合，要有担当意识、价值关切和文化情怀。既收编学术研究专著，也收编各界同道的弘道文集。学术论文要言之成理，文化评论要立场明确，经验总结要翔实严谨，诗文随笔要有儒家趣味。

投稿程序：请作者投稿至主编电子邮箱（rujiarz@126.com）。主编初审后交"儒生文丛"学术委员会审议。若学术委员会审议通过，则列入下一辑出版计划。

学术委员：蒋　庆　陈　明　康晓光　余东海　秋　风

"儒生文丛"主编任重　敬告